西南联大名师课 中国文学

西南联大博物馆 编

闻一多 等 著

人民东方出版传媒
People's Oriental Publishing & Media
东方出版社
The Oriental Press

图书在版编目（CIP）数据

中国文学 / 西南联大博物馆编；闻一多等著. -- 北京：东方出版社，2025.8
（西南联大名师课）
ISBN 978-7-5207-3704-3

Ⅰ.①中… Ⅱ.①西…②闻… Ⅲ.①中国文学—文学史 Ⅳ.①I209

中国国家版本馆 CIP 数据核字（2023）第 200931 号

中国文学
ZHONGGUO WENXUE

作　　者：	西南联大博物馆编　闻一多等著
责任编辑：	孔祥丹
责任校对：	赵鹏丽
出　　版：	东方出版社
发　　行：	人民东方出版传媒有限公司
地　　址：	北京市东城区朝阳门内大街 166 号
邮　　编：	100010
印　　刷：	三河市龙大印装有限公司
版　　次：	2025 年 8 月第 1 版
印　　次：	2025 年 8 月北京第 1 次印刷
开　　本：	880 毫米 ×1230 毫米　1/32
印　　张：	11
字　　数：	224 千字
书　　号：	ISBN 978-7-5207-3704-3
定　　价：	59.80 元

发行电话：（010）85924663　85924644　85924641

版权所有，违者必究
如有印装质量问题，我社负责调换，请拨打电话：（010）85924602　85924603

抗战时期的西南联合大学校门

抗战时期的西南联合大学校舍

抗战时期的西南联合大学图书馆

西南联大博物馆／供图

西南联合大学校务委员会常委、
清华大学校长梅贻琦

西南联合大学校务委员会常委、
北京大学校长蒋梦麟

西南联合大学校务委员会常委、
南开大学校长张伯苓

1946年5月3日，西南联合大学中国文学系全体师生在教室前合影。二排左起：浦江清、朱自清、冯友兰、闻一多、唐兰、游国恩、罗庸、许维遹、余冠英、王力、沈从文

闻一多　　　　　　朱自清

游国恩　　　　　罗庸　　　　　沈从文

丛书编委会

主　编：李红英
副主编：朱　俊　铁发宪

编　委（按姓氏笔画为序排列）：
马艺萌　王　欢　朱　俊　李红英　李　娅
张　沁　祝　牧　姚　波　铁发宪

序

致敬，怀抱薪火者

走进西南联大旧址，很多人，包括我自己，浸润其中经常是情到深处泪自流。这所在抗战烽火中诞生的高等学校，在短短的8年多时间里，创造了中国乃至世界教育史上一个苦难而又光辉的奇迹：

8年中，在战火纷飞、衣食难继的条件下，联大师生中走出了2位诺贝尔奖获得者、8位"两弹一星"功勋奖章获得者、5位国家最高科技奖获得者、175位院士、9位党和国家领导人以及大批蜚声中外的杰出人才。联大的师生经历了革命、建设、改革的各个历史时期，走过苦难却为历史留下丰碑，为今人留下启迪。

一

西南联大，为国立西南联合大学的简称，是抗战烽火中由国立北京大学、国立清华大学和私立南开大学在云南昆明合组而成的一所综合性大学。

1937年卢沟桥事变发生后，平津沦陷。为保存中国教育的火种，沦陷区高校纷纷内迁。1937年8月，上述三所高校迁至长沙，组成国立长沙临时大学。然而，日军铁蹄步步进逼，长沙很快又岌岌可危。于是，长沙临大师生又分三路奔赴昆明。其中一路由近300名师生组成的"湘黔滇旅行团"，横跨湘、黔、滇三省，历时68天，行程3500里。在这支队伍中，有黄钰生、闻一多、曾昭抡等11名教师。联大师生"刚毅坚卓"的品格，于此可见一斑！

1938年4月，师生陆续抵昆，长沙临时大学改称"国立西南联合大学"，5月4日正式开课。1946年5月4日，西南联大宣告结束，三校胜利复员北返，留师范学院在昆明独立设置，定名国立昆明师范学院，1950年改名昆明师范学院，1984年更名为云南师范大学。

这是一所在一无所有基础上结茅立舍的大学！"昆明有多大，联大就有多大"。联大教授任之恭在《一位华裔物理学家的回忆录》中写道："这个大学在昆明最初创立时，除了人，什么也没有。……过了一些时间，都有了临时的住地，或靠借、或靠租。……一旦有了土地，便修建许多茅草顶房屋，用作教室、宿舍和办公室。"

这是一所在躲空袭、"跑警报"中完成教学的战时高校！昆明虽是大后方，但1938年9月后屡遭日本飞机的空袭，"跑警报"成了联大师生的家常便饭。华罗庚在敌机轰炸中差点丧命，金岳霖在"跑警报"中丢失了几十万字的手稿。为了安全，教授们不得不疏散到昆明周边的城郊居住。

即便在如此极度简陋和艰难的环境中，西南联大师生精诚团结，和衷共济，坚持教书救国、读书报国，坚持为国育才，鼎力治学研究，服务抗战救国，引领风气之先，为赓续中华民族的文化血脉创造了中国乃至世界教育史上的奇迹。

梅贻琦、闻一多、朱自清、郑天挺、陈寅恪、钱穆、罗庸、冯友兰、潘光旦、汤用彤、沈从文、唐兰、陈梦家、叶企孙、吴有训、华罗庚、陈省身、吴大猷、王竹溪、赵忠尧、曾昭抡、施嘉炀……大师云集、名家荟萃，真可谓山河破碎时，群星正闪耀。

回望这一个个载入中国教育史、文化史、科学史的名字，他们既是有杰出学术造诣、启迪学生智慧的学问之师，更是操守高洁、能以伟岸人格力量砥砺学生心灵的品行之师。他们以杰出的学识、伟岸的人格力量，以及爱国、科学、民主的精神，影响着那些胸怀读书报国之志的年轻人：杨振宁、李政道、邓稼先、朱光亚、黄昆、郑哲敏、汪曾祺、穆旦、许渊冲、马识途……

大学之"大"，在大师之"大"。西南联大的实际主持者梅贻琦先生有句名言："所谓大学者，非谓有大楼之谓也，有大师之谓也。"西南联大秉持的正是这样的办学理念，凝聚当时的一众教育精英。大师，是大学的灵魂所在。师之所存，道之所在；道之所在，人之所向；英才聚焉，故成其人。

"多难殷忧新国运，动心忍性希前哲。"是爱国主义精神，支撑着联大师生在危难之中能够弦歌不辍，在战火之下依然桃李芬芳。

"千秋耻，终当雪。中兴业，须人杰。"是教育救国的信念，激励他们为国育才，为民族复兴治学，为后人留下了一座座不朽的科学、人文成果的丰碑。

2020年1月20日,习近平总书记考察调研西南联大旧址时指出:"国难危机的时候,我们的教育精华辗转周折聚集在这里,形成精英荟萃的局面,最后在这里开花结果,又把种子播撒出去,所培养的人才在革命建设改革的各个历史时期都发挥了重要作用。"

是的,只有教育"精英荟萃",才有科学与文化"播撒种子、开枝散叶"的可能。有了西南联大的一众名师,才有了国难当头之际,科学与文化的薪火在中华大地上传承不绝的壮观一幕!

致敬,怀抱薪火者!

二

国之大事,在祀与戎。

西南联大旧址及博物馆是西南联大在昆明办学8年的重要物质载体,蕴含着丰厚的历史文化资源,她记载着联大师生的艰难与困苦、成就与辉煌,体现着西南联大在特定的抗战历史条件下为赓续中华民族的文化血脉坚韧不屈的担当与责任。

祀,既是纪念,更要传承。

我们传承和弘扬联大精神,不仅要对西南联大历史文化遗产进行保护,更要通过展陈、宣传、教育、课堂教学等多元、立体方式还原、呈现西南联大的历史,作时代阐释。现在,呈现在读者面前的这套"西南联大名师课"丛书,就是我们整理、编纂和研究西南联大知识分子群体的作品,用各种形式传播他们在极端困难下取得的、至今仍不过时的各种成果。丛书共10册,分为《中国历史》、《中国文学》、《中国哲学》、《诸子百家》、《诗词曲赋》、《文化常识》、《人文精神》、《科学精神》、《世界文学》、《世界哲学》10个主题。编纂这套反映西南联大名师学术思想和精湛教学水平的课程讲义,是为了向大师们致敬,也是为传承和弘扬好西南联大精神,讲好西南联大教育救国故事的一个新成果。

丛书在文章编选上,遵循以下原则:

择师重"名"。丛书精选的名师有52位,他们多为影响力较大、在一个或多个学术领域中富有专长的名师,基本上代表了一个时代的学术文化高峰。

选文重"精"。为尽可能展现名师的学术风貌,丛书文章的收录范围,并不限于联大8年时间。丛书所选文章共300余篇,编辑团队用过的备选底本数量则在此10倍以上,以确保能从这些名师的著述中,筛选出具有通识性、思辨性和时代价值的经典文章。

阅读重"易"。丛书立足于让读者读得精、读得懂,尽量精选联大名师著述中通俗易懂、具有可读性和易读性的文章,让读者能获得更好的阅读体验,更加方便地受到优秀文化的滋养。

按照以上编选原则,我们在尊重并保持原作风格与面貌的基础上,进行了仔细编校,纠正了个别讹误。

历史,是最鲜活的,因为它总能给当下的人带来智慧和启迪。因此,我们认为,本丛书的编选,既是对历史的留存,也是为时代讲述。相信，本丛书的出版，能对大家感知西南联大名师课堂的魅力，感受他们的学术风范、家国情怀和人格魅力，有所助益。

是为序。

西南联大博物馆馆长 李红英

编纂说明

"西南联大名师课"丛书,是为了彰显西南联大学术成果、传承和弘扬西南联大精神而编写。在编纂宗旨上,我们借鉴西南联大"通识为本,专识为末"的教育理念,精选多位西南联大名师留下的经典名篇,编为10册,分别是《中国历史》《中国文学》《中国哲学》《诸子百家》《诗词曲赋》《文化常识》《人文精神》《科学精神》《世界文学》《世界哲学》。

何谓"名师"呢?编者认为,所谓名师,就是指在西南联大工作或学习过的"西南联大知识分子群"中比较有代表性的人物。这些人,既有在西南联大任教时,就已经是其所属学术领域的知名学者,如梅贻琦、陈寅恪、朱自清、闻一多、冯友兰等,又有在西南联大任教时间不长,但名字也保存在"国立西南联合大学教职员录"中,还包括获得西南联大聘任而未到任,但名字印刻在"国立西南联合大学教授名录"上的著名学者,如顾毓琇、胡适等。为了体现西南联大文化薪火的传承不绝,本丛书还收录了在西南联大毕业后留在西南联大任教、后来成为各自领域的名家,如历史学家丁则良、古典文学家李嘉言、哲学家任继愈、翻译家王佐良、诗人和翻译家查良铮(穆旦)等人的作品。

在编纂体例上,丛书采用专题讲述的形式。每一册根据主题分为若干篇，每篇下又分为若干讲，均围绕本篇主题讲授。

丛书所选作品有的来自作者的课堂讲义或演说（如在昆明广播电台的广播演说），有的来自作者较为经典的文章或著作。丛书统一以"课"名之，一是凸显作者的"名师"身份，二是体现本丛书所选内容比较通俗易懂，就像他们课堂授课一般娓娓道来。但不可否认，由于时代原因，文中某些字词的用法，与现今略有差异，同时，每位名师在讲述风格、行文习惯等方面，以及作品的体例、格式等方面，也有所不同。为保证本丛书的可读性、准确性和连续性，以及文字、标点符号用法的规范性，我们按照国家有关编校规程，对入选内容作了仔细编校，纠正了个别讹误，并对原文进行了统一体例的处理。

具体编校方式如下：

1. 坚持尊重原作的原则，确保编校工作只是进行技术性处理，不损害作品的原意。

2. 编者所加注释，均以脚注形式出现，并在结尾处标明"编者注"加以区分；作品的出处及参考文献，以尾注形式出现。

3. 入选的部分作品，编者进行了节选。对节选内容，均在作品标题尾部注明"（节选）"字样，加以说明。

4. 文中表示纪年的数字，皆改为阿拉伯数字。为保持全书体例一致，原作正文中表示公元纪年的名称如"西元"、"纪"、"西"、"西历"等，统一为"公元"。同时，编者对表示公元纪年的方法也进行了统一处理，皆以"公元××××年"表示。文中表示时段的数字，统一为"××××—×××× 年"形式。

5. 为确保作品原貌，对因语言习惯变迁造成的部分文字差异，除确为硬伤、错别字外，对不影响理解作品原意的文字、半文半白的表述中的中文数字，均未作修改，如"的"、"地"、"得"、"底"的用法，"那末"（今作"那么"）、"长三十公尺"等。

6. 作品中出现的译名，与现今通用译名有不尽一致之处，为忠实原作原貌，皆未作改动。

7. 因各年代版本的不同，有些引文与现今版本文字略有出入。在忠实于作者表述的基础上，依据权威版本进行了核对修改。

8. 为更清晰地表达文章内容，本丛书对部分作品，进行重拟标题和分节的处理。

9. 为保障读者的阅读体验，对原作中的标点符号，在不改变原作内容的前提下，本丛书根据 2012 年开始实施的《标点符号用法》，对部分作品的标点符号进行了规范。

总之，编者希望本丛书能让广大读者从民族危亡时期这些名师的著述中，窥见那一代学人的奋斗与风貌，传承西南联大师生们铸就的优良传统，汲取增强自身文化基础、提升自我认知水平的有益养分。

编　者

目 录 | contents

第一篇 漫话文学

中国文学的起源与发展四讲

闻一多：文学的历史动向 / 003

朱自清：文学的标准与尺度 / 010

傅斯年：中国文学史分期之研究 / 018

胡　适：中国文学过去与来路 / 024

第二篇 说诗词

中国古诗词五讲

闻一多：歌与诗 / 033

游国恩：楚辞之起源 / 047

闻一多：诗的唐朝 / 057

朱自清：什么是宋诗的精华——评石遗老人（陈衍）

　　　　评点《宋诗精华录》/ 063

浦江清：词曲的发展和词的概况 / 072

第三篇 讲散文

中国古代散文四讲

朱自清：中国散文的发展 / 083

浦江清：诸子散文 / 101

罗　庸：韩愈柳宗元及其古文 / 120

浦江清：宋代古文 / 129

第四篇 论小说

中国小说四讲

浦江清：论小说 / 139

吴　晗：小说与历史 / 155

陈寅恪：韩愈与唐代小说 / 159

胡　适：五十年来的白话小说 / 165

第五篇 谈戏曲

中国戏曲文学四讲

浦江清：元代的散曲 / 183

罗常培：从昆曲到皮黄 / 189

胡　适：《缀白裘》序 / 196

闻一多：戏剧的歧途 / 204

第六篇 品经典

品读文学名家名作三讲

穆　旦：《诗经》六十篇之文学评鉴 / 211

闻一多：人民的诗人——屈原 / 225

浦江清：《史记》的文学成就 / 228

第七篇 新文学

新文学四讲

罗常培：中国文学的新陈代谢 / 237

杨振声："五四"与新文学 / 246

沈从文：新的文学运动与新的文学观 / 249

叶公超：文艺与经验 / 256

第八篇 文学鉴赏

文学鉴赏与审美五讲

朱自清:论雅俗共赏 / 263

李广田:谈文艺欣赏 / 270

朱自清:古文学的欣赏 / 274

浦江清:诗词的情与理 / 280

王 力:中国古典文论中谈到的语言形式美 / 284

第九篇 文学的价值

文学与人生五讲

罗 庸:国文教学与人格陶冶 / 293

陈梦家:文学上的中庸论 / 307

李广田:文学的价值 / 311

杨振声:诗与近代生活 / 321

闻一多:诗与批评 / 325

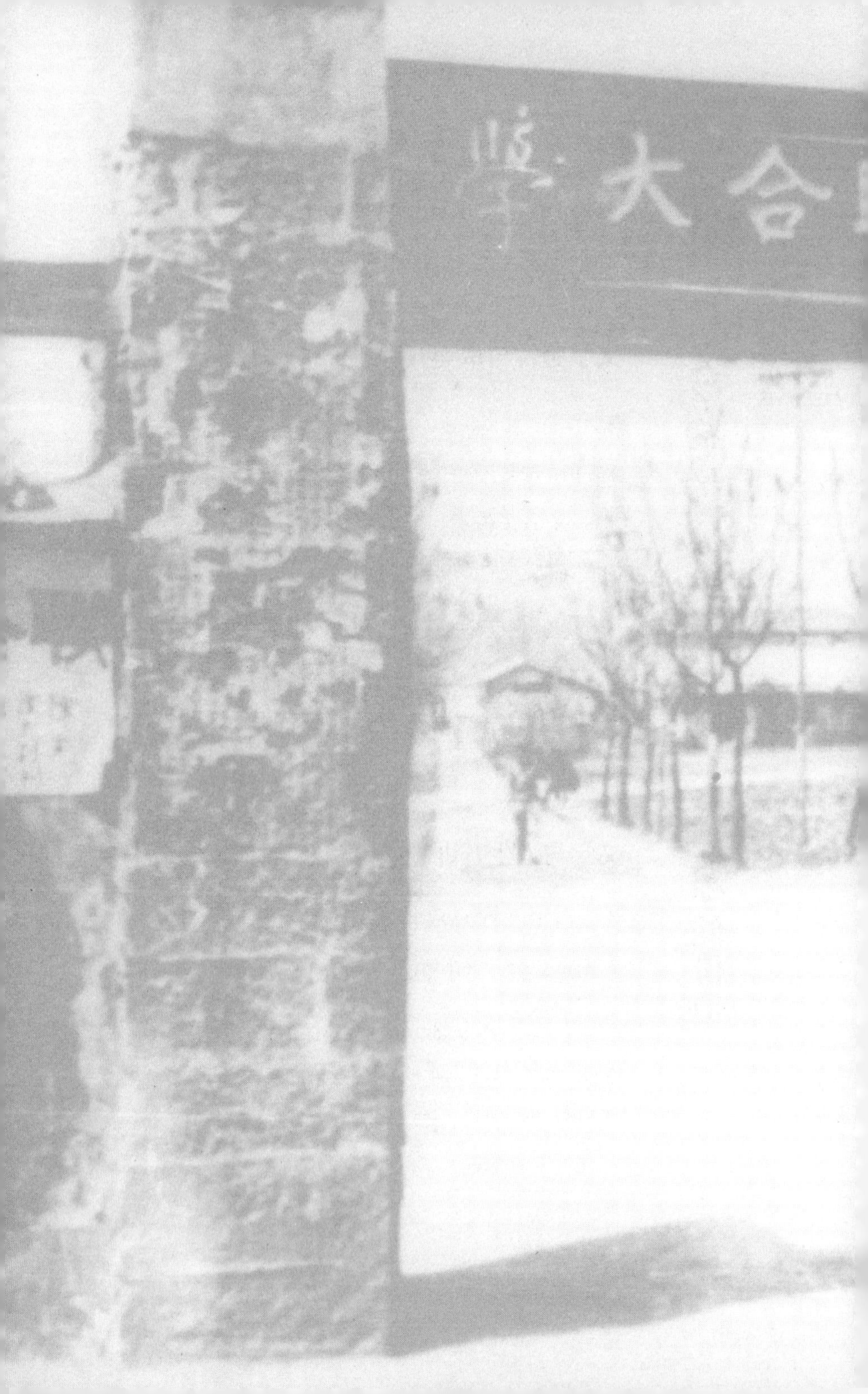
合大学

第一篇 漫话文学

中国文学的起源与发展四讲

1937—1946

1899—1946

闻一多：文学的历史动向

　　人类在进化的途程中蹒跚了多少万年，忽然这对近世文明影响最大最深的四个古老民族——中国、印度、以色列、希腊——都在差不多同时猛抬头，迈开了大步。公元前1000年左右，在这四个国度里，人们都歌唱起来，并将他们的歌记录在文字里，给流传到后代。在中国，《三百篇》里最古部分——《周颂》和《大雅》，印度的《黎俱吠陀》(*Rig-ve-da*)，《旧约》里最早的《希伯来诗》篇，希腊的《伊利亚特》(*Iliad*)和《奥德赛》(*Odyssey*)——都约略同时产生。再过几百年，在四处思想都醒觉了，跟着是比较可靠的历史记载的出现。从此，四个文化，在悠久的年代里，起先是沿着各自的路线，分途发展，不相闻问。然后，慢慢的随着文化势力的扩张，一个个的胳臂碰上了胳臂，于是吃惊、点头、招手、交谈，日子久了，也就交换了观念思想与习惯。最后，四个文化慢慢的都起着变化，互相吸收、融合，以至总有那么一天，四个的个别性渐渐消失，于是文化只有一个世界的文化。这是人类历史发展的必然路线，谁都不能改变，也不必改变。

　　上文说过，四个文化猛进的开端都表现在文学上，四个国度里同时迸出歌声。但那歌的性质并非一致的。印度、希腊，是在歌中讲着故事，他们那歌是比较近乎小说戏剧性质的，而且篇幅都很长，而中国、以色列则都唱着以人生与宗教为主题的较短的抒情诗。中国与以色列许是偶同，印度与希腊都是雅利安种人，说着同一系统的语言，他们唱着性质比较类似的歌，倒也不足怪。

中国，和其余那三个民族一样，在他开宗第一声歌里，便预告了他以后数千年间文学发展的路线。《三百篇》的时代，确乎是一个伟大的时代，我们的文化大体上是从这一刚开端的时期就定型了。文化定型了，文学也定型了，从此以后二千年间，诗——抒情诗，始终是我国文学的正统的类型，甚至除散文外，它是唯一的类型。赋、词、曲，是诗的支流，一部分散文，如赠序、碑志等，是诗的副产品，而小说和戏剧又往往以各自不同的方式夹杂些诗。诗，不但支配了整个文学领域，还影响了造型艺术，它同化了绘画，又装饰了建筑（如楹联、春帖等）和许多工艺美术品。

诗似乎也没有在第二个国度里，像它在这里发挥过的那样大的社会功能。在我们这里，一出世，它就是宗教，是政治，是教育，是社交，它是全面的生活。维系封建精神的是礼乐，阐发礼乐意义的是诗，所以诗支持了那整个封建时代的文化。此后，在不变的主流中，文化随着时代的进行，在细节上曾多少发生过一些不同的花样。诗，它一面对主流尽着传统的呵护的职责，一方面仍给那些新花样忠心的服务。最显著的例是唐朝。那是一个诗最发达的时期，也是诗与生活拉拢得最紧的一个时期。

从西周到春秋中叶，从建安到盛唐，这中国文学史上两个最光荣的时期，都是诗的时期。两个时期各各拖着一条姿势稍异，但同样灿烂的尾巴，前者的是《楚辞》《汉赋》，后者的是五代宋词。而这辞赋与词还是诗的支流。然则从西周到宋，我们这大半部文学史，实质上只是一部诗史。但是诗的发展到北宋实际也就完了。南宋的词已经是强弩之末。就诗本身说，连尤、杨、范、陆和稍后的元遗山似乎都是多余的，重复的，以后的更不必提了。我们只觉得明清两代关于诗的那许多运动和争论，都是无谓的挣扎。每一度挣扎的失败，无非重新证实一遍那挣扎的徒劳无益而已。本来从西周唱到北宋，足足两千年的工夫也够长的了，可能的调子都已唱完了。到此，中国文学史可能不必再写，假如不是两种外来的文艺形式——小说与戏剧，早在旁边静候着，准备届时上前来"接力"。是的，中国文学史的路线南宋起便转向了，从此以后是小说戏剧的时代。

　　故事与雏形的歌舞剧，以前在中国本土不是没有，但从未发展成为文学的部门。对于讲故事，听故事，我们似乎一向就不大热心。不是教诲的寓言，就是纪实的历史，我们从未养成单纯的为故事而讲故事，听故事的兴趣。我们至少可说，是那充满故事兴味的佛典之翻译与宣讲，唤醒了本土的故事兴趣的萌芽，使它与那较进步的外来形式相结合，而产生了我们的小说与戏剧。故事本是民间的产物，不用讳言，它的本质是低级的。（便在小说戏剧里，过多的故事成分不也当悬为戒条吗？）正如从故事发展出来的小说戏剧，其本质是平民的，诗的本质是贵族的。要晓得它们之间距离很大，而距离是会孕育恨的。所以我们的文学传统既是诗，就不但是非小说戏剧的，而且推到极端，可能还是反小说戏剧的。若非宗教势力带进来那点新鲜刺激，而且自己的歌实在也唱到无可再唱的了，我们可能还继续产生些《韩非·说储》或《燕丹子》一类的故事，和《九歌》一类的雏形歌舞剧，但是，元剧和章回小说绝不会有。然而本土形式的花开到极盛，必归于衰谢，那是一切生命的规律。而两个文化波轮由扩大而接触而交织，以至新的异国形式必然要闯进来，也是早经历史命运注定了的。异国形式也许早就来到了，早到起码是汉朝佛教初输入的时候，你可以在几百年中不注意它；等到注意了之后，还可以延宕，踌躇个又一度几百年，直到最后，万不得已的，这才死心塌地，接受吧！但那只是迟早问题。反正自己的花无法再开，那命数你得承认。新的种子从外面来到，给你一个再生的机会，那是你的福分。你有勇气接受它，是你的聪明；肯细心培植它，是有出息；结果居然开出很不寒碜的花朵来，更足以使你自豪！

　　第一度外来影响刚刚扎根，现在又来了第二度的。第一度佛教带来的印度影响是小说戏剧，第二度基督教带来的欧洲影响又是小说戏剧（小说戏剧是欧洲文学的主干，至少是特色），你说这是碰巧吗？

　　不然。欧洲文化正如它的鼻祖希腊文化一样，和印度文化，往大处看，还不是一家？这样说来，在这两度异乡文化东渐的阵容中，印度不过是欧洲的头，欧洲是印度的尾而已。就文化接触的全盘局势来看，头已进来，尾的迟早必须来到，应该也是早已料到的事。第一度外来影响，已经由扎根而开花了，但还不算开到最茂盛的地步，而本土的旧形式，自从枯萎后，还不见再荣的迹象，也实在没有再荣的理由。现在第二度外来影响，又与第一度同一种类，毫无问题，未来的中国文学还要继续那些伟大的元、明、清人的方向，在小说戏剧的园地上发展。待写的一页文学史，必然又是一段小说戏剧史，而且较向前的一段，更为热闹，更为充实。

但在这新时代的文学动向中，最值得揣摩的，是新诗的前途。你说，旧诗的生命诚然早已结束，但新诗——这几乎是完全重新再作起的新诗，也没有生命吗？对了，除非它真能放弃传统意识，完全洗心革面，重新作起。但那差不多等于说，要把诗作得不像诗了。也对。说得更确点，不像诗，而像小说戏剧，至少让它多像点小说戏剧，少像点诗。太多"诗"的诗，和所谓"纯诗"者，将来恐怕只能以一种类似解嘲与抱歉的姿态，为极少数人存在着。在一个小说戏剧的时代，诗得尽量采取小说戏剧的态度，利用小说戏剧的技巧，才能获得广大的读众。这样作法并不是不可能的。在历史上多少人已经作过，只是不大彻底罢了。新诗所用的语言更是向小说戏剧跨近了一大步，这是新诗之所以为"新"的第一个也是最主要的理由。其他在态度上，在技巧上的种种进一步的试验，也正在进行着。请放心，历史上常常有人把诗写得不像诗，如阮籍、陈子昂、孟郊，如华茨渥斯（Wordsworth）、惠特曼（Whitman），而转瞬间便是最真实的诗了。诗这东西的长处就在它有无限度的弹性，变得出无穷的花样，装得进无限的内容。只有固执与狭隘才是诗的致命伤，纵没有时代的威胁，它也难立足。

每一时代有一时代的主潮，小的波澜总得跟着主潮的方向推进，跟不上的只好留在港汊里干死完事。战国、秦、汉时代的主潮是散文。一部分诗服从了时代的意志，散文化了，便成就了"楚辞"和初期的"汉赋"，成就了《铙歌》，这些都是那时代的光荣。另一部分诗，如《郊祀歌》、《安世房中歌》，韦孟《讽谏诗》之类，跟不上潮流，便成了港汊中的泥淖。

明代的主潮是小说，《先妣事略》、《寒花葬志》和《项脊轩记》的作者归有光，采取了小说的以寻常人物的日常生活为描写对象的态度，和刻画景物的技巧，总算是沾上了点时代潮流的边儿（他自己以为是读《史记》读来了的，那是自欺欺人的话），所以是散文家中欧公以来唯一顶天立地的人物。其他同时代的散文家，依照各人小说化的程度的比例，也多多少少有些成就。至于那般诗人们只忙于复古，没有理会时代，无疑那将被未来的时代忘掉。以上两个历史的教训，是值得我们的新诗人书绅的。

四个文化同时出发，三个文化都转了手，有的转给近亲，有的转给外人，主人自己却都没落了，那许是因为他们都只勇于"予"而怯于"受"。中国是勇于"予"而不太怯于"受"的，所以还是自己的文化的主人，然而也只仅免于没落的劫运而已。为文化的主人自己打算，"取"不比"予"还重要吗？所以仅仅不怯于"受"是不够的，要真正勇于"受"。让我们的文学更彻底的向小说戏剧发展,等于说要我们死心塌地走人家的路。这是一个"受"的勇气的测验,也是我们能否继续自己文化的主人的测验。

过去记录里有未来的风色。历史已给我们指示了方向——"受"的方向,如今要的只是勇气,更多的勇气啊!

(原载《当代评论》第 4 卷第 1 期,1943 年 12 月)

1898—1948

朱自清：文学的标准与尺度

我们说"标准"，有两个意思。一是不自觉的，一是自觉的。不自觉的是我们接受的传统的种种标准。我们应用这些标准衡量种种事物种种人，但是对这些标准本身并不怀疑，并不衡量，只照样接受下来，作为生活的方便。自觉的是我们修正了的传统的种种标准，以及采用的外来的种种标准。这种种自觉的标准，在开始出现的时候大概多少经过我们的衡量；而这种衡量是配合着生活的需要的。本文只称不自觉的种种标准为"标准"，改称种种自觉的标准为"尺度"，来显示这两者的分别。"标准"原也离不了尺度，但尺度似乎不像标准那样固定；近来常说"放宽尺度"，既然可以"放宽"，就不是固定的了。这种"标准"和"尺度"的分别，在一个变得快的时代最容易觉得出：在道德方面、在学术方面如此，在文学方面也如此。

中国传统的文学以诗文为正宗，大多数出于士大夫之手。士大夫配合君主掌握着政权。做了官是大夫，没有做官是士；士是候补的大夫。君主士大夫合为一个封建集团，他们的利害是共同的。这个集团的传统的文学标准，大概可用"儒雅风流"一语来代表。载道或言志的文学以"儒雅"为标准，缘情与隐逸的文学以"风流"

为标准。有的人"达则兼济天下，穷则独善其身"，表现这种情志的是载道或言志。这个得有"正其谊不谋其利，明其道不计其功"的抱负，得有"怨而不怒"、"温柔敦厚"的涵养，得用"熔经铸史""含英咀华"的语言。这就是"儒雅"的标准。有的人纵情于醇酒妇人，或寄情于田园山水，表现这种种情志的是缘情或隐逸之风。这个得有"妙赏"、"深情"和"玄心"，也得用"含英咀华"的语言。这就是"风流"的标准。（关于"风流"的解释，用冯友兰先生语，见《论风流》一文中。）

在现阶段看整个的传统的文学，我们可以说"儒雅风流"是标准。但是看历代文学的发展，中间还有许多变化。即如诗本是"言志"的，陆机却说"诗缘情而绮靡"。"言志"其实就是"载道"，与"缘情"大不相同。陆机实在是用了新的尺度。"诗言志"这一个语在开始出现的时候，原也是一种尺度；后来得到公认而流传，就成为一种标准。说陆机用了新的尺度，是对"诗言志"那个旧尺度而言。这个新尺度后来也得到公认而流传，成为又一种标准。又如南朝文学的求新，后来文学的复古，其实都是在变化；在变化的时候也都是用着新的尺度。固然这种新尺度大致只伸缩于"儒雅"和"风流"两种标准之间，但是每回伸缩的长短不同，疏密不同，各有各的特色。文学史的扩展从这种种尺度里见出。

这种尺度表现在文论和选集里，也就是表现在文学批评里。中国的文学批评以各种形式出现。魏文帝的"论文"是在一般学术的批评的《典论》里，陆机《文赋》也许可以说是独立的文学批评的创始,他将文作为一个独立的课题来讨论。此后有了选集,这里面分别体类,叙述源流,指点得失,都是批评的工作。又有了《文心雕龙》和《诗品》两部批评专著。还有史书的文学传论,别集的序跋和别集中的书信。这些都是比较有系统的文学批评,各有各的尺度。这些尺度有的依据着"儒雅"那个标准,结果就是复古的文学;有的依据着"风流"那个标准,结果就是标新的文学。但是所谓复古,其实也还是求变化求新异;韩愈提倡古文,却主张务去陈言,戛戛独造,是最显著的例子。古文运动从独造新语上最见出成绩来。胡适之先生说文学革命都从文字或文体的解放开始,是有道理的,因为这里最容易见出改变了的尺度。现代语体文学是标新的,不是复古的,却也可以说是从文字或文体的解放开始;就从这语体上,分明的看出我们的新尺度。

这种语体文学的尺度,如一般人所公认,大部分是受了外国的影响,就是依据着种种外国的标准。但是我们的文学史中原也有这样一股支流,和那正宗的或主流的文学由分而合的相配而行。明代的公安派和竟陵派自然是这支流的一段,但这支流的渊源很古久,截取这一段来说是不正确的。汉以前我们的言和文比较接近,即使不能说是一致。从孔子"有教无类"起,教育渐渐开放给平民,受教育的渐渐多起来。这种受了教育的人也称为"士",可是跟从前贵族的士不同,这些只是些"读书人"。士的增多影响了语言和文体,话要说得明白,说得详细,当时的著述是说话的记录,自然也是这样。这里面该有平民语调的掺入,虽然我们不能确切的指出。

汉代辞赋发达，主要的作为宫廷文学；后来变为远于说话的骈俪的体制，士大夫就通用这种体制。可是另一方面，游历了通都大邑名山大川的司马迁，却还用那近乎说话的文体作《史记》，古里古怪的扬雄跟《问孔》《刺孟》的王充，也还用这种文体作《法言》和《论衡》；而乐府诗来自民间，不用问，更近于说话。可见这种文体是废不掉的。就是骈俪文盛行的时代，也还有《世说新语》，记录那时代的说话。到了唐代的韩愈，提倡"气盛言宜"的古文，"气盛言宜"就是说话的调子，至少是近于说话的调子，还有语录和笔记，起于唐而盛于宋，还有来自民间的词，这些也都用着说话或近于说话的调子。东汉以来逐渐建立起来的门阀，到了唐代中叶垮了台，"寻常百姓"的士又增多起来，加上宋代印刷和教育的发达，所以那种详明如话的文体就大大的发达了。到了元明两代，又有了戏曲和小说，更是以说话体就是语体为主。公安派、竟陵派接受了这股支派，努力想将它变成主流，但是这一个尝试失败了。直到现代，一个新的尝试才完成了语体文学，新文学，也就是现代文学。

从以上一段语体文学发展的简史里可以看出种种伸缩的尺度。这些尺度大体上固然不出乎"儒雅"和"风流"那两个标准，可是像语录和笔记，有些恐怕只够"儒"而不够"雅"，有些恐怕既不够"儒"也不够"雅"，不够"雅"因为用俗语或近乎俗语，不够"儒"因为只是一些细事，无关德教，也与风流不相干。汉乐府跟《世说新语》也用俗语，虽然现在已将那些俗语看作了古典。戏曲和小说有的别忠奸，寓劝惩，叙风流，固然够得上标准，有的却不够儒雅，不算风流。在过去的文学传统里，这两种本没有地位，所谓不在话下。不过我们现在得给这些不够格的分别来个交代。我们说戏曲和小说可以见人情物理，这可以叫作"观风"的尺度，《礼记》里说诗可以"观民风"；可以观风，也就拐了弯儿达到了"儒雅"那个标准。戏曲和小说不但可以观民风，还可以观士风，而观风就是写实，就是反映社会，反映时代。这是社会的描写，时代的记录。在我们看来，用不着再绕到"儒雅"那个标准之下，就足够存在的理由了。那些无关政教也不算风流的笔记，也可以这么看。这个"人情物理"或"观风"的尺度原是依据了"儒雅"那个标准定出来的，可是唐代中叶以后，这个尺度似乎已经暗地里独立运用，这已经不是上德化下的尺度而是下情上达的尺度了。人民参加着定了这个尺度，而俗语的掺入文学，正与这个尺度配合着。

说是人民参加着订定文学的尺度，如上文所提到的，该起于春秋末年贵族渐渐没落，平民渐渐兴起的时候。这些受了教育的平民加入了统治集团，多少还带着他们的情感和语言。这种新的士流日渐增加，自然就影响了文化的面目乃至精神。汉乐府的搜集与流行，就在这样氛围之中。韩诗解《伐木》一篇说到"饥者歌其食，劳者歌其事"。"饥者歌其食，劳者歌其事"正是"人情物理"，正是"观风"；这说明了《三百篇》的一些诗，也说明了乐府里的一些诗。"饥者歌其食，劳者歌其事"，自然周代的贵族也会如此的，可是这两句话带着浓重的平民的色彩；配合着语言的通俗，尤其可以见出。这就是前面说的"参加"，这参加倒是不自觉的。但那"人情物理"或"观风"的尺度的订定却是自觉的。汉以来的社会是士民对立，同时也是士民流通。《世说新语》里记录一些俗语，取其自然。在"风流"的标准下，一般的固然以"含英咀华"的语言为主，但是到了这时代稍加改变，取了"自然"这个尺度，也不足为怪的。

唐代中叶以后，士民间的流通更自由了，士人是更多了。于是乎"人情物理"的著作也更多。元代蒙古人压迫汉人，士大夫的地位降低下去。真正领导文坛的是一些吏人以及"书会先生"。他们依据了"人情物理"的尺度作了许多戏曲。明代士大夫的地位高了些，但是还在暴君压制之下。他们这时却恢复了文坛的领导权，他们可也在作戏曲，并且在提倡小说，作小说了。公安派、竟陵派就是受了这种风气的影响而形成的。清代士大夫的地位又高了些，但是又在外族①统治之下，还不能恢复元代以前的地位。他们也在作戏曲和小说，可是戏曲和小说始终还是小道，不能跟诗文并列为正宗。"人情物理"还是一种尺度，不能成为标准。但是平民对文学的影响确乎渐渐在扩大。原来士民的对立并不是严格的。尤其在文学上，平民所表现的生活还是以他们所"虽不能至，然心向往之"的士大夫生活为标准。他们受自己的生活折磨够了，只羡慕着士大夫的生活，可又只能耐着苦羡慕着，不知道怎样用行动去争取，至

---

① 我国古时以"外族"、"异族"、"胡"、"蛮"、"夷"等来称呼少数民族，有其时代局限性。本书尊重作者表述，此类问题不一一指出，请读者审慎看待。——编者注

多是表现在他们的文学就是民间文学里；低级趣味是免不了的，但那时他们的理想是爬上高处去。这样，士大夫的文学接受他们的影响，也算是个顺势。虽然"人情物理"和"通俗"到清代还没有成为标准，可是"自然"这尺度从晋代以来已渐渐成为一种标准。这究竟显出了人民的力量。

大清帝国改了中华民国，新文化运动新文学运动配合着五四运动画出了一个新时代。大家拥戴的是"德先生"和"赛先生"，就是民主与科学。但是实际上做到的是打倒礼教也就是反封建的工作。反封建解放了个人，也发现了民众，于是乎有了个人主义和人道主义；前者是实践，后者还是理论。这里得指出在那个阶段上，我们是接受了种种外国标准，而向现代化进行着。这时的社会已经不是士民的对立，而是封建的军阀官僚和人民的对立。从清末开设学校，受教育的人大量增多。士或读书人渐渐变了质；到这时一部分成为军阀和官僚的帮闲，大部分却成了游离的知识阶级。知识阶级从军阀和官僚独立，却还不能跟民众联合起来，所以是游离着。这里面大部分是青年学生。这时候的文学是语体文学，开始似乎是应用着"人情物理"、"通俗"那两个尺度以及"自然"那个标准。然而"人情物理"变了质成为"打倒礼教"就是"反封建"也就是"个人主义"这个标准，"通俗"和"自然"也让步给那"欧化"的新尺度；这"欧化"的尺度后来并且也成了标准。用欧化的语言表现个人主义，顺带着人道主义，是这时期知识阶级向着现代化的路。

五卅运动接着国民革命，发展了反帝国主义运动；于是"反帝国主义"也成了文学的一种尺度。抗战起来了，"抗战"立即成了一切的标准，文学自然也在其中。胜利却带来了一个动乱时代，民主运动发展，"民主"成了广大应用的尺度，文学也在其中。这时候知识阶级渐渐走近了民众，"人道主义"那个尺度变质成为"社会主义"的尺度，"自然"又调剂着"欧化"，这样与"民主"配合起来。但是实际上做到的还只是暴露丑恶和斗争丑恶。这是向着新社会发脚的路。受教育的越来越多，这条路上的人也将越来越多，文学终于要配合上那新的"民主"的尺度向前迈进的。大概文学的标准和尺度的变换，都与生活配合着，采用外国的标准也如此。表面上好像只是求新，其实求新是为了生活的高度深度或广度。社会上存在着特权阶级的时候，他们只见到高度和深度；特权阶级垮台以后，才能见到广度。从前有所谓雅俗之分，现在也还有低级趣味，就是从高度深度来比较的。可是现在渐渐强调广度，去配合着高度深度，普及同时也提高，这才是新的"民主"的尺度。要使这新尺度成为文学的新标准，还有待于我们自觉的努力。

（原载《国文周刊》第 54 期，1947 年 4 月）

傅斯年：中国文学史分期之研究

近年坊间刊行之中国文学史，于分期一端，绝少致意。竟有不分时代，囫囵言之者；间为分期之事，亦不能断画称情。览其据以分期之意旨，恒觉支离。此亦一憾事也。北京大学文科国文门规定分中国文学史之教授为三段：一曰上古，自黄帝至建安；二曰中古，自建安至唐；三曰近古，自唐至清朝。似此分法，大体可行。然于古今文学转变之枢机，尚有未惬余意者。就余所知，似分四期为宜。今列举如下。

（一）上古。自商末叶至战国末叶。

（二）中古。自秦始皇统一至初唐之末。

（三）近古。自盛唐之始至明中叶。

（四）近代。自明宏嘉而后至今。

谈文学史者，恒谓中国文学始于黄帝。此语骤观之似亦可通，细按之则殊未允。黄帝时书皆不传，今但有伪《内经》而已。虽残缺歌谣，有一二流传至今，正不能执此一二残缺歌谣，以为当时有文学之证。何者？此一二残缺歌谣，不足当文学之名也。其后有所谓《虞书》者，今所传《尧典》（伪孔舜典在内）是也。此篇文辞，大类后人碑铭墓志，绝非荒古之文。寻其梗概，与《大戴礼记》中

《宰予问》《五帝德》无殊。开始即曰"稽古",作于后代可知。意者同为孟子所谓传,汉世所谓儒家所传之书传;其后真《尧典》亡佚,遂取《尧典》之传以代之(说详拙著《尚书十论》)。《尧典》既不可据,则当时文学,不可得言。《虞书》有"诗言志,歌永言,声依永,律和声"之语;《尚书大传》载卿云之歌。舜时文学,似已可谓成立矣。然《虞书》仅有诗之名,诗之实未尝传于后代,卿云诸歌,又未可确信为真。故不能以虞代为中国文学所托始,"有夏承之,篇章泯弃,靡有孑遗"(郑康成《诗谱序》语)。其他散文,《禹贡·甘誓》颇可信。然《禹贡》仅言地理,甘誓不过诏令,不足当文学之名。至于商朝,虽郑康成以为"不风不雅",而颂实存。古文家以《商颂》为商代之旧,由今文家言之,则西周之末正考父作。今以《商颂》文词断其先后,似古文家义为长(余固从今文非古文者,独此说不可一概论)。纵以颂非商旧,而风中实有殷遗。《周南·汝坟》之二章云:"鲂鱼赪尾,王室如毁。虽则如毁,父母孔迩"。此为殷末之作,决然无疑(汝坟为殷畿内水)。又《关雎》篇云:"在河之洲"。章太炎先生云:"南国无河!岐去河亦三四百里。今诗人举河洲,是为被及殷域,不越其望。且师挚殷之神瞽:殷无风,不采诗,而挚犹治关雎之乱,明其事涉殷。"此《关雎》为殷诗之确证。今第　期托始于商者,以《商颂》存于后世,商末诗歌犹可见其一面,至于前此而往,自黄帝至于夏年,以理推之,不可谓无文学,然其文学既不传于后世,断不可取半信半疑之短歌以证其文学,唯有置之。编文学史而托始黄、唐、虞、夏,泰甚之举也。

西周文学大盛矣。韵文则有"诗",无韵文则有"史"、有"礼"。从文学之真义,"礼"不能尸文学之名。然舍"礼"而仅论《雅》、《颂》、《豳风》、《二南》,其文学固可观也。东周可谓中国文学最自由发达之时代。约而论之,可分六派。一曰"诗人"之文学,邶以下之风(除豳),与所谓"变雅"者是。二曰"史家"之文学,《国语》(《左传》在内)、《战国策》、《吴越春秋》、《越绝书》是(此数种未必尽真)。三曰"子家"之文学,孔子之《易系》、子思之《中庸》、《老子》、《墨子》、《庄子》、《荀子》、《韩非子》之类是。四曰"赋"之文学,荀卿之"赋"是(荀"赋"之体,必当时有之,作者谅不仅荀子一人,特传后者,惟荀子耳)。五曰"楚辞"之文学,屈平、宋玉、景差所为者是。六曰歌谣之文学,散见之歌谣是。凡此诸派,各不相同,然有普遍之精神,则自由发展,有创造之能力,不遵一格是也。故以文情而论,同在一时,而异其旨趣;以形式而论,师弟之间而变其名称(屈辞、宋赋,体各不同)。今试执此时所出产之文学互比较之,有二家相同者乎?无有也。是真可谓中国文学最自由之时代矣。降至汉朝,此风顿熄。未知东周之政治思想,不与秦汉侔,则知东周文学不可与秦汉合也。

自秦至于"初唐"为中国骈俪文学历层演化之期。此时期间,文学之推移,恒遵此一定趋向,不入他轨。若前期之自由发展,不守一线者,概乎未之闻焉。秦代文学特出者,李斯一人耳。此人之推翻东周文学,犹其推翻东周政治与思想也。李斯之文今存者,当以诸《刻石》与《谏逐客书》为代表。《刻石》之文,一变前人风气;诚如李申耆所云，"亦焚诗书之故智"。其赫赫之情，与其四字成章之体，后世骈文之初祖，"庙堂制作"之所由昉也。《谏逐客书》一文，多铺张，善偶语，直类东汉之文矣。西汉司马相如、杨雄之赋，用古典，好堆砌；故虽非骈文，而为后世骈文树之风声。（汉赋乃楚辞之变，文体差近，故分文学时代者，每合楚汉为言。其实楚辞、汉赋，貌同心异，论其质素，绝不侔也。）至于东汉魏晋之世，竟渐成对偶铺排之体。宋齐而降，规律益严。至于陈周之徐、庾，"初唐"之王、杨，骈体大成矣。此将千年间，直可谓风气一贯。自李斯始，俪体逐渐发达，经若干阶级，直至文成骈，诗成律，然后止焉。此时期中，岂少不遵此轨者。若汉之贾谊，犹存楚风，枚、李五言，不同词赋，王充好以白话入文，陶潜不用时人之体。然皆自成风气，为其独至。或托体非当时士大夫所用之裁（如枚、李五言之体，在当时不过里巷用之，士人不为。东汉以后，士人始渐作五言耳），或文词不见重于当代（如王充），或仅持前代将沫之风（如贾谊之赋），或远违时人所崇（如陶潜是。当时时尚之五言诗乃颜、谢一派，而非陶也），皆不能风被一世。其风被一世者，皆促骈文之进化者也。平情论之，中国语言为单音，发生骈文律诗之体，所不能免也。然以骈义之发达，竟使真文学不能出现，此俳优偈咒之伪文学，乃充满世间，诚可惜耳。此时期中，唯有五言诗、杂体诗为真有价值之文学。然五言至于潘、陆，中病已深；齐梁以后，成为律体，更不足道焉。

　　骈文演进，造于极端，于是有革命之反响。此革命者，未尝明言革命，皆托词曰复古。虽然，复古其始也，自创其继也；复古托词也，自创事实也。贵古贱今，中国人之通性。不曰复古，无以信当世之人。然其所复之古，乃其一己之古，而非古人之古。此种革命之动机，酝酿于隋唐之际，成功于"盛唐"之时。隋炀、唐太，皆有变古之才。至于"盛唐"，诗之新体大盛；至于"中唐"，文之新体大盛；六朝风气渐歇矣。以文体言，唐代新体有数种：七言诗（六朝人固有七言，如鲍照之论，然不过用于歌曲，偶一为之，未能成正体）、词、新体小说等是。世谓开元、元和之世，诗多创格，不为虚语。以文情论，六朝华贵之习渐堙，唐代文学，渐有平民气味，即是以观，不谓唐文学对于六朝为新文学不可也。宋元文学又多新制。要之，此时期中，可谓数种新文学发展期。其与第二期绝不同者，彼就骈文之演进，一线而行；此则不拘一格，各创新体，亦稍能自由者也。又此期之新文学，可分二类。甲为不通俗的新文学；若杜子美、白香山之诗，韩退之、柳子厚之文，以至宋人之散文、七言诗等是。此种文体，含复古之性质。乙为通俗之新文学。如白话小说、词、曲剧等是。此种文体，唐代露其端，宋元成其风气。以文学正义而论，此最可宝贵者也。乃二种新文学演化之结果，甲种据骈文专制之地位，囊括一世，乙种竟不齿于文学之列。寻其所由，盖缘为乙种新文学者，不能自固其义，每借骈文、律诗之恶习以自重，因而其体不专，其旨不能深造，其价值不能昭著。且中国之暗乱政治，唯有骈文可以与之合拍；固不容真有价值之通俗文学，尽量发达也。

词、曲之风，明初犹盛。故明之前叶，宜归于第三期。然自弘治、嘉靖而后，所谓"前后七子"者出，倡复古之论。于是文复古，诗亦复古，词亦复古。戏曲无古可复，则捐弃不道。道之者则变自然之体，刻意卖弄笔墨；是直不啻戏剧之自杀。其后则有经学之复古，今文学之复古。自明中叶至于今兹，皆在复古期中。经学今文学之复古，有益于学问界者甚大。盖前者可使学人思想近于科学（**汉学家**），后者可为未来之新思想作之前驱（**今文学派**）。独文学之复古，流弊无穷。故中国人之"李奈桑斯"，利诚有之，害亦不少也。条举其弊，则文学之美恶，无自定之标准，但依古人以为断；于是是非之问题，变为古不古之问题。既与古人求其合，必与今人成其分离。文学与人生不免有离婚之情，而中国文学遂成为不近人情，不合人性之伪文学（inhuman literature）。质言之，此时期中最著之文学家，下之仅是隶胥，上之亦不过书蠹。虽卓异之才，如毛奇龄、恽敬、龚自珍者亦徒为风气所囿，不能至真文学之境界，不得不出于怪诞。固亦有不随时流，自铸伟辞，若曹雪芹、吴敏轩者，然不过独善其文，未能革此复古之风气也。

中国文学史既分为如是四期。今再为每期定一专名，以形容之。

第一期，上古。"文学自由发展期"。

第二期，中古。"骈俪文体演进期"。

第三期，近古。"新文学代兴期"。

第四期，近代。"文学复古期"。

今中国之新文学已露萌芽，将来作文学史者如何断代，未可逆料，要视主持新文学者魄力如何耳。

（原载《新潮》第 1 卷第 2 号，1919 年 2 月）

胡适：中国文学过去与来路

诸位！近四十年来，在事实上，中国的文学，多半偏于考据，对于新文学殊少研究。以我专从事研究学术与思想的人去讲文学，颇觉不当，但"既来之，则安之"，所以也不得不说几句话。我觉得文学有三方面：一是历史的，二是创造的，三是鉴赏的。历史的研究固甚重要，但创造方面更其要紧，而鉴赏与批评也是不可偏废的。马幼渔先生在中国文学系设文学讲演一科，可谓开历来的新纪元，如有天才的人，再加以指导、批评，则其天才当有更大的进展。马先生本来是约我和徐志摩先生作第一次讲演的，不幸得很，志摩死了，只好我来作第一次讲演，以后当讲一讲徐先生的作品。今天讲的题目是："中国文学过去与来路"。这好像是店家看看账一样，究竟是货物的来路如何，再去结算一下总账。过去大约有四条来路——来路也就是来源。

第一，来源于实际的需要。譬如吾人到研究室里去，看看甲骨文字，上面有许多写着某月某日祭祀等等。巴比伦之砖头，上面写信，写着某某人。我们中国以前也用竹简或木简，近来在西北所发现的竹简很多，像这些祭祀、通信、卜辞、报告等等，都是因为实际的需要才有的，这些是记事的体裁。如《墨子》《庄子》等书，也都是为着实际的需要才逼出来的。

第二，来源于民间。人的感情在各种压迫之下，就不免表现出各种劳苦与哀怨的感情，像匹夫匹妇、旷男怨女的种种抑郁之情，表现出来，或为诗歌，或为散文，由此起点，就引起后来的种种传说故事，如《三百篇》大都民间匹夫匹妇、旷男怨女的哀怨之声，也就是民间半宗教半记事的哀怨之歌。后来五言诗、七言诗，以至公家的乐府，它们的来源也都是由此而起的。如今之舞女，所唱的歌，或为文人所作给她们唱的。又如诗词、小说、戏曲，皆民间故事之重演。像《诗经》、《楚辞》、五言诗、七言诗，这都是由民间文学而来。

第三，来源于国家所规定的考试。国家规定一种考试的体裁，拿这种文章的体裁去考试人才，这是一种极其机械的办法。如唐朝作赋，前八字一定为破题，以后就变为八股了。这是机械的，愈机械愈好，像五言律诗，七言律诗，都是这一种的东西，这没有什么价值。但是它的影响却很大，中国五六百年来，均受此种影响，故也可说是一条来路。

第四，来源于外国文学。中国不幸得很，因为处的地势与环境的关系，没有那一国给中国以新的体裁。只有一条路，即是印度。中国受了印度不少的影响，如小说、诗歌、记事之故事等等，都是受了她的熏染与陶冶的。我们中国不受她的影响，也许会有小说、诗歌、戏曲，但没有她，绝不能给我们以绝大之力量的进展。吾人相信受她的影响，比自身当有五六百倍之大，因为我们先人给予我们不过是一些简单之文字,如"子曰……诗云……"等,而想象力又很薄弱,吾民族可谓极简单极朴实之民族。如《离骚》之想象力,尚称较为丰富,但其思想充其量亦不过想到上天下地而已。印度就大不然了,如《般若经》等等,不唯想到天上有天,以至三十三重天,而且想到大千世界,以至无数的天。又如《维摩诘经》不过为一简单之小说,吾人却当一经典,到处风行。又如《法华经》,以及其他各种经典,讲佛家的故事,讲释迦牟尼成佛的故事……能给予吾人以有兴趣的深切的感觉,不知不觉也随之到了一种佛的境界,这种力量是何等的重大,思想是何等的高深啊!像《西游记》、《封神榜》这一类的书,都是受了它们绝大的影响的。譬如俗语说:"看了《西游记》,到老不成器;看了《封神榜》,到老不像样。"这些话都足以证明此二书风行之普遍,与灌输民间思想之深入。其实这两种书描写的不受事实之拘束,与想象力之解放,都是受了印度佛教的思想,他们这种想象力之解放与奔腾,实为吾思想简单朴实之民族所不能及。前在敦煌石室,发现种种佛家文学,亦甚重要。总之如无印度文学,绝不会产生像《西游记》、《封神榜》这一类有价值的东西。她实在直接间接的给予吾人以各种丰富的想象,吾人才会产生好的文学来。

  这四条路,第三条虽是与中国文学影响很大;但是有害的,没有什么价值,最重要的还是第二条路的民间文学,占一个綦重要的位置,中国文学史没有生气则已,稍有生气者皆自民间文学而来。前与傅斯年先生在巴黎时谈起民间文学有四个时期:第一个时期,是诗词、歌谣,本身的自然风行民间。第二个时期,是由民间的体裁传之于文人,一些文人也仿着这种体裁做起民间的文学来。第三个时期,是他们自己在文学里感觉着无能,于是第一流的文学家的思想也受了影响,他们的感情起了冲动,也以民间的文学作为体裁而产生出一种极伟大的文学,这可以说是一个很纯粹的时期。第四个时期,是公家以之作成乐府,此时期可谓最出风头了。但是到了极高峰,后来又慢慢的低落下来了。如乐府《陌上桑》是顶好的文学作品,后来就有人模仿着作《陌上桑》,例如胡适之又模仿那个模仿作《陌上桑》的人作《陌上桑》,后来又有人模仿胡适之作起来,这样以至无穷无穷,才慢慢的变为下流。如词曲、小说,都是这样,先有王实甫、曹雪芹、施耐庵等,后来就有人模仿他们,以至低落下去,这样一来,是很危险的。

民间文学,一般士大夫(外国所谓之 gentleman)向来看不起它们,这是因为第一缺陷,来路不高明,他们出身微贱,故所产生的东西,士大夫们就视作雕虫小技。《诗经》,他们所不敢轻视的,因为是圣人所订。《楚辞》为半恋爱半爱国的热烈的沉痛的感情奔放作品,故站得住。五七言诗为曹氏所扶植,因他们为帝干,故亦站得住。词曲、小说,不免为小道,皆为其出身微贱的缘故。第二缺陷,因为这些是民间细微的故事,如婆婆虐待媳妇啰,丈夫和妻子吵了架啰……那些题目、材料,都是本地风光,变来变去,都是很简单的,如五七言诗、词曲等也是极简单不复杂的,这是因为匹夫匹妇、旷男怨女思想的简单和体裁的幼稚的缘故,来源不高明,这也是一个极大的缺陷。第三缺陷为传染,如民间浅薄的荒唐的迷信的思想互相传染是。第四缺陷,为不知不觉之所以作,凡去写文艺的,是无意的传染与模仿,并非有意的去描写,这一点甚关重要。中国二千五百年的历史,可谓无一人专心致意的来研究文学,可谓无一人专心致意的来创造文学!这种缺陷是不可以道理计的。到了唐朝,韩退之、白香山等深感觉骈文流行之不便,才把他们认为古文的改为散文,这种运动,可说是一种文学运动,二千五百年无一人有此种运动。十四年前有新文学运动,亦为此一种,这是由无意的传染一变而为有意的研究。

新文学的来路,也有两条:

(一)就是民间文学,如现今大规模的搜集民间歌谣故事等;帮助新文学的开拓,实非浅鲜。

(二)除印度外,即为欧洲文学,我们新的文学,受欧洲的影响极大。欧洲文学,最近二三百年如诗歌、小说等皆自民间而来,第一流人物把这种文学看作专门事业、当成是一种极高贵的极有价值的终身职业。他们倡导文学的是极有名的人,如华茨华斯(William Wordsworth,1770—1850年)、莫泊桑(Maupassant,1850—1893年)等等都是倡导文学的第一等人才。他们的文学并非由外传染,而是由内心的创造,他们是重视文学的,有这种种缘故,所以才能产生出伟大的作品。我们的新文学,现在我们才知道有所谓自然主义、浪漫主义、写实主义、象征主义、心理分析……种种派别之不同,并非小道可比,这是我们受了西洋文学的洗礼的结果。

今日替诸位算一算旧账,现在当教授的也提倡民间文学,以新的眼光和新的方法去看待它,也许从二千五百年以来要开辟一条新的道路。

(胡适于1931年12月30日在北京大学国文系作《中国文学过去与来路》的演讲,由翟永坤笔录。原载天津《大公报》,1932年1月5日)

北京大学
临大合

第二篇 说诗词

中国古诗词五讲

1937—1946

1899—1946

闻一多：歌与诗

一

想象原始人最初因情感的激荡而发出有如"啊"、"哦"、"唉"或"呜呼"、"噫嘻"一类的声音，那便是音乐的萌芽，也是孕而未化的语言。声音可以拉得很长，在声调上也有相当的变化，所以是音乐的萌芽。那不是一个词句，甚至不是一个字，然而代表一种颇复杂的含义，所以是孕而未化的语言。这样界乎音乐与语言之间的一声"啊～～～～"便是歌的起源。不错，"歌"就是"啊"，二者皆从可陪声（"歌从哥声，哥又从可声，啊从阿声，阿从可声"，这般说法，我嫌它太噜嗦了，所以杜撰了这个名词。可是歌与啊的陪声，中间隔着了哥与阿，犹之乎大夫对天子称陪臣，中间隔着了诸侯），古音大概是没有分别的。在后世的歌辞中有时又写作"猗"。

断断猗无他技！（《书·秦誓》）

河水清且涟猗！（《诗·伐檀》）

而已反其真而我犹为人猗！（《庄子·大宗师》篇载孟子反、子琴张相和歌）

候人兮猗！（《吕氏春秋·音初》篇载涂山氏妾歌）

或作"我"：

有酒湑我！无酒酤我！坎坎鼓我！蹲蹲舞我！（《诗·伐木》）

乌生八九子，端坐秦氏桂树间。唶我！（旧读唶字绝句，而以我字属下读，细玩各句的文义，是讲不通的。）秦氏有游遨荡子，工用睢阳强（弓），苏合弹，左手持强（弓）弹两丸，出入乌东西。唶我！一丸即发中乌身，乌死魂魄飞扬上天……（《乐府古辞·乌生》）

什九则作"兮"，古书往往用"猗"或"我"代替兮字，可知三字声音原来相同，其实只是"啊"的若干不同的写法而已。至于由"啊"又辗转变为其他较远的语音，又可写作各样不同的字体，这里不能，也不必一一举例。总之，严格地讲，只有带这类感叹虚字的句子，及由同样句子组成的篇章，才合乎最原始的歌的性质，因为，按句法发展的程序说，带感叹字的句子，应当是由那感叹字滋长出来的。借最习见的兮字句为例，在纯粹理论上，我们必须说最初是一个感叹字"兮"，然后在前面加上实字，由加一字如《诗经》"子兮子兮"，"萚兮萚兮"，递增至大概最多不过十字，如《说苑》所载柳下惠妻《诔柳下惠辞》"夫子之信诚而与人无害兮"。

（感叹字在句首或句中者，可以类推。）为什么我们必须这样说呢？因为实字之增加是歌者对于情绪的自觉之表现。感叹字是情绪的发泄，实字是情绪的形容，分析与解释。前者是冲动的，后者是理智的。由冲动的发泄情绪，到理智的形容，分析，解释情绪，歌者是由主观转入了客观的地位。辨明了感叹字与实字主客的地位，二者的产生谁先谁后，便不言而喻了。在感叹字上加实字，歌者等于替自己当翻译，译词当然不能在原辞之前。感叹字本只有声而无字，所以是音乐的，实字则是已成形的语言，因此我们又可以说，感叹字是伯牙的琴声，实字乃钟子期讲的"志在高山"，"志在流水"。自然伯牙不鼓琴，钟子期也就没有这两句话了。感叹字必须发生在实字之前，如此的明显，后人乃称歌中最主要的感叹字"兮"为语助，语尾，真是车子放在马前面了。

但后人这种误会，也不是没有理由的。在后世歌辞里，感叹字确乎失去了它固有的重要性，而变成仅仅一个虚字而已。人究竟是个社会动物，发泄情绪的目的，至少一半是要给人知道，以图兑换一点同情。这一来，歌中的实字便不可少了，因为情绪全靠它传递给对方。实字用得愈多，愈精巧，情绪的传递愈有效，原来那声"啊～～～～"便显着不重要，而渐渐退居附庸地位（如后世一般歌中的"兮"字），甚至用文字写定时，还可以完全省去。《九歌·山鬼》，据《宋书·乐志》所载当时乐工的底本，便把兮字都删去了。《史记·乐书》所载《天马歌》二章皆有兮字，《汉书·礼乐志》便没有了。这些都是具体的例证。然而兮字的省去，究竟是一个损失。

若有人兮山之阿，被薜荔兮带女萝。

试把兮字省去，再读读看，还是味儿吗？对了，损失了的正是歌的意味儿。你说那不过是声调的关系，意义并未变更。但是你要知道，特别在歌里，"意味"比"意义"要紧得多，而意味正是寄托在声调里的。最有趣的例是梁鸿的《五噫》：

陟彼北芒兮，噫！顾瞻帝京兮，噫！宫阙崔嵬兮，噫！民之劬劳兮，噫！辽辽未央兮，噫！

作者本意是要这些兮字重行担起那原始时期的重要职责，无奈在当时的习惯中，兮字已无这能力了，不得已，这才在"兮"下又补上一个"噫"以为之辅佐，使它在沾染作用中，更能充分地发挥它固有的力量。因此，为体贴作者这番用意，我们不妨把"兮噫"二字索性捆紧些当作一个单元、而以如下的方式读这首歌：

陟彼北芒（兮～～～噫～～～）顾瞻帝京（兮～～～噫～～～）……

记住"兮"即"啊"的后身,那么"兮噫"的音值便可拟作"〇～～〇～～"了。这一来,歌的面目便十足地显露出来了。此刻若再把"兮噫"去掉,让它成了一首四言诗,那与原来的意味相差该多么远!

以上我们反复地说明了感叹字确乎是歌的核心与原动力,而感叹字本身则是情绪的发泄,那么歌的本质是抒情的,也就是必然的结论了。

二

至于"诗"字最初在古人的观念中,却离现在的意义太远了。汉朝人每训诗为志:

诗之为言志也。(《诗谱序》疏引《春秋说题辞》)

诗之言志也。(《洪范·五行传》郑《注》)

诗志也。(《吕氏春秋·慎大览》高《注》,《楚辞·悲回风》王《注》,《说文》)

从下文种种方面,我们可以证明志与诗原来是一个字。志有三个意义:一记忆,二记录,三怀抱。这三个意义正代表诗的发展途径上三个主要阶段。

志字从㞢。卜辞㞢作㞢,从止下一,像人足停止在地上,所以㞢本训停止。卜辞"其雨庚㞢"(《铁云藏龟》一六,四),犹言"将雨,至庚日而止"。志从㞢从心,本义是停止在心上。停在心上亦可说是藏在心里,故《荀子·解蔽》篇曰"志也者臧(藏)也",《注》曰"在心为志",正谓藏在心,《诗序》疏曰"蕴藏在心谓之为志",最为确诂。藏在心即记忆,故志又训记。《礼记·哀公问》篇"子志之心也",犹言记在心上,《国语·楚语》上"闻一二之言,必诵志而纳之,以训导我",谓背诵之记忆之以纳于我也。《楚语》以"诵志"二字连言尤可注意,因为诗字训志最初正指记诵而言。诗之产生本在有文字以前,当时专凭记忆以口耳相传。诗之有韵及整齐的句法,不都是为着便于记诵吗?(诗必记诵,瞎子的记忆力尤发达,故古代为人君诵诗的专官曰矇,曰瞍,曰瞽。)所以诗有时又称诵。[《诗·节南山》"家父作诵",《崧高》及《烝民》"吉甫作诵",皆谓诗。至《崧高》于"吉甫作诵"下曰"其诗孔硕,其风肆好",此诗则谓辞(诗辞古音同),风谓声调。《卷阿》"矢诗不多,维以遂歌"即陈辞不多,可证。]这样说来,最古的诗实相当于后世的歌诀,如《百家姓》、《四言杂字》之类。就《三百篇》论,《七月》(一篇韵语的《夏小正》或《月令》)大致还可以代表这阶段,虽则它的产生绝不能早到一个太辽远的时期。

无文字时专凭记忆,文字产生以后,则用文字记载以代记忆,故记忆之记又孳乳为记载之记。记忆谓之志,记载亦谓之志。古时几乎一切文字记载皆曰志。

1.《左传·文二年》:"《周志》有之,'勇则害上,不登于明堂。'"《注》:"《周志》,《周书》也。"案二语见《逸周书·大匡》篇。

2.《襄廿五年》:"志有之,'言以足志,文以足言。'"《注》:"志,古书也。"

3.《襄三十年》:"《仲虺之志》云:'乱者取之,亡者侮之。'"案即《仲虺之诰》,此真古文《尚书》的佚文。

4.《国语·晋语》四:"《礼志》有之曰:'将有请于人,必先有人焉。'"

5. 同上:"夫先王之法志,德义之府也。"《注》:"志,记也。"案《左传·僖二十七年》作"《诗》、《书》,义之府也",是所谓法志者即《诗》、《书》。

6.《晋语》六:"夫成子导前志以佐先君,导法而卒以政,可不谓文乎?"《注》:"志,记也。"

7.《晋语》九:"志有之曰:'高山峻原,不生草木,松柏之地;其土不肥。'"《注》同。

8.《楚语》上:"教之故志,使知废兴者而戒惧焉。"《注》:"故志谓所记前世成败之书。"

9.《周礼·小史》:"掌邦国之志。"司农《注》:"志谓记也,《春秋》所谓《周志》,《国语》所谓《郑书》之属也。"

10. 同上《外史》:"掌四方之志。"郑《注》:"志,记也,谓若鲁之《春秋》,晋之《乘》,楚之《梼杌》。"

11.《孟子·滕文公》上篇:"且志曰:'丧祭从先祖。'"赵《注》:"志,记也。"

12. 又下篇:"且志曰:'枉尺而直寻,宜若可为也。'"《注》同。

13.《荀子·大略》篇:"《聘礼志》曰:'币厚则伤德,财侈则殄礼。'"

14.《吕氏春秋·贵当》篇:"志曰:'骄惑之事,不亡奚待?'"《注》:"志,古记也。"

一切记载既皆谓之志,而韵文产生又必早于散文,那么最初的志(记载)就没有不是诗(韵语)的了。上揭1、14二例所引的"志"正是韵语,而现在的先秦古籍中韵语的成分还不少,这些都保存着记载的较古的状态。承认初期的记载必须是韵语的,便承认了诗训志的第二个古义必须是"记载"。《管子·山权数》篇"诗者所以记物也",正谓记载事物;《贾子·道德说》篇"诗者志德之理而明其指,令人缘之以自成也",志德之理亦即记德之理。前者说记物,后者说记理,所记之对象虽不同,但说诗的任务是记载却是相同的,可见诗字较古的含义,直至汉初还未被忘掉。

上文我们说过"歌"的本质是抒情的,现在我们说"诗"的本质是记事的,诗与歌根本不同之点,这来就完全明白了。再进一步地揭露二者之间的对垒性,我们还可以这样说:古代歌所据有的是后世所谓诗的范围,而古代诗所管领的乃是后世史的疆域。要测验上面这看法的正确性，我们只将上揭各古书称志的例子分析一下就思过半了。除一部分性质未详外，那些例子可依《六经》的类目分为（一）《书》类，1、3、5、6、8属之，（二）《礼》类，4、10、13属之，（三）《春秋》类，9、10属之。有《书》，有《春秋》，有《礼》，三者皆称志，岂不与后世史部的书称志正合？然而古书又有称《诗》为志的。《左传·昭十六年》载郑六卿饯宣子于郊，子齹赋《野有蔓草》，子产赋《郑》之《羔裘》，子大叔赋《褰裳》，子游赋《风雨》，子旗赋《有女同车》，子柳赋《萚兮》。宣子喜曰："郑其庶乎！二三君子以君命贶起，赋不出《郑志》，皆昵燕好也。"六卿所赋皆《郑风》，而宣子说是"赋不出《郑志》"，可知《郑志》即《郑诗》。属于史类的《书》（古代史）、《春秋》（当代史）、《礼》（礼俗史）称志，《诗》亦称《志》，这是什么缘故？原来《诗》本是记事的，也是一种史。在散文产生之后，它与那三种仅在体裁上有有韵与无韵之分，在散文未产生之前，连这点分别也没有。诗即史，所以孟子说：

> 王者之迹熄而《诗》亡，《诗》亡然后《春秋》作。晋之《乘》，楚之《梼杌》，鲁之《春秋》，一也，其事则齐桓、晋文，其文则史。（《离娄》下篇）

《春秋》何以能代《诗》而兴？因为《诗》也是一种《春秋》。

他又说：

> 诵其诗，读其书，不知其人，可乎？是以论其世也。（《万章》下篇）

一壁以诗书并称，一壁又说必须知人论世，孟子对于诗的观念是雪亮的。在这点上，《诗大序》与孟子的话同等重要：

> 至于王道衰，礼义废，政教失；国异政，家殊俗，而《变风》、《变雅》作矣。国史明乎得失之迹，伤人伦之废，哀刑政之苛，吟咏性情，以风其上，达于事变，而怀其旧俗者也。

诗即史，当然史官也就是"诗人"。但《序》意以为《风》、《雅》是史官所作，则不尽然。初期的雅，尤其是《大雅》中如《绵》、《皇矣》、《生民》、《公刘》等是史官的手笔，是无疑问的，《风》则仍当出自民间。不过《序》指出了诗与国史这层关系，不能不说是很重要的一段文献。如今再回去看《诗序》好牵合《春秋》时的史迹来解释《国风》，其说虽什九不可信，但那种以史读诗的观点，确乎是有着一段历史背景的。最后，从史字的一份较冷僻的训诂中，也可以窥出诗与史的渊源来。

文胜质则史。(《论语·雍也》篇)

辞多则史。(《仪礼·聘礼记》)

捷敏辩给，繁于文采，则见以为史。(《韩非子·难言》篇)

米盐博辩，则以为多而史之。(《史记·天官书》"凌杂米盐"，《正义》："米盐，细碎也。"《汉书·循吏黄霸传》"米盐靡密"，《注》："米盐，言碎而且细。"《酷吏咸宣传》"其次米盐事小大皆关其手"，《注》："米盐，细杂也。")(同上书，《说难》篇)

"繁于文采"，正是诗的荣誉，这里却算作史的罪名，这又分明坐实了诗史之间不可分离的关系。

三

社会日趋复杂，为配合新的环境，人们在许多使用文字的途径上，不得不舍弃以往那"繁于文采"的诗的形式而力求经济，于是散文应运而生。史的记载不见得是首先放弃那旧日的奢侈痼习的，但它终于放弃了。大概就在这时，志诗二字的用途才分家。一方面有旧式的韵文史，一方面又有新兴的散文史，名称随形式的蕃衍而分化，习惯便派定韵文史为"诗"，散文史为"志"了。此后，二字混用通用的现象不是没有，但那只算得暂时的权变和意外的出轨。

你满以为散文进一步，韵文便退一步，直至有如今日的局面，

"记事"几乎完全是散文一家独有的山河，韵文（如一切歌诀式的韵语）则蜷伏在一个不重要的角落里，苟延着残喘，于是你惊讶前者的强大，而惋惜后者的式微。你这兴衰之感是不必要的。韵文并非式微，它是迁移到另一地带去了。它与歌有一段宿诺。在记事的课题上，它打头就不感真实兴趣，所以时时盼着散文的来到，以便卸下这份责任，去与歌合作，现在正好如愿以偿了。所以《孟子》"《诗》亡然后《春秋》作"之亡，若解作逃亡之亡，或许与事实更相符合点。

诗与歌合流真是一件大事。它的结果乃是《三百篇》的诞生。一部最脍炙人口的《国风》与《小雅》，也是《三百篇》的最精彩部分，便是诗歌合作中最美满的成绩。一种如《氓》、《谷风》等，以一个故事为蓝本，叙述方法也多少保存着故事的时间连续性，可说是史传的手法，一种如《斯干》、《小戎》、《大田》、《无羊》等，平面式地记物，与《顾命》、《考工记》、《内则》等性质相近，这些都是"诗"从它老家（史）带来的贡献。然而很明显的上述各诗并非史传或史志，因为其中的"事"是经过"情"的炮制然后再写下来的。这情的部分便是"歌"的贡献。由《击鼓》、《绿衣》以至《蒹葭》、《月出》，是"事"的色彩由显而隐，"情"的韵味由短而长，那正象征着歌的成分在比例上的递增。再进一步，"情"的成分愈加膨胀，而"事"则暗淡到不合再称为"事"，只可称为"境"，那便到达《十九首》以后的阶段，而不足以代表《三百篇》了。同样，在相反的方向，《孔雀东南飞》也与《三百篇》不同，因为这里只忙着讲故事，是又回到前面诗的第二阶段去了，全不像《三百篇》主要作品之"事"、"情"配合得恰到好处。总之，歌诗的平等合作，"情"、"事"的平均发展，是诗第三阶段的进展，也正是《三百篇》的特质。

诗与歌合流之后，诗的内容又变了一次，于是诗训志的第三种解释便可以应用了。上文说志的本义是"停止在心上"，也可说是"蕴藏在心里"，记忆一义便是由这里生出的。但是情思、感想、怀念、欲慕等等心理状态，何尝不是"停在心上"或"藏在心里"？这些在名词上五花八门，实际并无确定界限的心理状态，现在看来，似乎应该统名之为陆机《文赋》所谓"诗缘情而绮靡"之情，古人则名之为意。《书·尧典》"诗言志"，《史记·五帝本纪》志作意，《汉书·司马迁传》引董仲舒曰"诗以达意"。郑康成注《尧典》"诗言志，歌永言"，亦曰"诗所以言人之志意也，永长也，歌又所以长言诗之意"。诗训志，志又训意，故《广雅·释言》曰："诗，意也。""诗言志"的定义，无论以志为意或为情，这观念只有歌与诗合流才能产生。

但是这样一个观点究竟失之偏宕，至少是欠完备。因为这里所谓诗当然指《三百篇》，而《三百篇》时代的诗，依上文的分析，是志（情）事并重的，所以定义必须是"于记事中言志"或"记事以言志"方才算得完整。看《庄子·天下》篇"《诗》以道志，《书》

以道事"及《荀子·儒效》篇"《诗》言是其志也,《书》言是其事也",都把事完全排出诗外,可知他们所谓志确是与"事"脱节了的志。诗后来专在《十九首》式的"羌无故实"空空洞洞的抒情诗道上发展,而叙事诗几乎完全绝迹了,这定义恐怕不能不负一部分责任。

在上文我们大体上是凭着一两字的训诂,试测了一次《三百篇》以前诗歌发展的大势,我们知道《三百篇》有两个源头,一是歌,一是诗,而当时所谓诗在本质上乃是史。最后这一点特别值得注意。知道诗当初即是史,那恼人的问题"我们原来是否也有史诗"也许就有解决的希望。这是很好的消息,我们下次就该讨论这问题了。

(原载昆明《中央日报》副刊"平明"第 16 期,1939 年 6 月)

1899—1978

游国恩：楚辞之起源

"楚辞"者，楚人之辞赋也。其名始见于《史记·张汤传》（《传》称朱买臣以楚辞与庄助俱幸，侍中，为太中大夫，用事。故《汉书·地理志》遂言吴有严助朱买臣贵显，文辞并发，故世传"楚辞"），再见于《汉书·朱买臣传》，三见于《王褒传》，或谓其文虽始于楚，而名则兴于汉，其然否不可知矣。自刘子政辑录屈宋以下诸人之辞赋为《楚辞》一书，遂为后世集部之祖。黄伯思《东观余论·校定楚辞序》云："屈宋诸骚，皆书楚语，作楚声，纪楚地，名楚物，故可谓之'楚辞'。"（陈振孙《书录解题》引其文，作《翼骚序》。）其诠释"楚辞"之义是也。后人仿效之作，遂亦通有此目。而汉人又往往只称之为赋。其后更有因《离骚》之名而概称"楚辞"为"骚"或"楚骚"、"骚赋"者，非其实矣。

《楚辞》继《三百篇》而勃兴于南方，昔人咸以为《诗》之变体。虽然，奇文之郁起，岂偶然哉？请得略陈其故。

一、关于北方文学者

《汉书·艺文志》曰："古者诸侯卿大夫交接邻国，以微言相感，当揖让之时，必称《诗》以喻其志，盖以别贤不肖而观盛衰焉。故孔子曰,'不学诗,无以言'也。春秋之后,周道浸坏,聘问歌咏不行于列国,学诗之士逸在布衣,而贤人失志之赋作矣。大儒孙卿,及楚臣屈原,离谗忧国,皆作赋以风,咸有恻隐古诗之义。"班氏谓辞赋之起,由于聘问歌咏之事废,极为有见。考春秋时,行人往来,辞命为先,所谓"言之无文,行而不远","子产有辞,诸侯赖之"是也。顾欲善其辞命,厥惟学《诗》,故孔子以诵《诗》专对并举。观《左传》所载诸侯聘会宴燕享之时,必借赋《诗》歌《诗》以为周旋酬酢之助者,不可胜数。其最著者,如襄公二十七年《传》,郑伯享赵孟于垂陇。子展赋《草虫》,伯有赋《鹑之奔奔》,子西赋《黍苗》,子产赋《隰桑》,子太叔赋《野有蔓草》,印段赋《蟋蟀》,公孙段赋《桑扈》,举座无不赋者,可谓极一时之盛事矣。又如昭公十二年《传》记宋华定来聘,为赋《蓼萧》,弗知,又不答赋。昭子谓其必亡。而襄公十六年《传》:"晋侯与诸侯宴于温,使诸大夫舞。曰:'歌诗必类。齐高厚之诗不类。'荀偃怒曰:'诸侯有异志矣!'使诸大夫盟高厚。高厚逃归。"盖尔时赋《诗》歌《诗》之重要如此。楚本后起,文化较低,北方诸侯皆夷之。及其盛也,与中土交际渐繁,聘会渐多,感实用之需要,受文学之熏陶,遂不得不研习《三百篇》而同化于诸夏矣。故《左传》文公十年,楚子舟引《大雅·烝民》及《民劳》,宣十二年,叔孙引《小雅·六月》,楚子引《周颂·时迈》,成二年,申叔跪引《鄘风·桑中》,子重引《大雅·文王》,襄二十七年,薳罢如晋,赋《既醉》,昭三年,楚子享郑伯,赋《吉日》,昭七年,芋尹无宇引《小雅·北山》，昭二十三年，沈尹戌亦引《文王》，二十四年，又引《大雅·桑柔》，而昭十二年《传》子革且引逸诗《祈招》以谏：此皆楚人通达《诗经》之证也。故骚体文中每句用一兮字，其形式亦出于《诗》，而屈子《天问》且纯为《诗》之遗体。考《诗经》泰半皆出黄河流域，然则谓《楚辞》之起源实受北方文学之影响也，何疑？

二、关于南方文学者

　　《诗》三百篇无楚风，然江汉之间皆为楚地。《汉广》、《江有汜》诸诗，列于二《南》；《汝坟》在河南之南部，地与楚境相近；《野有死麕》之白茅，本亦楚产，即《左传》所谓包茅，可知亦为南方诗歌。是《诗》无楚风，而实有楚诗也。《汉书·地理志》陈国，今淮阳之地，盖古豫州之东南，而今河南湖北及安徽一部之地。则《诗》中之《陈风》亦当属之南方。春秋末，楚灭陈而有其地，又悉兼并其附近诸小国；故曰"汉阳诸姬，楚实尽之"，楚境既广，故其时南方诸国之文学亦遂占而有之。蕴蓄既久，华实斯茂；迄于战国，楚辞崛起，有由来矣。又按老子亦楚苦县人，其所著《道德经》五十言，虽不可以文论，然其中多为韵文，且其形式亦间与《楚辞》之《九歌》相同，例如十五章云："豫焉若冬涉川，犹兮若畏四邻。俨兮其若容，涣兮若冰之将释，敦兮其若朴，旷兮其若谷，混兮其若浊。"此类哲理诗极似骚体文之先驱，特其兮字之位置微有不同，遂觉音节稍促耳。此外南方诗歌之散见于古籍者,有《子文歌》,颂楚令尹子文刑其族人事,《楚人歌》,咏楚庄王纳诸御己之谏而罢筑层台事,《徐人歌》,咏吴公子挂剑事,《楚狂接舆歌》《孺子沧浪歌》,公孙有山氏之《庚癸歌》,皆古南方诗歌之可信者,篇什虽曰不多,然其胚胎《楚辞》之功则甚著。至《说苑·善说》篇之《越人歌》,其词尤与《楚辞》无异。故就形式观之,骚体之成,固远在屈宋之先矣。

三、关于楚国者

《楚辞》之起兴楚地关系最深,约言之,可分为三种:《汉书·地理志》曰:"楚人信巫鬼而重淫祀。"《匡衡传》谓陈夫人好巫鬼而民淫祀,《地理志》亦谓陈太姬好祭祀,用史巫,故其俗好巫鬼。《陈风》所称击鼓于宛邱之上,婆娑于枌树之下,盖陈太姬之遗风也。而《越绝书·外传记吴地传》有巫门、巫里、巫山、巫榭城等名,则是时南方诸国巫风之盛可知。其后吴并于越,陈越又先后灭于楚,故此风遂以楚为最盛,而其影响于文学者亦最大。盖巫觋所司者祭祀,而祭祀必有祈祷,祈祷必用祝辞与歌舞,故迷信之风愈炽,文学之材料亦愈多;观《九歌》一篇专咏灵巫降神之事,可以见矣。故《吕氏春秋·侈乐》篇云:"楚之衰也,作为巫音。"此其关于民俗者一也。先秦之世,各国风谣不同,音乐亦异。风谣之播于声音者为土乐,土乐又影响于文学,此在诸国然,而楚为尤甚。按《左氏》成公九年《传》称,晋侯使与钟仪琴,操南音。文子曰:"楚囚,君子也……乐操土风,不忘旧也。"又襄公十八年《传》，师旷曰："吾骤歌北风，又歌南风。南风不竞，多死声。"夫曰南音，曰南风，又曰土风，则楚乐必异乎北方之撰也。《汉书·礼乐志》谓《房中祠乐》为楚声，即本其调以制曲耳。又按《吕览》涂山氏女作歌曰"候人兮猗"，实始作为南音，是南音者，"兮猗"之音，即楚辞之滥觞也。《候人歌》既可取为乐歌。（本《吕览》高诱注。已见前。）则楚辞之起与音乐之关系亦深矣。尝疑楚辞本亦可歌，与《三百篇》同。盖谱诸管弦者为楚声，著于竹帛者为楚辞。汉宣帝召九江被公诵读楚辞，诵读云者，即以声节之之谓也。《隋书·经籍志》谓："隋时有释道骞，善读之，能为楚声，音韵清切。至今传《楚辞》者，皆祖骞公之音。"可知通楚声者，隋唐时尚有人焉。此其关于音乐者二也。刘勰曰："《离骚》代兴，触类而长，物貌难尽，故重沓舒状，于是嵯峨之类聚，葳蕤之群积矣。"又曰："山林皋壤，实文思之奥府……屈平所以能洞鉴风骚之情者，抑亦江山之助乎？"（《文心雕龙·物色》）工夫之曰："楚，泽国也；其南沅湘之交，抑山国也。叠波旷宇，以荡遥情，而迫之以崟嵚戍削之幽菀，故推宕无涯，而天采矗发，江山光怪之气莫能掩抑。"（《楚辞通释·序例》）二氏论屈子文得江山之助，诚为卓识。盖所谓地理者，大之如五岳四渎，岊崩漂汩；小之如鸟兽鱼虫，飞起蠕动；可以拓作者之胸襟，增文学之资料。后世赋家极乐铺叙地理，凡山川形势，水陆奇珍，乃至一章一木之微，靡不描摹尽致者，乃《风》、《骚》之舆台，得其一体以自广者耳。今楚，于山则有九嶷南岳之高，于水则有江汉沅湘之大，于湖潴则有云梦洞庭之巨浸，其间崖谷洲渚，森林鱼鸟之胜，诗人讴歌之天国在焉。故《湘君》一篇，言地理者十九，而《涉江》所记，亦绝似山水之写真，虽作者或有意铺陈，然使其不遇此等境地以为文学之资，将亦束手而无所凭借矣。此其关于地理者三也。

然此仅泛论其文学之渊源而已；若止就屈赋言之，其学术思想之痕迹尚有可得而述者。盖屈赋虽为辞章之祖，其文实为灵均一家之书，后人第见其文章之美，而昧其学派之源，此不思之过也。窃疑屈子之学，出于古者史官及羲和之官，易言之，即辞赋家与阴阳道家有密切之关系是也。约而论之，其征有四：

一曰宇宙观念。此等观念包括天文地理等事，以《天问》一篇为最著，《离骚》、《远游》次之。（裛辨《远游》非屈子作，未审。）如《离骚》首述其生辰，即曰"摄提贞于孟陬，惟庚寅吾以降"。无论摄提之为星名与摄提格之为太岁在寅之名，要皆与天文之学有关。又如《哀郢》言仲春，言甲之晁。《抽思》、《怀沙》并言孟夏，《抽思》且言南指月与列星；而《离骚》之羲和崦嵫咸池扶桑，并关于日，天津为天河，在箕斗之间，《远游》又言九阳、大微、旬始、玄武、文昌，此并屈子晰于岁序干枝及天象之明证。他若召丰隆，驱蜚廉，过句芒，历太皓，虽曰寓言，实无一不关天事。而最可注意者，厥为《天问》中之天文地理诸端（其例从略）。虽然，屈原奚为而好言天事也？按《汉志》称阴阳家者流，出于羲和之官。敬顺昊天，历象日月星辰，敬授民时（语本《尧典》）。羲和者，重黎之后；重黎者，颛顼之后，世司天地，楚之所自出者也。

（参阅《周书·吕刑》，《国语·楚语》、《郑语》，《大戴礼记·帝系》篇，《史记·楚世家》。）屈子楚之同姓，为高阳之苗裔，亦即重黎之子孙，怀王时为左徒，其职略同史官。（《史记正义》谓左徒犹唐之左拾遗。）古者史官兼掌天文历数之事（例证从略），屈子家学相传，博闻强志，故虽世代相去甚远，犹能历历道其概略也。至若阴阳家邹衍之书，今虽不传，《史记》称其先列中国名山大川，通谷禽兽，水土所殖，物类所珍；因而推之及海外，人之所不能睹。又谓中国于天下，乃八十一分居其一分云云，此为邹子之理想地理学也。齐人号之为"谈天衍"者以此。今观《天问》中所问，若九州、川谷、昆仑、县圃、增城、黑水、三危，与夫冬暖夏寒之所，无论或有或无，莫不属于地理者。而石林之地，能言之兽，九首之雄虺，九衢之靡萍，吞象之蛇等等，皆所谓川谷禽兽，水土物类之珍也。不特此也，凡《离骚》之善鸟香草，《招魂》之饮食珍玩，皆是也。（后世赋家极乐铺叙山川形势，水陆珍异，亦辞赋家与阴阳家有关之一证。）乃至《远游》、《招魂》之上下四方，《离骚》之四荒四极，上下九州，皆极明白之空间观念也。白水、阆风、穷石、洧盘、流沙、赤水、不周、西海之地，并邹衍所欲推而及之人所不能睹者也。故曰，屈子之学与出于羲和之官之阴阳家同源。不然，则以战国时阴阳家言最盛，屈子或受其影响耳。

二曰神仙观念。屈子神仙之思以《远游》以最著，《骚经》次之。如云："漠虚静以恬愉兮，澹无为而自得。"又云："道可受兮不可传；其小无内兮，其大无垠。"又云："毋滑而魂兮，彼将自然。

壹气孔神兮，于中夜存。虚以待之兮，无为之先。庶类以成兮，此德之门。"此确为道家养生之论，不仅文词同于老庄而已。至于餐六气，饮沆瀣、潄正阳、含朝霞、保神明而除粗秽等语，直为道家炼形之要道，庄子《刻意》篇所谓吹呴呼吸，吐故纳新，熊经鸟申，彭祖所好者也。乃至明云承赤松之遗则，美往世之登仙，羡韩众（古仙人，非秦始皇时方士）之得一，离人群而遁逸，从王侨而娱戏，留不死之旧乡（以上诸例，并见《远游》），一若真慕出世之乐者，何哉？按《汉志》称道家者流，出于史官。而古者史官兼掌天文历数（说已见前），故道家与阴阳家又有息息相通之处。屈子之学既与阴阳家同源，故又有恬漠虚静，长生久视之企慕。矧老子本楚人，与之同土共国者哉？夫宇宙之寥廓无垠，而欲探讨其究竟者，阴阳家也；升天入地，以至乎旷远绵漠之乡者，神仙家也。斯二者相邻而易混。故邹子推究天地，而又有《重道延命方》（见《汉书·刘向传》）。燕齐海上之方士传其术而不能通，止为方仙道，形解销化（见《封禅书》）。秦始皇用其《五德终始》之学，卒至信神仙，求不死之药（见《始皇本纪》），皆其明证。而《离骚》之神游，乃在若有若无之境界者，盖亦合阴阳家之宇宙观念与道家之神仙观念而一之者也。由是言之，屈子之言神仙，又何怪焉？

三曰神怪观念。屈子之神怪观念与上述二者互为因果，而亦与阴阳家及道家有关。例如《招魂》陈四方之恶，则有长人千仞，十日代出，封狐千里，赤蚁若象，玄蜂若壶，虎豹九关，啄害下人；一夫九首，拔木九千；豺狼从目，悬人以嬉；土伯九约，参目虎首:种种幻想,如九幽十八狱,阎立本吴道玄辈未足尽其变相也。今按文人寓言之荒诞者,《庄子》书中为多:《逍遥游》之鲲鹏,《外物》之说钓,《则阳》之蛮触,《齐谐》志怪之书,谬悠荒唐之说,初不减于《招魂》、《天问》之所有;故知屈子之学与道家同其源流,绝无疑义。(《庄》、《骚》之文多有同者。汉赋家亦多采《庄子》语,兹不暇举。)又按古籍中神怪之事物,莫过于《山海经》。《山海经》一书,汉儒附之禹、益(《史记·大宛传赞》之《禹本纪》亦同),虽不可遽信,然其所以必归之禹、益者,则以其为古地理之书,而禹、益则又最先躬自考察地理之人也。且讲地理者,必验诸生物,《周书·王会》篇备记四夷九域之国,皆附记其物产;《淮南·地形训》主记四方水土,亦必及其动植珍异,皆其证也。邹衍侈言天地,而先列中国名山大川,通谷禽兽,水土所殖,物类所珍,因而推及海外所不能睹,非其明征也与?《周礼疏》引《五经异义》有"古山海经邹子书";近儒仪征刘君疑《禹本纪》亦为衍书(见《左盦集》三),尤足证言地理者必好谈神怪,而屈子之学之与阴阳家有关益信矣。

四曰历史观念。屈赋中多述古事,而以《离骚》、《天问》及《九章》中数篇为最著。所谓"上称帝喾,下道齐桓,中述汤武,以刺世事,明道德之广崇,治乱之条贯"者也。《汉志》言道家出于史官,历记成败存亡祸福古今之道;而老子即为周室之守藏史,庄子寓言虽多,亦往往好陈古事以申其说,是则谓屈子之重视历史,明于治乱者,未始非与道家有关之又一证也。若夫邹子之术,

"必先验小物，推而大之，至于无垠；先序今，以上至黄帝，学者所共术，大并世盛衰。推而远之，至天地未生，窈冥不可考而原也。称引天地剖判以来，五德转移，治各有宜。"（以上总括《史记·孟荀列传》文。）其所谓推者，即史家寻究因果之义；至其推之之法，则本五行相胜之道以为准（略见《吕览·应同》篇）如虞土，夏木，殷金，周火，由兹而上，至于黄帝；由兹而下，乃于百世，皆可以是推之。故因五德之转移，而知其治各有宜也。其详虽不可得闻，要其欲明往古成败祸福之道，则与道家无二致。然则古者阴阳之学，真无所不包矣。故屈赋之好征古事以为法戒者，非偶然也。

（原载游国恩：《先秦文学》，商务印书馆1933年版）

1899—1946

闻一多：诗的唐朝

一般人爱说唐诗，我却要讲"诗唐"，诗唐者，诗的唐朝也，懂得了诗的唐朝，才能欣赏唐朝的诗。

所谓诗的唐朝，理由是：

（一）好诗多在唐朝；

（二）诗的形式和内容的变化到唐朝达到了极点；

（三）唐诗的体裁不仅是一代人的风格，实包括古今中外的各种诗体；

（四）从唐诗分枝出后来新的散文和小说等文体。

最后一条需要略加说明，唐代早期某些散文，如王勃的《滕王阁序》，李白的《春夜宴桃李园序》等，原来只是作为集体写诗的说明书而存在，是附属于诗的散文，到中唐便发展成独立的一体，可说是由诗衍化出来的抒情散文，它形成了所谓八大家式的古文，显然是受了唐诗影响而别具一格。又如唐代考试有行卷的风气，当时举子为了显示自己能诗的本领，往往在考前有意利用故事的形式把诗杂在里面，预先向主考官们亮出一手，希望借此得到重视，取得选拔机会，这就产生了大量的传奇小说。其他如新兴的词体，不用说更是从唐诗的主流中直接分流出去的。

"诗唐"的另一含义,也可解释成唐人的生活是诗的生活,或者说他们的诗是生活化了的。

什么叫诗化的生活或生活化了的诗呢?唐人作诗之普遍可说是空前绝后,凡生活中用到文字的地方,他们一律用诗的形式来写,达到任何事物无不可以入诗的程度。至于像时光的迁流,生命的暂促,本是诗歌常写的主题,而唐代的政治中心又在北方,旧陵古墓,触目皆是,特别是在兵戈初息,或战乱未已的年代里,更容易触动诗人发思古之幽情,因而产生了中晚唐最多最好的怀古诗,这些都可说是生活诗化或诗的生活化的历史事实。但如果一个人的思想感情老是逗留在这种高远的诗境中,精神过度紧张,久了将会发狂,所以有时不免降低诗境,俯就现实,造成一些庸俗的滥调,像张打油那一类的打油诗便产生出来了。再说唐人把整个精力消耗在作诗上面,影响后代知识分子除了写诗百无一能,他们自然要负一定的责任。不过他们当时那样作,也是社会背景造成的,因为诗的教育被政府大力提倡,知识分子想要由进士及第登上仕途,必要的起码条件是能作诗,作诗几乎成了唯一的生活出路,你怎能责怪他们那样拼命写诗呢?可是,国家的政治却因此倒了大霉!

我曾经就中国文学史的分期问题,作了个尚待修正的假定,唐诗的特点和发展变化的原因可以从这里得到解释。试用一表来加以说明:

时代划分		作者成分	起讫年	历年总计
古代		封建贵族及土豪贵族	周成王时至汉建安五年（公元前1063年至公元200年）	约1300年
近代	前期		汉建安五年至唐天宝十四年（公元200年至755年）	555年
	后期		唐天宝十四年至民国九年（公元755年至1920年）	1165年

把建安作为文学史古代和近代的分水岭，理由是在这时期以前，文学作者多半茫然无考，打曹氏父子以后，我们才能够见作品就知道作者了，其次，普通讲文学史的人，大半以个人为中心来划分文学时代，似乎不很恰当。我以为要划分文学史时代，应高瞻远瞩，从当时社会的情况跟作者的关系方面去研究那个时代作者的同异所在，然后求出一个共同的特点来，作为时代的标志，因为任何天才都不能不受他的社会环境的支配。

曹魏时代，在政治上有所谓九品中正制度的建立，作为选拔人才的标准，到了东晋，便发展成为严格的门阀制度，流弊所及，使贵族盲目自大，生活堕落不堪。所以当李唐王朝重新统一天下之后，重修氏族谱，有意贬低固有门阀贵族的地位，他们的气焰才逐渐削弱，到了天宝之乱以前，已著相当成效，回顾这段时期（建安五年—天宝十四年）的诗，从作者的身份来说，几乎全属于门阀贵族，他们的诗，具有一种特殊的风格，被人们常称道的中国诗歌黄金时代的所谓"盛唐之音"，就是他们的最高成就。

东晋是门阀开始的时期，也是清谈极盛的时期，《世说新语》

里所记的人物故事，可代表这时期诗的理想境界，也可以代表这时期诗人的品性，大小谢（谢灵运、谢朓）便是这时期诗人的具体代表。杜甫提到鲍明远（照）时说："俊逸鲍参军"，所谓"俊逸"，就是一种如不羁之马的奔放风格，跟魏武帝（曹操）的乐府诗风格很相近，却与这时期一般诗人的风格大不相同，所以钟嵘在《诗品》中用"嗟其才秀人微"的断语把他列入中品，这里用的正是门阀诗人的尺度，在同一尺度下，被后人盛称的陶渊明诗也不能取得较高的评价，因为他那朴素无华的田园诗正是当时贵族们所不屑于写的。到了盛唐，这一时期诗的理想与风格乃完全成熟，我们可拿王维和他的同辈诗人作代表。当时殷璠编写了一部《河岳英灵集》，算是采集了这一派作品的大成，他们的风格跟六朝是一脉相承的。在这段时期内，便是六朝第二流作家如颜延之之流，他们的作品内容也是十足反映出当时贵族的华贵生活。就在那种生活里，诗律、骈文、文艺批评、书、画等等，才有可能相继或并时产生出来，要没有那时养尊处优的贵族生活条件，谁有那么多时间精力创造出那些丰富多彩的文艺作品！

　　天宝大乱以后，门阀贵族几乎消灭干净，杜甫所代表的另一时代的新诗风就从此开始。宋人杨亿曾讥笑杜甫是"村夫子"，恰好是把他的士人身份跟以前那些贵族作者形成了鲜明的对比。和他同时而调子完全一致的元结编选过一部《箧中集》，里面的作品全带乡村气味，跟过去那些在月光下、梦境中写成的贵族作品风格完全两样，从这个系统发展下去，便是孟郊、韩愈、白居易、元稹等人的继起。他们的作风是以刻画清楚为主，不同于前人标举的什么"味外之味"、"一字千金"那一套玄妙的文学风格。这一派在宋代还在继续发展。要问这一批人为什么在作品中专爱谈正义、道德和惯于愤怒不平呢？原因是他们跟上一时期贵族作者的身份不同，他们都是平民出身，平民容易受人欺负，因此牢骚也多，这样，诗人的成分很自然地由贵族转变为士人了。其实，他们这种态度跟古代早期的贵族倒很接近，这是因为他们在性质上有着某些共同点。就是说早期的贵族，他们原是以武功起家，他们的地位是用自己的汗马功劳换来的，跟后来门阀时期的贵族子孙全靠祖宗牌子过活，一心追求享受不同。所以，他们多能慷慨悲歌，直到魏武帝（曹操）还保留着那一派余气，而唐代士人也同样，必须靠自己的文才去争取一官半职，他们同早期贵族一样本由平民出身，跟人民生活比较接近，因此他们能从自己的生活遭遇联想到整个民生疾苦。从这点来说，也可以解释杜甫的"三吏"、"三别"诸诗为什么会跟汉乐府近似，表现出一种清新质朴的健康风格。

在宋代诗人中，东坡（苏轼）的作风是和天宝之乱以前那一段时期相近，到了陆放翁便满纸村夫子气了。所以如果要学旧诗，学宋诗还有可能发挥的余地，学唐诗（天宝以前的那种所谓"盛唐之音"）显然是自走绝路，因为社会环境和生活方式已经完全改变，没有那种环境和生活条件，怎能写得出那种诗来呢？从这种新作风的时代开始以后，平民跟文学的关系一天比一天密切，小说就跟着发达起来。但过去那种豪华浪漫的贵族生活方式始终还被少数人所留恋，尽管平民文学的新风格已经出现，并且在日益壮大，可是部分诗人总不免要对它唱出情不自已的挽歌，像刘禹锡的"旧时王谢堂前燕，飞入寻常百姓家"，杜牧的"大抵南朝皆旷达，可怜东晋最风流！"，如此之类，真可说是无限低回，一往情深的了。然而黄金时代毕竟已成过去，像人死不能复生一样，于是温（庭筠）李（商隐）便把诗的理想与风格换过，逐渐走上填词的道路，希望在内容和风格方面保存一点旧日贵族的风流余韵，但就成绩来看，只能算是偏安而已，何况词的产生还不是基本上从平民阶级那儿萌芽的么？

  总的说来，唐诗在天宝前后完全是两种迥然不同的风格面目，这是因为作者的身份和生活前后有了很大改变的缘故。从整个文学史来看，唐诗的确包括了六朝诗和宋诗，荟萃了几个时代的格调，兼收并蓄，发挥尽致，古今诗体，至此大备。根据上述这些情况，我们今后提到"诗的唐朝"或"唐诗是中国诗歌黄金时代的诗"，将不会再有空洞或浮夸的感觉了吧。

（原载郑临川述评：《闻一多论古典文学》，
重庆出版社1984年版）

1898—1948

朱自清：什么是宋诗的精华
——评石遗老人（陈衍）评点《宋诗精华录》

本书仿严羽、高棅的办法，分宋诗为初盛中晚四期，每期的诗为一卷。第一卷选诗三十九家，一百十七首，其中近体九十六首。第二卷选诗十八家，二百三十九首，其中近体一百六十四首。第三卷选诗三十二家，二百一十二首，其中近体一百八十六首。第四卷选诗四十家，一百二十二首，其中近体一百零二首。全书共选诗一百二十九家，六百九十首，其中近体五百四十八首，占百分之七十九强，可见本书重心所在。《自序》云：

如近贤之祧唐宗宋，祈响徐仲车、薛浪语诸家，在八音率多土木，甚且有土木而无丝竹金革。焉得命为"律和声""八音克谐"哉！故本鄙见以录宋诗，窃谓宋诗精华乃在此而不在彼也。

开宗明义，便以近体为主。所谓"宋诗精华在此而不在彼"，可以就音律而言，也可以就宋诗全体而言。照前说，老人的意见似乎和傅玉露相近；傅氏为张景星等《宋诗百一钞》(《宋诗别裁》)作序，有云："宫商协畅，何贵乎腐木湿鼓！"不过傅氏就宋诗论宋诗，老人却要矫近贤之弊，用意各不相同罢了。照后一说，便有可商榷处。从前翁方纲选宋人七律，以为宋人七律登峰造极。本书所录七绝最多，七律次之；多选七律，也许与翁氏见解相同。多选七绝，却是老人的创举。他说过：

> 今人习于沈归愚先生各别裁集之说，以为七言绝句必如王龙标、李供奉一路，方为正宗；以老杜绝句在盛唐为独创一格，变体也。……沈归愚墨守明人议论故耳。(《石遗室诗话》，商务本，卷三，页八)

老人此说，也有所本。近人是宋湘，老人已自言之（即在引文中，文繁，从略）。再远还有叶燮，他在《原诗》中说：

> 杜七绝轮囷奇矫，不可名状，在杜集中另是一格，宋人大概学之。宋人七绝，大约学杜者十六七，学商隐者十三四。

又说：

> 宋人七绝，种族各别，然出奇入幽，不可端倪处，竟有轶驾唐人者。若必曰唐，曰供奉，曰龙标以律之，则失之矣。

看了这些话，老人的多选七绝也就不足怪了。

可是若说宋诗精华专在近体,古体又怎样呢?王士禛古诗选录五古以选体为主,唐代只收陈、李、韦、柳而不收杜,似乎还是明人见解。七古却以为自杜以后,尽态极妍,蔚为大国,所收直到元代的虞集、吴渊颖为止。可是所选的诗似乎偏重妥帖敷愉一种,排奡者颇少。这是《宋诗钞·序》所谓"近唐调"者。选宋人七古而求其"近唐调",那么,选也可,不选也可。但是宋人古体的长处似乎别有所在,所谓"妥帖""排奡",大概得之。五七古多如此,而七古尤然。这自然从杜韩出,但五言回旋之地太少,不及七言能尽其所长,所以七古比五古为胜。我们可以说这些诗都在散文化,或说"以文为诗"。不过诗的意义,似乎不该一成不变,当跟着作品的变化而渐渐扩展。"温柔敦厚"固是诗,"沉着痛快"也是诗。《宋诗钞》似乎只选后一种,致为翁方纲所诋。他在《石洲诗话》中说,《宋诗钞》所选古诗实足见宋诗真面目,虽然不免有粗犷的。石遗老人论古诗,重在结想"高妙"(《诗话》页十二)。本书所选,侧重在立意新妙,合于所论。但工于形容,工于用事,工于组织,都是宋人古体诗长处,似乎也难抹杀不论。宋人近体自"江西派"以来,有意讲求句律,也许较古体精进些,可是古体也能发挥光大,白辟门户,若以精华专归近体,似乎不是公平的议论。我想老人论古诗语,原依白石《诗说》立言,并非盱衡全局。至于选录宋诗,原是偏主近体之音律谐畅者,以矫时贤之弊;古体篇幅太繁,若面面顾到,怕将成为庞然巨帙,所以只从结想"高妙"者着手。序中"精华"云云,想是只就近体说,一时兴到,未及深思,便成歧义了。

　　本书分期，颇为妥帖自然。向来论宋诗的，已经约略有此界画，老人不过水到渠成，代为拈出罢了。至于选录标准，可于评点及圈点中见出。本书评点扼要，于标示宗旨和指导初学，都甚方便。大抵首重吐属大方。此事关系修养，不尽在诗功深浅上。如评钱惟演《对竹思鹤》云："有身分，是第一流人语。"（一、一）陈与义《次韵乐文卿北园》云："五六濡染大笔，百读不厌。"（三、一）苏轼《和子由踏青》云："不甚高妙景物，名大家能写得恰如分际，小名家则非雅事不肯落笔矣。"（二、二〇）这都说的是胸襟广阔，能见其大。又评黄鲁直《宿旧彭泽怀陶令》云："古人命名，未尝非用意有在。但专就名字上着笔，终近小巧。"（二、二三）《题竹石牧牛》云："用太白《独漉篇》调甚妙，但须少加以理耳。"（二、二六）按此处语太简略，其详见《诗话》十七（页一），以为如诗语"何其厚于竹而薄于石"，未免巧而伤理了。又评陈师道《妾薄命》云："二诗比拟，终嫌不伦。"（二、二九）《放歌行》第一首云："终嫌炫玉。"（二、三〇）所谓"不伦"，当是说得太亲呢，失了身份之意。又评乐雷发《送丁少卿自桂帅移镇西蜀》云："如用'瑞露'等字，终嫌小方。"又评文同《此君庵》云："谚所谓'巧言不如直道'，这是墨守明人议论的所不敢说的。"老人不甚喜欢禅语。评饶节云："诗多禅语，非浅尝者比，然兹所不录。"（三、八）又评苏轼《百步洪》云："坡公喜以禅语作达，数见无味。此诗就眼前篙眼指点出，真非钝根人所及矣。"（二、一四）老人能够领略非浅尝的禅语而不喜东坡以禅语作达，大约也是觉得他太以此自炫了。至于不选饶节禅语之作，或因禅太多而诗太少之故。不过禅学影响于诗甚大，有人说黄山谷的新境界全是禅学本领。这层似尚值得详论。大方不但指思想，也指才力。书中评严羽云："沧浪有诗话，论诗甚高，以禅为喻。而所造不过如此。专宗王孟者，囿于思想，短于才力也。"（四、六）老人论诗，所以不主一格。他说过："知同体之善，忘异量之美，皆未尝出此。"（《诗话》十二、页一）评秦观《春日五首》之一云："遗山讥'有情'二语为'女郎诗'。诗者，劳人思妇公共之言，岂能有雅颂而无国风，绝不许女郎作诗耶？"（二、三三）

大方而外，真挚与兴趣也是本书选录的标准。评苏舜卿《哭曼卿》云："归来句是实在沉痛语"（一、一一）。评梅尧臣《悼亡》之三云："情之所钟，不免质言，虽过当，无伤也。"（一、一三）《殇小女称称》之二云："末十字苦情写得出"（一、一六）。评黄鲁直《次韵吴宣义三径怀友》云："末四句沉痛"（二、二四）。《次韵文潜》云："沉痛语一二敌人千百"（二、二八）。评陈师道《妾薄命》之一云："沉痛语，可以长接顾长康之于桓宣武"（二、二九）。评陆游《沈氏小园》等作云："古今断肠之作，无如此前后三首者"（三、二八）。这都是真挚之作。语不真挚而入选者也有，那必是别有可取处。评王安石《寄阙下诸父兄兼示平甫兄弟》云："虽非由衷之言，而说来故自动听"（二、四）。黄鲁直《次韵子瞻武昌西山》云："并子瞻于次山，付诸一慨，此时境地同也。"（二、二五）

评尤袤《送吴待制帅襄阳》云："酬应之作，然三四六语有分寸"（三、一三）。都可见。评黄鲁直《题伯时画严子陵钓滩》云："此兴到语耳。"（二、二五）《病起荆江亭即事》十首之一云："兴会之作"（二、二六）。老人并不特别看重伫兴之作，《诗话》三有评说（页四），所以此二诗评语也只轻描淡写出之。但于蔡襄、欧阳修、苏轼、陆游梦中四诗（一、六；一、九；二、一一；三、二七），却极端推重，以为"如有神助"，甚至说"四诗之高妙为四君生平所未曾有"（三、二七）。欧作确奇，而一句一意，没有多少组织的工夫。陆作贴切便利，"自然"可喜。苏作可称"兴会"。蔡作句奇意不奇。老人推许似乎太过了些。这和他论王安石诗，以"柳叶鸣蜩暗绿"二首压卷（二、六），同是难解。又评穆修《贵侯园》云："善戏谑兮，不为虐兮。"（一、八）孔武仲《瓜步阻风》云："第二句甚趣"（二、三七）。杨万里《题钟家村石崖》云："末七字使人失笑"（三、二一）。诗杂诙谐，杜甫晚年作品实开风气（胡适之先生《白话文学史》说）。宋人颇会学他。老人也赏识这一种的。

自来论诗文，都重模拟。死的模拟，所谓画死人坐像，不足重；重在能变化，能以故为新，所谓脱胎换骨的便是。本书评语往往指出诗句蓝本；其按而不断者都是能变化的。这种评语不但有助于诗的多义，兼能指点初学的人。有时也指出死模拟的句子，告诉人不可学。评陈师道《赠欧阳叔弼学士》云："末二句学杜而得其皮者，切不可学"（三、三〇至三一）。但评陈与义《再登岳阳楼感慨赋诗》云："五六学杜而得其骨者"（三、二）。得皮是死，得骨便活了，避熟就生也是活法，也是变。评苏舜卿《中秋夜吴江亭上对月怀前宰张子野及寄君谟蔡大》云："望月怀人语数见不鲜矣，此作颇能避熟就生。"（一、一一）变化其实也是创新；纯粹的创新是可遇而不可求的。评王安石《壬辰寒食》云："起十字无穷生清新。"（二、四）苏轼《题西林壁》云："此诗有新思想，似未经人道过。"（二、一三）杨万里《池口移舟入江再泊十里头潘家湾阻风不止》云："写逆风全就江水西流著想，惊人语乃未经人道矣。"（三、一九至二〇）诚斋诗中，新境较多，但时流于巧；巧就不大方了。老人评徐照《柳叶词》云："新巧而已"，也不满意于那巧味。书中于用字，造句，押韵，也偶然评及。用字如陈师道《和李使君九日登戏马台》云："三四加'堪'字'更'字，便不陈旧"（二、三二）。这也是变。又如文同《北斋雨后》云："'占'字'寻'字下得切"（二、三六）。造句如黄鲁直《宿旧彭泽怀陶令》云："铸词有极工处"（二、二三）。唐庚《张求》诗云："工于造句"（三、一〇）。押韵如楼钥《求仲抑招游山归途遇雨》云："押'及'韵如抛砖落地，从《左氏传》'师何及'句来"（三、五）。都颇精当。只有辩黄鲁直《醇道得蛤蜊复索舜泉》诗中"前"字韵诸语（二、二二至二三），未免牵强附会。其实那"前"字与"边"字同意，并无趁韵之嫌；"世人藉口"，未知何指，似不足辩。书中尤重章句组织。评古诗常有"辞费"之语。如梅尧臣名作《范饶州坐中客语食河豚鱼》云："此诗绝佳者，实只首四句，余皆词费。然所谓探骊得珠，其余鳞爪之物，听之而已"（一、一二）。组织工者曰

"健",就是"经济的"之意。句健易,全诗健难。老人评苏轼《王维吴道子画》云:"大凡名大家诗,每篇必有一二惊人名句,全篇方镇压得住;其鳞爪之处,亦不处处用全力也"(二、八)。这是为名大家辩护,实在是组织不容易。近体也如此,所以古今诗话,摘句者多,录全篇者少。《石遗室诗话》中论此最精云:

> 作近体诗,患在意不足。如七律诗八句,奈无八句之意,则空滑搪塞,无所不至矣。但果是作手,尚张罗得来,八句中有两三句三四句可味,余亦可观耳。意有余,而后如截奔马,如临水送将归,非施手段善含蓄不可。意仅足,则剡溪归棹,故作从容,故有余地,工于作态而已。(《诗话》十、页一)

书中评近体诸作,不大说及组织,实因全美的少,一一指疵,未免太烦。只有组织特别者才有说明。评郑文宝《阙题》云:"案此诗首句一顿,下三句连作一气说,体格独创。唐人中唯太白'越王勾践破吴归'一首,前三句一气连说,末句一扫而空之。此诗异曲同工。善于变化"(一、二)。陈师道《春怀示邻里》云:"此诗另是一种结构,似两绝句接成一律"(二、三二)。杨万里《题沈子寿旁观录》云:"倒戟而入作法"(三、一九)。这三首诗若不细加吟味,是会囫囵看过的。

书中选录的诗甚有别裁,而且宋人诗话中称道的,和有关诗家掌故的作品,大抵也都在选中。读此书如在大街上走,常常看见熟人。评论诗家，如王安石（二、六）、苏轼（二、一六）、黄鲁直（二、二四）、朱熹（三、一二）、陆游（三、二九）、刘克庄（四、一一）等人，语虽简短而能扼要，绝非兴到振笔者可比。至于说诗，更是老人的长处。如说王安石《元丰行》（二、一），《明妃曲》（二、二），抉出用意，鞭辟入里，古今人所未道及。又如黄鲁直《戏作林夫人欸乃歌》之一（二、二三），时序先后，颇不易明，老人一语点破，便觉豁然。评语中也间有附会处，上文论押韵，已举一条。他如评王安石《歌元丰》云："微有杨子幼'豆落为萁'意"（二、四）。细味原诗，却绝无此意。与《元丰行》、《后元丰行》不同，只"南山"二字，涉想过远，才有此评；但他自己也不深信，所以只说"微有"。不过书中如此附会处极少。评语中间论改诗。欧阳修《丰乐亭小饮》云："第五句以太守而说游女丑，似未得体，当有以易之"（一、九）。原诗云："看花游女不知丑，古妆野态争花红"，这是诙谐语，与苏轼《于潜女》貌异心同；重在游女之朴真，不在品题美丑。再说诗并非作给游女看，也不是作给州民看，乃是给朋友们看的；既非宣教，何苦以体统相绳呢？又《招许主客》诗五六句云："更扫广庭宽百亩，少容明月放清光"；评云："'少容'若作'多容'，更佳"。明月清光何限？即"横扫广庭宽百亩"，岂能尽容其放开来？说"少容"，是比较的多之意，意曲而趣；改"多容"就未免太"直道"了。

（原载朱自清：《语文零拾》，名山书局 1948 年版）

1904—1957

浦江清：词曲的发展和词的概况

宋代文人在韵文方面，也可以说在诗歌方面，另外开辟了一个园地，就是词。词是以抒情为主的小曲。入乐歌唱的。歌曲是最能抒情的，无论合唱的歌、独唱的歌，强烈地抒发人的感情。合唱的抒发了集体的共同的感情，起共鸣作用。独唱的歌曲，倾诉内心的激动，类乎戏台上的独白。宋人的词，性质同于前代的乐府歌曲，不过体制短小，专以抒情为主，不像前代乐府歌曲有长篇叙事的。（连章应用词来叙事，也须夹杂散文。）

宋人称词为小词、小曲，也称曲子。就其文词而言，谓之词；就歌曲整体来称呼，称它为小曲，或曲子。属于乐歌的范围。宋人通称词曲，原无分别。在文学史上硬把金元以后的新生俗曲称曲，而把宋代的曲词称词。那是文学史上的名称。

曲的名称原来就有，例如汉代有相和曲、清商曲等。配合琴的称琴曲，配合琵琶的又有琵琶曲。那是指某一大类的歌曲。个别的歌曲如《襄阳曲》、《乌栖曲》、《明妃曲》等，或为歌曲或为诗篇的名称。至于词的名称也自古有之，如配合《陇头歌》的称《陇头歌辞》，配合《折杨柳歌》的称《折杨柳歌辞》。歌咏木兰的，称《木兰辞》。词与辞同义，即歌曲的文辞部分，特称之为辞或词。

词起于唐代。唐明皇时代的教坊乐曲，有许多的小曲。这些小曲的来源是各地方的民歌小曲、各民族的音乐歌曲。音调曲折动听，所用的歌辞主要是长短句体，不是整齐的五七言诗体。文人开始替那些小曲作词，是白居易、刘禹锡、温庭筠、韦庄等。所以说这些小曲大量收罗采集到乐府机关里，是始于盛唐，而文人为这些小曲作词，是始于中晚唐时代。到宋代便普遍流行，成为文学体制的一个大类。

词是乐府歌曲，但是有它特殊的形式。假如我们要给词一个定义，便是词是配合音乐歌唱的、有一定格律的、长短句形式的歌词。歌词随每个乐调的声音曲折而变化其句法，获得一定的语文上的格律。单说词是长短句的诗是不够的，譬如汉乐府、李白的诗往往参差错落，可不是后来的词体，因为没有一定的格律。所谓词，每一调有一个词牌名称，如《菩萨蛮》、《蝶恋花》等，都是乐曲的名称，有一定的句法和格律。不但管句法，并且管着平仄，不依它便不入乐，不好歌唱了。五七言诗，句法整齐，到词体发达，采用长短句的格式，并且能够运用新鲜活泼的语言，是一种解放，可是同时每个词牌又有一定的格律。一边是解放，一边又有束缚和规律，艺术性就在这里。本来诗歌是格律化的语言。没有音乐性的回旋曲折，就不成为诗歌了（古典的诗歌原理在此）。

唐代的教坊乐曲，有小曲、大曲。大曲如《甘州》、《凉州》、

《伊州》、《水调》、《六幺》等。采用五七言绝句入内歌唱。小曲如《菩萨蛮》、《调笑令》、《抛球乐》等，都用长短句词。小曲也已到三百之数。到了宋代教坊曲，无论大曲小曲都用长短句形式的诗句，这类的歌词总称为词。

唐代文人的诗有采入歌曲的，如王昌龄、高适的绝句，白居易、元稹的诗。然而到了宋代，欧阳修、苏轼、黄山谷的诗都不可以入乐歌唱（部分的可以倚琴而歌）。他们另外写许多小词，同样地可以入乐歌唱。他们写诗是一个态度，写词又是一个态度，例如黄庭坚的诗是高古派，可是他的词却是非常俚俗，尽量用俗言俗语的。

词曲在当时是俗文学，大众化的文艺。上至王公大人下至市井小民，都喜欢作词唱曲。本来民歌杂曲，散在各地，那是人民的文艺。不过那些歌曲，少人注意，没有能收集起来。宋词之所以发达，是都市繁华，伎乐发达所致。伎包括男伎、女伎、乐工和歌唱者。合乐和歌唱的不分男女，不过基本上歌唱的以女性为主，而合乐的是男乐工。歌伎有教坊伎，承应宫廷宴会歌舞的；有家伎，豪门贵族的家伎；有官伎，各州县承应官场酒席宴会的伎女；有民间的伎女，在酒楼、茶馆、勾栏中卖唱的，而部分民间伎女也编入乐户，要承应官差的。所谓小令，多数是歌伎所唱的小调，劝酒的歌曲（所谓侑觞之曲），酒令之一种。喝酒时唱曲劝酒。当时士大夫酒席应酬往往为歌伎作小词。例如苏轼在杭州通判任上，有一次府僚湖亭高会，群伎皆集。独秀兰不来，营将督之再三乃来。府僚皆不悦。其时正值初夏，榴花盛开，秀兰以一枝献座上。东坡为作《贺新凉》一曲，使秀兰歌之，于是府僚大悦。即"乳燕飞华屋"一首名篇也（《古今词话》）。东坡有一习惯，如果遇到知己朋友来访，他接待清谈。假如不很知己的官僚来，往往设宴招待，请些歌伎来唱歌尽欢，敷衍一番，终席不大交谈。再例如欧阳修奉使契丹，回到北京。其时贾文元公守北都，设宴招待，使官伎办词以劝酒，伎唯唯。复使都厅召而嘱之，伎亦唯唯。公叹以为山野。既宴，伎奉觞以为寿，永叔把盏侧听，每为引满。公复怪之，召问所歌，皆欧词也（《后山谈丛》）。可见欧公之词，贾昌朝并未知道，而歌伎却很熟悉，亦可怪也。此虽出于小说，未必可信，但此事可能有的。足证当时士大夫设宴，伎乐普遍，而欧公词亦流传广远耳。又例如晏几道有《小山词》集，他自叙云：始时沈十二廉叔，陈十君龙家有莲、鸿、苹、云，工以清讴娱客，每得一解，即以草授诸儿，吾三人听之，为一笑乐（《碧鸡漫志》）。士大夫生活无聊，陶情歌曲，因此产生了这类词的文学。至于柳永，他一生沉溺在坊曲声色中，度他的浪漫生活，成为词的专家、填词的能手。坊曲中有新声，即请他填词。柳词普遍流行。西夏归朝官云，有井水处，皆能歌柳耆卿词。在开始时，词基本上是歌伎劝酒之曲。这个风气还是从唐代长安来，到了宋代更盛。

词的体制。词按长短分为小令、中调、长调，又按音乐节奏分为令、引、近、慢、犯，此外还有大曲摘遍、集曲等。

旧说五十八字以内为小令，五十九字至九十字为中调，九十一字以外为长调。（始自《草堂诗余》，分小令、中调、长调，后人因之，约略云尔。钱唐毛氏因而如此分划。）其实很牵强，如《七娘子》有五十八字者，亦有六十字者，将为小令乎？抑中调乎？又如《雪狮儿》有八十九字者，有九十二字者，将名之为中调乎？抑长调乎？（《万氏词律》）

至于小令与慢词，则实有区别。晚唐五代词皆为小令，慢词未起，慢词起于北宋年间。慢词有与小令同名，似由小令加拍改为慢曲者，如《浪淘沙》是小令，有《浪淘沙慢》，《江城子》有《江城子慢》。亦有与小令无关者，如《扬州慢》、《石州慢》、《苏武慢》等。小令有称为令曲者，如《如梦令》、《婆罗门令》、《六幺令》等，多数不标令字，如《菩萨蛮》、《浣溪沙》等。体制短，产生的时代早（称令、称子、称曲等，大概是小令）。

令、引、近、慢、犯。慢、犯皆慢词。引、近介乎令、慢之间（此类曲多数被视为中调）。

引如《清波引》、《青门引》、《婆罗门引》（唯《云仙引》长至九十八字）。

近如《荔枝香近》、《祝英台近》。

犯如《玲珑四犯》、《尾犯》（九十四字）。

词的思想内容。词原来是俚俗小曲，它的思想内容局限于相思、离别、欢情。如敦煌卷子里的词，反映商业文明和边疆作战，男女不安定的爱情生活，以女性的生活感情为主。词最能反映封建时代女性的感情，有它的现实性和人民性。不过词句是俚俗的。宋代的词，数量既多，题材也很丰富，大概说来有相思、离别、欢情、四时节令、四季景物、咏物。在太平时代反映都市繁华，一般人的及时行乐思想；在乱离时代，反映对过去生活的痛苦回忆。实际在苏轼以后，词的内容便已经扩大，有咏怀、怀古、登临山川、朋友赠答等，脱离了情歌的内容，脱离了女性的生活感情，变成文人士大夫的抒情歌曲了。

北宋的词曲，其真正属于民间文艺的俚俗小词，都没有保存下来。保存下来的是名家的作品和名家的词的专集。若干首无名氏或非名人的作品，见于词话所收罗的，数量极少，内容也不特殊。大概是文词可观的作品。

宋代的文人词，可以分为几个时代，就北宋一期说，可分三期：

1. 欧晏时代。小令时代。

2. 柳永时代。慢词渐盛。

3. 周邦彦时代。大制慢词，讲究音律。

宋初出现于词坛的有几位达官贵人，如寇准、韩琦、晏殊、宋祁、范仲淹、欧阳修。其中范仲淹虽则寥寥几首，风格极高，如《苏幕遮》、《渔家傲》、《御街行》。《渔家傲》的"将军白发征夫泪",沉郁悲壮,可以与王昌龄、高适、岑参的边塞诗比美。《苏幕遮》的"碧云天,黄叶地"一首,竟已为王实甫《西厢记》送别一折的蓝本。《御街行》的情致也很深。可说是不同凡响。有范仲淹的思想抱负方始可以写出这样的词来。

晏殊(同叔)(991?—1055年)江西临川人。仁宗时宰相。诗文接近李商隐、杨亿一派,以典雅华丽见长。《珠玉词》一百二十余首。如《浣溪沙》的"无可奈何花落去,似曾相识燕归来",如果放在七言律诗里嫌纤巧,放在词里却很大方。诗词的体制和意境各有不同。如《木兰花》(又名《玉楼春》)的"无情不似多情苦,一寸还成千万缕。天涯地角有穷时,只有相思无尽处",达而深。

欧阳修有《六一词》和《醉翁琴趣外篇》。欧词接近南唐的冯延巳,有些《蝶恋花》和冯延巳的《阳春集》中词,彼此两见,混杂不分。欧词未脱小令时代,承继《花间集》和南唐词的风格。这类写柔情的小词,是为适应伎曲而作的,同时也是抒发某方面的感情的作品。假定是体贴女性的生活感情的,并不是她与自己的爱情生活。例如"日日花前常病酒,不辞镜里朱颜瘦",绝非苍颜白发颓乎其中的一个醉翁。常常对镜看花,乃是设想美女的多情。他的词既能体贴女性的柔情,所以入之歌曲也是非常适合的。

晏几道(晏殊之子),字叔原。有《小山词》。他的词多有古乐府意味,颇近《花间集》,温韦遗风。"舞低杨柳楼心月,歌尽桃花扇底风",《桃花扇》剧本摘取此三字,创造情节。而此《鹧鸪天》

一调,后半阕尤佳。老杜诗:"夜阑更秉烛,相对如梦寐。"此是诗,并且是夫妇的感情。至如"从别后,忆相逢,几回魂梦与君同。今宵剩把银釭照,犹恐相逢是梦中",则确乎是词,是小曲中的语言,是恋人的感情,不一定是夫妇了。和杜诗的表现手法有些相同,也是脱胎换骨。不过这不是文学书本上学习来的,乃是体贴人情的真切。

(原载浦江清著,浦汉明、彭书麟整理:《中国文学史稿·宋元卷》,北京出版社2018年版)

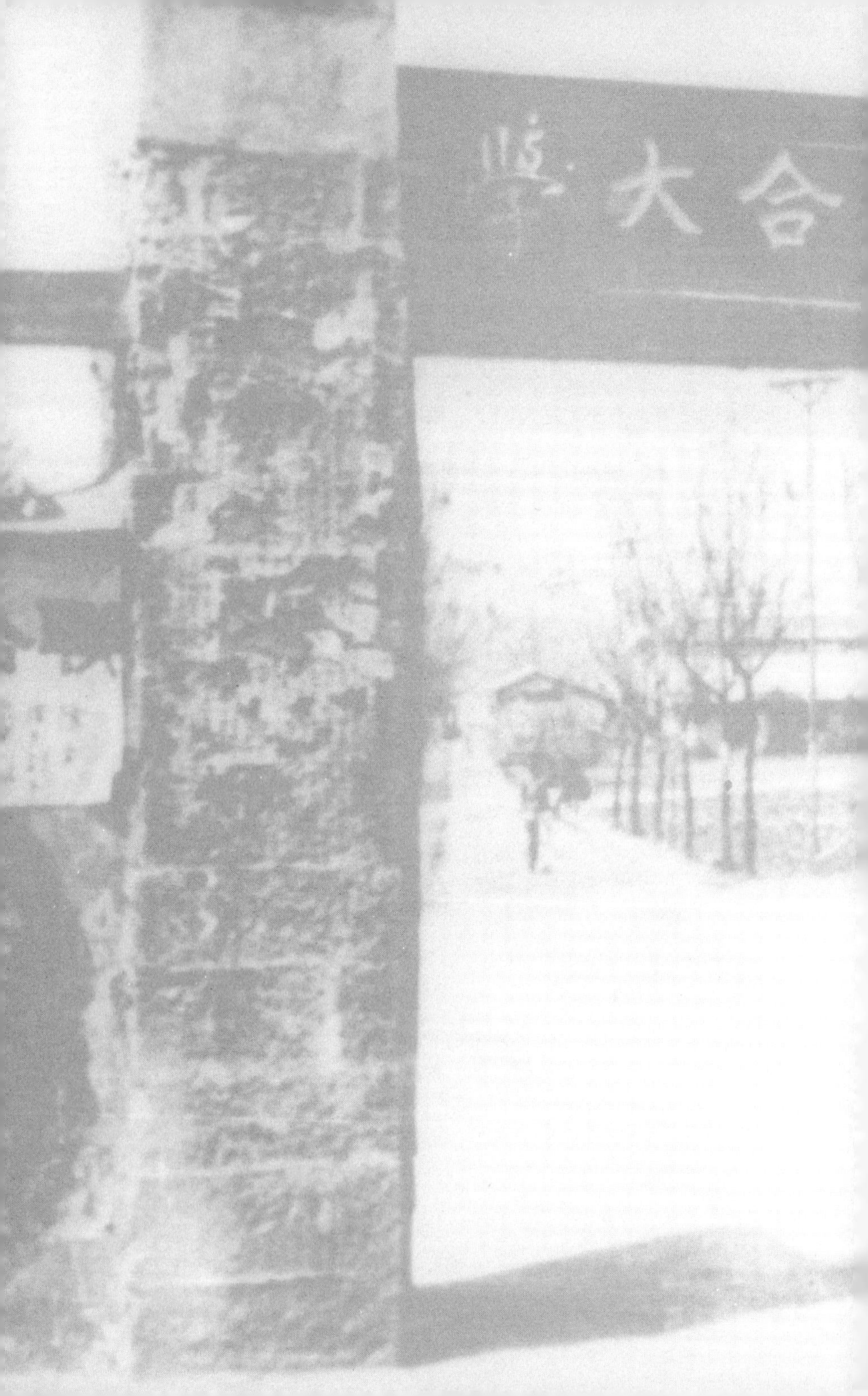
大合

第三篇 讲散文

中国古代散文四讲

1937—1946

朱自清：中国散文的发展

1898—1948

一

现存的中国最早的无韵文（散文），是商代的卜辞。这只算是些纪事的句子，很少有一章一节的。后来《周易》卦爻辞和鲁《春秋》也是如此，不过经卜官和史官按着卦爻与年月的顺序编纂起来，比卜辞显得整齐些罢了。便是这样，王安石还说鲁《春秋》是"断烂朝报"；所谓"断"，正是不成片段，不成章节的意思。卜辞的简略大概是工具的缘故；在脆而狭的甲骨上用刀笔刻字，自然不得不如此。但卜辞的量定了纪事文的体制；卦爻辞和鲁《春秋》还在卜辞的氛围里，虽然写在竹木简上，自由比较多，却依然只跟着卜辞走。纪言文就不一样。《尚书》里的《虞夏书》大概是后人追记，而且大部分是战国末年的追记，可以不论；但那几篇《商书》，即使有些是追记，也总在商周之间。那不但有章节，并且成了篇，足以代表当时史的发展，就是叙述文的发展。而议论文也在这里面见了源头。卜辞是"辞"，《尚书》里大部分也是"辞"。这些都是官文书。

纪事纪言的辞之外，还有讼辞。打官司的时候，原、被告的口供都叫作"辞"；辞原是"讼"的意思。这种辞关系两造的利害很大，两造都得用心陈说；审判官也得用心听，他得公平的听两面儿的。这种辞也兼有叙述和议论;两造自己办不了,可以请教讼师。这是周代的情形。春秋时候,列国交际频繁,外交的言语关系国体和国家的利害更大,不用说更需慎了。这也叫作"辞",又叫作"命"、"辞命",后来通称"辞令"。郑子产便是个善于辞命的人。郑是个小国,他办外交,却能叫大国折服,便靠他的辞命。他的辞婉顺而有理,他的态度却坚强不屈。孔子赞美他的"文辞",更赞美他的"慎辞"。孔子说当时郑国的辞命,子产先教裨谌创意起草,交给世叔审查,再教行人子羽修改,末了儿他再加润色。他的确是很慎重的。

孔子很注重辞令,他觉得这不是件易事,所以自己谦虚的说是办不了。但他教学生却有这一科;他称赞宰我子贡,擅长言语。"言语"就是"辞命"。那时候言文似乎是合一的,"辞"、"文辞"、"命"、"辞命"都兼指说出的和写出的言语。有时预备下稿子让使臣带着走,有时让使臣随机应变,自己想话说,却都称为"辞命",并无分别。当时言语,方言之外有"雅言"。"雅言"就是"夏言",是当时的京话或官话。孔子讲学就用雅言,不用鲁语。卜辞,《尚书》和辞命,大概都是历代的雅言,讼辞自当别论。雅言用的既多,所以每字大概都能写出;而写出的和说出的雅言,大体上是一致的。孔子说"辞"只要"达"就成。"辞"是辞命,"达"是明白;辞多了像背书,少了说不明白,多少要恰如其分。这也就是"慎辞"的意思。辞命的重要,代表议论文的发展。

战国时代,游说之风大盛。游士立谈可以取卿相,所以最重说辞。他们的说辞却不像春秋的辞命那样从容婉顺了。他们铺张局势，滔滔不绝，真像背书似的；他们的话，像天花乱坠，有时夸饰，有时诡曲，不问是非，只图激动人主的心。那时最重辩。孟子说："予岂好辩哉？予不得已也"。荀子也说："君子必辩"。这都是游士的影响，但是墨子老子韩非三家，却不重辩。墨子以为辩说文辞之言，教人重文忌用。老子说："信言不美，美言不信"；老学所要的是自然。韩非却兼取两说。后来儒家作《易·文言传》，也道："君子进德修业。忠信，所以进德也；修辞立其诚，所以居业也。"这不但是在暗暗的批评着游士好辩的风气，恐怕还在暗暗的批评着后来称为名家的"辩者"呢。这虽然不会是孔子的话，如有些人所信，可是和"辞达论"倒是合拍的。

　　孔子开了私人讲学的风气，从此也便有了私家的著作。第一种私家著作是《论语》，却不是孔子自作而是他的弟子们记的他的说话。诸子书大概多是弟子们及后学者所记，自作的极少。《论语》以记言为主，所记的多是很简单的。孔子主张"慎言"，痛恨"巧言"和"利口"；他向弟子们说话，大概是很质直的，弟子们体念他的意思，也只简单的记出。到了墨子和孟子，可就丰长得多。《墨子》大约也是弟子们所记。《孟子》据说是孟子晚年和他弟子公孙丑、万章等编定的，可也是弟子们记言的体制。那时是个"好辩"的时代。墨子虽不好辩，却也脱不了时代的影响；孟子本是个好辩的人。记言体制的恢复，也是自然的趋势。这种记言是直接的对话。由对话发展而为独白，便是"论"。初期的论，言意浑括，

《老子》可为代表；后来的《墨经》，《韩非子·储说》的经，《管子》的经言，都是这体制。再进一步，便是恢张的论，《庄子·齐物论》等篇以及《荀子》、《韩非子》、《管子》的一部分，都是的。《老子》、《庄子》里有时可都夹着一些韵文。古代无韵文里常有这种情形；大约韵文发达在先，所以在无韵文里还留着些遗迹。

还有一种"寓言"，借着神话或历史故事来抒论。《庄子》多用神话，《韩非子》多用历史故事；《庄子》有些神仙家言，《韩非子》是继承《庄子》的寓言而加以变化。战国游士的说辞也好用譬喻。譬喻成了风气；这开了后来辞赋的路。论是进步的体制，但还只以篇为单位，"书"的观念还没有。直到《吕氏春秋》，才成了第一部有系统的书。这部书成于吕不韦的门客之手，有十二纪、八览、六论，共三十多万字。十二代表十二月，八是卦数，六是秦代的圣数；这些数目是本书的间架，是外在的系统，并非逻辑的秩序。汉代刘安主编《淮南子》，才按照逻辑的秩序，结构就严密多了。自从有了私家著作，学术日渐平民化。著作越过越多，流传也越过越广；"雅言"便成了凝定的文体了。后世大体采用，言文渐渐分离。战国末期，"雅言"之外原还有齐语楚语两种有势力的方言。但是齐语只在《春秋公羊传》里留下些；楚语只在屈原的"辞"里留下几个助词如"羌"、"些"等。它们都让"雅言"压倒了。

伴随着议论文的发展，记事文也有了长足的进步。这里《春秋左氏传》是一座里程碑。在前有分国记言的《国语》，《左传》从它里面取材很多。那是丰长的记言，一面以《尚书》为范本，一面让当时记言体的恢张的趋势推动着，成了这部书。其中自然免不了记事的文字；《左传》便从这里出发，将那恢张的趋势表现在记事文里。那时游士的说辞也有人分国记载，也是丰长的记言，后来成为《战国策》那部书。《左传》是说明《春秋》的，是中国第一部编年史。它是长于战争的记载；它能够将千头万绪的战争叙得层次分明，它的描写更是栩栩如生。它的记言也异曲同工，不过不算独创罢了。它可还算不得一部有自己的系统的书；它的顺序是依着《春秋》的。《春秋》的编年并不是自觉的系统，而且"断如复断"，也不成一部"书"。

汉代司马迁的《史记》，才是第一部有自己的系统的史书。他创造了"纪传"的体制。他的书包括十二本纪、十表、八书、三十世家、七十列传，共五十多万字。十二是十二月，是地支，十是天干，八是卦数。三十取老子"三十辐共一毂"的意思，表示那些"辅弼股肱之臣"，"忠信行道以奉主上"；七十表示人寿之大齐，因为列传是记载人物的。这也是用数目的哲学作系统，并非逻辑的秩序，和《吕氏春秋》一样。这部书"厥协六经异传，整齐百家杂语"，以剪裁与组织见长。但是它的文字最大的贡献，还在描写人物。左氏只足描写事，司马迁进一步描写人；写人更需要精细的观察和选择，比较的更难些。班彪论《史记》"善述序事理，辩而不华，质而不野，文质相称"，这是说司马迁行文委曲自然。他写人也是如此。他行文又往往即事寓情，低徊不尽；他的悲愤的襟怀常流露在字里行间。明茅坤称他"出风入骚"，是不错的。

二

汉武帝时候，盛行辞赋；后世说"楚辞汉赋"，真的，汉代简直可以说是赋的时代。所有的作家几乎都是赋的作家。赋既有这样压倒的势力，一切的文体，自然都受它的影响。赋的特色是铺张，排偶，用典故。西汉记事记言，都还用散行的文字，语意大抵简明；东汉就在散行里夹排偶，汉、魏之际，排偶更甚。西汉的赋，虽用排偶，却还重自然，并不力求工整；东汉到魏，越来越工整，典故也越用越多。西汉普通文字，句子很短，最短有两个字的，东汉的句子，便长起来，最短的是四个字，魏代更长，往往用上四下六或上六下四的两句以完一意。清代所谓"骈文"或"骈体"，便这样开始发展。骈体出于辞赋，夹带着不少的抒情的成分；而句读整齐，对偶工丽，可以悦目，声词和谐，又可悦耳，也都助人情韵。这是别的无韵文所不及，因此能够投人所好，成功不废的体制。

梁昭明太子在《文选·序》里第一次提出"文"的标准，可以说是骈体发展的指路牌。他不选经、子、史，也不选"说辞"。经太尊，不可选，史"褒贬是非，纪别异同"，不算"文"；子"以立意为宗，不以能文为本"，"说辞"是子、史的支流，也都不算"文"。他所选的只是"事出于沉思，义归乎翰藻"之作。"事"是"事类"，就是典故；"翰藻"兼指典故和譬喻。典故用得好的，譬喻用得好的，他才选在他的书里。这种作品好像各种乐器，"并为入耳之娱"，好像各种绣衣，"俱为悦目之玩"。这是"文"，和经、子、史及"说辞"作用不同，性质自异。后来梁元帝又说："吟咏风谣，流连哀思者谓之文"，"文者，惟须绮縠纷披，宫徵靡曼，唇吻遒会，情灵摇荡"。这是说，用典故，有对偶，谐声调的抒情作品才叫作"文"呢。这种"文"大体上专指诗赋和骈体而言；但应用的骈体如奏章等，却不算在里头。汉代本已称诗赋为"文"，而以"文辞"或"文章"称纪言纪事之作。骈体原也是些纪言纪事之作，这时候却被提出一部分来，与诗赋并列在"文"的尊称之下，真是"附庸蔚为大国"了。

这时有两种新文体发展。一是佛典的翻译，一是群经的义疏。佛典翻译从前不是太直，便是太华；太直的不好懂；太华的简直是魏晋人讲老庄之学的文字，不见新义。这些都不能做到"达"的地步。东晋时候，后秦主姚兴聘印度僧鸠摩罗什为国师，主持译事。他兼通华语及西域语；所译诸书，一面曲从华语，一面不失本旨。他的译文可也不完全华化，往往有"天然西域之语趣"；他介绍的"西域语趣"是华语所能容纳的，所以觉得"天然"。新文体这样成立在他的手里。但他的翻译虽能"达"，却还不能尽"信"；他对原文是不太忠实的。到了唐代的玄奘，更求精确，才能"信""达"兼尽，集佛典翻译的大成。这种新文体一面增扩了国语的词汇，也增扩了国语的句式。词汇的增扩，影响最大而易见，如现在口语里还用着的"因果"、"忏悔"、"刹那"等词便都是佛典的译语。句式的增扩，直接的影响比较小些，但像文言里常用的"所以者何"、"何以故"等，也都是佛典的译语。另一面，这种新文体是"组织的，解剖的"。这直接影响了佛教徒的"疏钞"之学，间接影响了一般解经和讲学的人。

演绎古人的话的有"故"、"解"、"传"、"注"等。用故事来说明或补充原文，叫作"故"；演绎原来辞意，叫作"解"。但后来解释字句，也叫作"故"或"解"。"传"，转也，兼有"故""解"的各种意义。如《春秋左氏传》补充故事，兼阐明《春秋》辞意。《公羊传》、《穀梁传》只阐明《春秋》辞意；它们用回答式的记言。《易传》推演卦爻辞的意旨，也是丰长的记言。《诗·毛氏传》解释字句，并给每篇诗作小序，阐明辞意。"注"原只解释字句，但后来也有推演辞意，补充故事的。用故事来说明或补充原文，以及一般的解释辞意，大抵明白易晓。《春秋》三传和《诗·毛氏传》阐明辞意，却是断章取义，甚至断句取义，所以支离破碎，无中生有。注字句的本不该有大出入，但因对于辞意的见解不同，去取字义，也有个别的标准。注辞意的出入更大；像王弼注《周易》，实在是发挥老庄的哲学；郭象注《庄子》，更是借了庄子发挥他自己的哲学。南北朝人作群经"义疏"，一面便是王弼等人的影响，一面也是翻译文体的间接影响。这称为"义疏"之学。

汉晋人作群经的注，注文简括，时代久了，有些便不容易通晓。南北朝人给"注"作解释，也是补充材料，或推演辞意。"义疏"便是这个。无论补充或推演，都是先解剖文义；这种解剖必然的比注文解剖经文更精细一层。这种精细的却不是破碎的解剖，似乎是佛典翻译的影响。就中推演辞意的有些也只发挥老庄之学，虽然也是无中生有，却能自成片段，便比汉人的支离破碎进步。这是王弼等人的衣钵，也是魏晋以来哲学发展的表现。这是又一种新文体的分化。到了唐人修"五经"正义，削去玄谈，力求切实，只以疏明注义为重，解剖字句的功夫，至此而极。宋人所谓"注疏"的文体，便成立在这时代。后来清代的精密的考证文，就是从这里变化出来的。

不过佛典只是佛典，义疏只是义疏，当时没有人将这些当作"文"的。"文"只用来称"沉思翰藻"的作品。但"沉思翰藻"的文，渐渐有人嫌"浮""艳"了。"浮"是不直说，不简洁说的意思。"艳"正是隋代李谔上文帝书中所指斥的："连篇累牍，不出月露之形；积案盈箱，唯是风云之状。"那时北周的苏绰是首先提倡复古的人，李谔等纷纷响应。但是他们都没有找到路子；死板的模仿古人，到底是行不通的。唐代陈子昂提倡改革文体，和者尚少。到了中叶，才有一班人"宪章六艺，能探古人述作之旨"，而元结、独孤及、梁肃最著。他们作文，主于教化，力避排偶，辞取朴拙。但教化的观念，广泛难以动众，而关于文体，他们也不曾积极宣扬，因此未成宗派。开宗派的是韩愈。

三

韩愈，邓州南阳（*今河南南阳*）人。唐宪宗时，作刑部侍郎，因谏迎佛骨，被贬。后来官至吏部侍郎，所以称为"韩吏部"。他很称赞陈子昂、元结复古的功劳，又曾请教过梁肃、独孤及。他的脾气很坏，但提携后进，最是热肠。当时人不愿为师，以避标榜之名；他却不在乎，大收其弟子。他可不愿做章句师，他说师是"传道授业解惑"的。他实在是以文辞为教的创始者。他所谓"传道"，便是传尧、舜、禹、汤、文武、周公、孔子、孟子的道；所谓"解惑"，便是排斥佛老。他是以继承孟子自命的；他排佛老，正和孟子的拒杨墨一样。当时佛老的势力极大，他敢公然排斥，而且因此触犯了皇帝。这自然足以惊动一世。他并没有传了什么新的道，却指示了道统，给宋儒开了先路。他的重要的贡献，还在他所提倡的"古文"上。

他说他作文取法《尚书》、《春秋》、《左传》、《周易》、《诗经》，以及《庄子》、《楚辞》、《史记》、扬雄、司马相如等。《文选》所不收的经、子、史，他都排进"文"里去。这是一个大改革、大解放。他这样建立起文统来。但他并不死板的复古，而以变古为复古。他说"惟古于辞必己出，降而不能乃剽贼"，又说"惟陈言之务去，戛戛乎其难哉"；他是在创造新语。他力求以散行的句子换去排偶的句子，句读总弄得参参差差的。但他有他的标准，那就是"气"。他说，"气盛则言之短长与声之高下者皆宜"；"气"就是自然的语气，也就是自然的音节。他还不能跳出那定体"雅言"的圈子而采用当时的白话；但有意的将当时白话的自然音节引到文里去，他是第一个人。在这一点上，所谓"古文"也是不古的；不过他提出"语气流畅"（气盛）这个标准，却给后进指点了一条明路。他的弟子本就不少，再加上私淑的，都往这条路上走，文体于是乎大变。这实在是新体的"古文",宋代又称为"散文",算成立在他的手里。

柳宗元与韩愈,宋代并称;他们是好朋友。柳作文取法《书》、《诗》、《礼》、《春秋》、《易》以及《穀梁》、孟、荀、庄、老、《国语》、《离骚》、《史记》,也将经、子、史排在"文"里,和韩的文统大同小异。但他不敢为师,"摧陷廓清"上的劳绩,比韩差得多。他的学问见解,却在韩之上,并不墨守儒言。他的文深幽清洁,最工游记;他创造了描写景物的新语。韩愈的门下有难易两派,爱易派主张新而不失自然,李翱是代表。爱难派主张新就不妨奇怪,皇甫湜是代表。爱难派的流传盛些。他们矫枉过正,语艰义奥,扭曲了自然的语气,自然的音节。僻涩诡异,不易读诵。所以唐末宋初,骈体文又回光返照了一下。雕琢的骈体文和僻涩的古文先后盘踞着宋初的文坛。直到欧阳修出来,才又回到韩愈与李翱,走上平正通达的古文的路。

韩愈抗颜为人师而提倡古文,形势比较难;欧阳修居高位而提倡古文,形势比较容易,明代所称唐宋古文八大家,韩、柳之外,六家都是宋人。欧阳修为首;以下是曾巩、王安石、苏洵和他的轼、辙二子。曾巩、苏轼是欧阳修的门生;别的三个也都是他提拔的。他真是当时文坛的盟主。韩愈虽然开了宗派,却不曾有意的立宗派;欧、苏是有意的立宗派。他们虽也提倡道,但只促进了并且扩大了古文的发展。欧文主自然。他所作纡徐曲折,而能条达疏畅,无艰难劳苦之态。最以言情见长;评者说是从《史记》脱化而出。曾学问有根柢，他的文确实，谨严；王是政治家，所作以精悍胜人。三苏长于议论，得力于《战国策》、《孟子》；而苏轼才气纵横，并得力于《庄子》。他说他的文"常行于所当行，常止于不可不止"；又说他意到笔随，无不尽之处。这真是自然的极致了。他的文，学的人最多。南宋有"苏文熟，秀才足"的俗谚，可见影响之大。

欧、苏以后，古文成了正宗。辞赋虽还算在古文里头，可是从辞赋出来的骈体却只拿来作应用文了。骈体声调铿锵，便于宣读，又可铺张词藻，不着边际，便于酬酢，作应用文是很相宜的。所以流传到现在，还没有完全死去。但中间却经过了散文化。这从唐代中叶的陆贽开始。他的奏议切实恳挚，绝不浮夸，而且明白晓畅，用笔如舌。唐末，骈体的应用文专称"四六"，却更趋雕琢；宋初还是如此。转移风气的也是欧阳修。他多用虚字和长句，使骈体稍稍近于语气之自然。嗣后群起仿效，散文化的骈文竟成了定体了。这也是古文运动的大收获了。

唐代又有两种新文体发展。一是语录，一是"传奇"，都是佛家的影响。语录起于佛家的禅宗。禅宗是革命的宗派，他们只说法而不著书。他们大胆的将师父们的话参用当时的口语记下来。后来称这种体制为语录。他们不但用这种体制记录演讲，还用来通信和讨论。这是新的记言的体制；里面夹杂着"雅言"和译语。宋儒讲学，也采用这种记言的体制，不过不大夹杂译语。宋儒的影响究竟比禅宗大得多，语录体从此便成立了，盛行了。传奇是有结构的小说。从前只有杂录或琐记的小说，有结构的从传奇起头。传奇记述艳情，也记述神怪；但将神怪人情化。这里面描写的人生，并非全是设想，大抵还是以亲切的观察作底子。这开了后来佳人才子和鬼狐仙侠等小说的先路。它的来源一方面是俳谐的辞赋，一方面是翻译的佛典故事；佛典里长短的寓言所给予的暗示最多。当时文士作传奇，原来只是向科举的主考官介绍自己的一种门路。当时应举的人在考试之前，得请达官将自己姓名介绍给主考官；自己再将文章呈给主考官看。先呈正经文章，过些时再呈杂文如传奇等。传奇可以见史才、诗笔、议论，人又爱看，是科举的很好媒介。这样，作者便日见其多了。

到了宋代，又有"话本"。这是白话小说的老祖宗。话本是"说话"的底本；"说话"略同后来的"说书"，也是佛家的影响。唐代佛家向民众宣讲佛典故事，连说连唱，本子夹杂"雅言"和口语，叫作"变文"；"变文"后来也有说唱历史故事及社会故事的。"变文"便是"说话"的源头；"说话"里也还有演说佛典这一派。"说话"是平民的艺术；宋仁宗很爱听，以后便变为专业，大流行起来了。这里面有说历史故事的，有说神怪故事的，有说社会故事的。"说话"渐渐发展，本来出一个或几个同类而不相关联的短故事，引出一个同类而不相关联的长故事的，后来却能将许多关联的故事组织起来，分为"章回"了。这是体制上一个大进步。

话本留存到现在的已经很少，但还足以见出后世的几部小说名著,如元罗贯中的《三国志演义》、《水浒传》[1],明吴承恩的《西游记》,都是从话本演化出来的;不过已是文人的作品,而不是话本了。就中《三国志演义》还夹杂着"雅言",《水浒传》和《西游记》便都是白话了。这里《西游记》以设想为主外,别的都可说是写实的。这种写实的作风在清曹雪芹的《红楼梦》里得着充分的发展。《三国志演义》等书里的故事虽然是关联的,却不是连贯的。到了《红楼梦》,组织才更严密了;全书只是一个家庭的故事。虽然包罗万有,而能"一以贯之"。这不但是章回小说,而且是近代所谓"长篇小说"了。白话小说到此大成。

四

明代用八股文取士;一般文人都镂心刻骨的去简练揣摩,所以极一代之盛。"股"是排偶的意思;这种体制中间有八排文字,互为对偶,所以有此称。自然也有变化,不过"八股"可以说是一般的标准。又称为"四书文",因为考试里最重要的文字,题目都出在"四书"里。又称为"制艺",因为这是朝廷法定的体制。又称为"时文",却是对古文而言。八股文也是推演经典辞意的;它的来源,往远处说,可以说是南北朝义疏之学,往近处说,便是宋元两代的经义。但它的格律,却是从"四六"演化的。宋代定经义为考试科目,是王安石的创制;当时限用他的群经"新义",用别说

---

[1]《水浒传》作者历来有争议。一般认为是施耐庵所著,罗贯中做了整理、润色及编排。——编者注

的不录。元代考试，限于"四书"，规定用朱子的章句和集注。明代制度，主要的部分也是如此。

经义的格式，宋末似乎已有规定的标准，元明两代大体上递相承袭。但明代有两种大变化：一是排偶，一是代古人语气。因为排偶所以讲究声调。因为代古人语气，便要描写口吻；圣贤要像圣贤口吻，小人要像小人的。这是八股文的仅有的本领，大概是小说和戏曲的不自觉的影响。八股文格律定得那样严，所以得简练揣摩，一心用在技巧上。除了口吻、技巧和声调之外，八股文里是空洞无物的。而因为那样难，一般作者大都只能套套滥调，那真是"每下愈况"了。这原是君主牢笼士人的玩艺儿，但它的影响极大；明清两代的古文大家几乎没有一个不是从八股文出身的。

清代中叶，古文有桐城派，便是八股文的影响。诗文作家自己标榜宗派，在前只有江西诗派，在后只有桐城派。桐城派的势力，绵延了二百多年，直到民国初期还残留着；这是江西派比不上的。桐城派的开山祖师是方苞，而姚鼐集其大成。他们都是安徽桐城人，当时有"天下文章在桐城"的话，所以称为桐城派。方苞是八股文大家。他提倡归有光的文章，归也是明代八股文兼古文大家。方是第一个提倡"义法"的人。他论古文以为"六经"和《论语》、《孟子》是根源，得其枝流而义法最精的是《左传》、《史记》；其次是《公羊传》、《穀梁传》，《国语》、《国策》，两汉的书和疏，唐宋八家文。再下怕就要数到归有光了。这是他的，也是桐城派的文统论。"义"是用意，是层次；"法"是求雅，求洁的条目，雅是纯正不杂，如不可用语录中语，骈文中丽语，汉赋中板重字法，诗歌中俊语，南北史中佻巧语，以及佛家语。后来姚鼐又加上注疏语和尺牍语。洁是简省字句。这些"法"其实都是从八股文的格律引申出来的。方苞论文，也讲"阐道"；他是信程、朱之学的，不过所入不深罢了。

方苞受八股文的束缚太甚，他学得的只是《史记》、欧、曾、归的一部分，只是严整而不雄浑，又缺乏情韵。姚鼐所取法的还是这几家；虽然也不雄浑，却能"迂回荡漾，馀味曲包"。这是他的新境界。《史记》本多含情不尽之处，所谓远神的。欧文颇得此味，归更向这方面发展，最善述哀。姚简直用全力揣摩。他的老师刘大櫆指出作文当讲究音节，音节是神气的迹象，可从字句下手。姚鼐得了这点启示，便从音节上用力，去求得那绵邈的情韵。他的文真是所谓"阴与柔之美"。他最主张诵读，又最讲究虚助字，都是为此。但这分明是八股文讲究声调的转变。刘是雍正副榜，姚是乾隆进士，都是用功八股文的。当时汉学家提倡考据，不免烦琐的毛病。姚鼐因此主张义理、考据、词章三端相济，偏废的就是"陋"儒。但他的义理不深，考据多误，所有的还只是词章本领。他选了古文辞类纂，序里虽提到"道"，却只成为古文的典范。书中也不选经、子、史；经也因为太尊，子、史却因为太多。书中也选辞赋，这部选本是桐城派的经典，学文的必由于此，也只需由于此。方苞评归有光的文庶几"有序"，但"有光之言"太少。曾国藩评姚鼐也说一样的话，其实桐城派都是如此。攻击桐城派的人说他们空疏肤浅，说他们范围太窄，全不错；但他们组织的技巧，言情的技巧，也是不可抹杀的。

姚鼐以后，桐城派因为路太窄，渐有中衰之势。这时候仪征阮元提倡骈文正统论。他以《文选·序》和南北朝"文""笔"分别为根据，又扯上传为孔子作的《易·文言传》。他说用韵的用偶的才是文；散行的只是笔，或是"直言"的"言"，"论难"的"语"。古文以立意记事为宗，是子、史正流，终究与文章有别。文言传多韵语偶语，所以孔子才题为"文"言。阮元所谓韵，兼指句末的韵与句中的和而言。原来南北朝所谓"文""笔"，本有两义："有韵为文，无韵为笔"，是当时的常言。韵只是句末韵，阮元根据此语，却将和也算是韵，这是曲解一。梁元帝说有对偶谐声调的抒情作品是文，骈体的章奏与散体的著述都是笔。阮元却只以散体为笔，这是曲解二。至于《文言传》，固然称"文"，却也称"言"，况且也非孔子所作；那更是附会了。他的主张虽然也有些响应的人；但是不成宗派。

曾国藩出来，中兴了桐城派。那时候一般士人，只知作八股文；另一面汉学宋学的门户之争，却越来越厉害，各走偏锋。曾国藩为补偏救弊起见，便就姚鼐义理、考据、词章三端相济之说加以发扬光大。他反对当时一般考证文的芜杂琐碎，也反对当时崇道贬文的议论，以为要明先王之道，非精文研字不可；各家著述见道的多寡，也当以他们的文字为衡量的标准。桐城文的病在弱在窄，他却能以深博的学问，宏通的见识，雄直的气势使它起死回生。他才真回到韩愈,而且胜过韩愈。他选了经史百家杂抄,将经、史、子也收入选本里,让学者知道古文的源流,文统的一贯,眼光比姚鼐远大得多。他是一代伟人,幕僚和弟子极众,真是登高一呼,群山四应。这样延长了桐城派的寿命几十年。

但"古文不宜说理"。从韩愈就如此。曾国藩的力量究竟也没有能够补救这个缺陷于一千年之后。而海通以来,世变日亟,事理的繁复,有些绝非古文所能表现。因此聪明才智之士渐渐打破古文的格律,放手做去。到了清末,梁启超先生的"新文体"可算登峰造极。他的文"时杂以俚语,韵语及外国语法,纵笔所至不检束,学者竞效之"。而"条理明晰,笔锋常带情感,对于读者,别有一种魔力"。但这种"魔力"也不能持久;中国的变化实在太快,这种"新文体"又不够用了。胡适之先生和他的朋友们这才起来提倡白话文。经过五四运动,白话文是畅行了。这似乎又回到古代言文合一的路。然而不然。这时代是第二回翻译的大时代。白话文不但不全跟着国语的口语走,也不全跟着传统的白话走,却有意的跟着翻译的白话走。这是白话文的现代化,也就是国语的现代化。中国一切都在现代化的过程中,语言的现代化也是自然的趋势,是不足怪的。

1939 年 10 月 20 日

(原载《中学生》第 10、11 期,1939 年)

浦江清：诸子散文

礼乐的封建社会渐渐崩溃。战国时代，周室衰微，战事频发。士大夫也不能世其家。学问从王官到了私家著述，诸子之学兴起，形成了百家争鸣的局面。

除史书外，诸子亦古代散文之优美者，故讲文学史亦不能不一提。至于诸家思想之详细讨论，当然在哲学史之范围内也。

《汉书·艺文志》著录诸子之书分十家：

（1）儒家。如《孟子》、《孙卿子》等；

（2）道家。如《老子》、《庄子》等；

（3）阴阳家。如《邹子》（衍）等，今均亡；

（4）法家。如《李子》（悝）（亡）、《商君》（鞅）（残）、《韩子》（非）（存）；

（5）名家。如《邓析子》（疑）、《尹文子》（亡）（今本伪）、《公孙龙子》（残）；

（6）墨家。如《墨子》；

（7）纵横家。如《苏子》（秦）（亡），即《鬼谷子》（残）（注：《鬼谷子》，《汉书》未载）；

（8）杂家。如《吕氏春秋》、《淮南子》，今均存；

（9）农家。如《神农氏》，今均亡；

（10）小说家。如《伊尹说》（亡）、《鬻子说》（亡）（与道家《伊尹》、《鬻子》不同）。

一、《论语》

孔子（周灵王二十一年—周敬王四十一年，公元前551—前479年），删诗书，定礼乐，作《春秋》，聚徒讲学。是政治家、教育家、哲学道德家、文学家。他维持礼教、维持阶级社会，尊王攘夷。所讲的是孝悌、忠信、仁、礼乐、王道。

《论语》是孔子弟子及再传弟子所记孔子言行之书，为语录体。其价值可比 Plato（柏拉图）之 Dialogue（对话体作品）。昔日升为经，今亦可以与诸子同论。唯此问答体，比任何子书为古耳。中尤多鲁国方言。孔子善辞令。"学而时习之"，有《诗经》重复三章的意味。"逝者如斯夫"，颇有诗意。

崔述《洙泗考信录》以为，《论语》全二十篇，前十篇真，后十篇较不可靠，尤其是后五篇《季氏》、《阳货》、《微子》、《子张》、《尧曰》，不大可信。但此书本非必出一人之手，大多是孔门弟子（尤其是曾子、有子之弟子）笔记凑成，故无真伪问题，不过可言晚出而已。最晚者孔子卒后数十年。

汉初有《古论》、《齐论》、《鲁论》之别，王莽时张禹合三本而一之，遂为今日之本。魏有何晏《论语集解》，《十三经注疏》本用之，合以宋邢昺之疏。《四书》本系采朱子集注。清有刘宝楠《论语正义》，最佳。梁皇侃《论语义疏》，今日本有传本。

二、《孟子》

孟子，孟轲（周烈王四年—周赧王二十六年，公元前372—前289年），与屈原同时人。

孟子邹人。（邹即驺，本邾国。至孟子时改曰邹。近鲁。）鲁公族孟孙之后，贫。为子思之门人，儒家正统。《史记·孟子荀卿列传》："道既通，游事齐宣王，宣王不能用。适梁，梁惠王不果所言，则见以为迂远而阔于事情。"游事知彼时士大夫已不能世其家，周游以求位。"……是以所如者不合。退而与万章之徒，序《诗》《书》，述仲尼之意，作《孟子》七篇。"（《史记·孟子荀卿列传》）实孟子之书，非孟子自作，乃其徒公孙丑、万章之徒所记。万章、公孙丑所记最多，在书中不以子称，余孟子弟子如乐正子、公都子等皆称子。又如《孟子》七篇中所举时君之谥，有孟子所不及知者。

《汉书·艺文志》云："《孟子》十一篇。"赵岐《孟子题辞》云："又有《外书》四篇：《性善》《辩文》《说孝经》《为政》，其文不能宏深，不与内篇相似，似非《孟子》本真，后世依放而托之者也。"故但注七篇。赵注行，而四篇遂佚。

今《十三经注疏》本用东汉赵岐注、宋孙奭疏。此外"四书"采朱熹集注，而清焦循《孟子正义》最佳。清华国学研究院学生裴学海作《孟子正义补正》甚佳，登《国学论丛》二卷二期。

《孟子》之文章，长于论辩。仍是问答体，到了长篇议论。孟子讲仁义王道，反对战争，反对上下交征利。迂阔而不见用。主张仁爱，为国君说法。其言甚为激烈。如，齐宣王问："臣弑其君可乎？"孟子曰："贼仁者谓之'贼'，贼义者谓之'残'。残贼之人，谓之'一夫'。闻诛一夫纣矣，未闻弑君也。"（《梁惠王下》）以仁义为标准，不以君臣为标准（反对暴君、反对恶劣的统治）。齐人伐燕，孟子曰："取之而燕民悦，则取之。……取之而燕民不悦，则勿取。"（《梁惠王下》）决定性在于民众。他劝君王行仁政，不要以力服人，要以德服人。个人修养，言养"浩然之气"，守义而后能勇。他尊孔子，拒杨、墨。他认为："有大人之事，有小人之事。……或劳心，或劳力。劳心者治人，劳力者治于人；治于人者食人，治人者食于人。天下之通义也。"（《滕文公上》）此是奴隶社会遗下的分工观念，没有劳动观点的。他认为统治者只要仁爱百姓，不必亲自劳动，反对许行的学说。他认为性善，属于唯心派。

《孟子》的散文，痛快流利、坚强有力，这是总的印象。如上引之齐宣王问汤放桀、武王伐纣一章及有为神农之言者许行一章。又如告齐宣王君之视臣如手足一章（《离娄下》）。同时宏放开朗，富有雄辩家的说服力，纵横家气派。如问齐宣王大欲一章（《梁惠王上》）。

孟子善于设譬喻。例如对梁惠王移民之问，以战为喻（《梁惠王上》）；对梁惠王天下恶乎定之问，以苗为喻（《梁惠王上》）；对齐宣王不为与不能之问，以挟泰山以超北海与为长者折枝为喻（《梁惠王上》)。又如"见牛未见羊也"一段(《梁惠王上》),明恻隐之心人皆有之。又如"西子蒙不洁,则人皆掩鼻而过之"(《离娄下》)。讥讽求富贵的人以齐人为喻:"人之所以求富贵利达者,其妻妾不羞也,而不相泣者,几希矣。"(《离娄下》)深刻之至。

孟子常引诗,发挥诗意,可知其习于文学。而孺子沧浪之歌("沧浪之水清兮,可以濯我缨;沧浪之水浊兮,可以濯我足"),亦见于《孟子》。"桀纣之失天下也,失其民也。"(《离娄上》)

"舜不告而娶"一段故事也近于小说(《万章上》)。舜为其弟所谋害而不知,对弟象甚好。又引一故事谓郑子产使人放生鱼,校人烹之,反命曰:"始舍之,圉圉焉;少则洋洋焉,攸然而逝。"子产曰:"得其所哉!得其所哉!"用以说明"君子可欺以其方"。极有风趣,语言生动,口气逼真。又如与告子论性(《告子上》):"告子曰:'性,犹杞柳也。义,犹杯棬也。以人性为仁义,犹以杞柳为杯棬。'孟子曰:'子能顺杞柳之性而以为杯棬乎?将戕贼杞柳,而后以为杯棬也。如将戕贼杞柳而以为杯棬,则亦将戕贼人以为仁义与?率天下之人而祸仁义者,必子之言夫!'"极精。

《孟子》哲学性理部分开程朱学派。文章开韩愈,韩愈主张文以载道,最推崇孟子。

自孟子之后,齐有稷下先生,如邹衍、淳于髡、慎到、接子、田骈、驺奭之徒,皆游谈之士。为列大夫,高门大屋,尊宠之。作诸侯宾客。非儒家。

三、《荀子》(即《孙卿子》)

荀卿,名况。或作孙卿。《汉书·艺文志》颜师古注云:"本曰荀卿,避宣帝讳,故曰孙。"(江瑔不信此说,见《读子卮言》。)

《史记·荀卿列传》:"荀卿,赵人。年五十始来游学于齐。……齐襄王时,而荀卿最为老师……三为祭酒焉。……乃适楚,而春申君以为兰陵令。"年代不可考。据《史记》,及见李斯之相秦,是公元前214年尚在。春申君死,废居兰陵,至少公元前236年应在。齐襄王为王公元前284—前265年,则荀卿当在公元前320—前230年之间,年逾百岁,不可想象。梁任公据《风俗通》以为"五十"游齐乃"十五"之误,较说得通。但无以解"齐襄王时最为老师"之句耶。

刘向《叙录》云:"所校雠中《孙卿书》凡三百二十二篇,以相校,除复重二百九十篇,定著三十二篇。"《汉书·艺文志》作三十三篇。《隋书·经籍志》作十二卷。今二十卷乃唐杨倞注本。

《荀子》大部分自著,只有少数几篇后加。如《尧问》末段评论荀子,当然是后加的。

《荀子》乃议论文,已非问答体。有系统,此为战国末期,议论散文成熟之时期,甚完整。荀子少谈仁义,而重礼法。儒之渐趋法家。荀子为儒学大师,在当时之影响或大于孟子,因其弟子李斯、韩非皆贵显也。重要学说有《性恶》篇,主张性恶,重学。又有《非十二子》篇,为宝贵之哲学史料。《天论》篇破除迷信,完全是人文主义。他认为:"天行有常:不为尧存,不为桀亡。应之以治则吉，应之以乱则凶。强本而节用，则天不能贫；养备而动时，则天不能病；修道而不贰，则天不能祸。"春秋之前，是神权至上时代，天地鬼神，无人敢怀疑。春秋以来，神道设教秘密逐渐被揭开，所以才有"天道远，人道迩"（子产）之话，"妖由人兴"（《左传》）、人定胜天之说。道家说以道治天下，其鬼不神，虽然想以自然无为代替鬼神，但是并没有根本否认鬼神。但《荀子·天论》认为，天道不过是一种自然的法则，强调人事的重要性。这就不但发展了春秋以来许多学者对于天地鬼神的看法，而且比孔孟诸家更推进一步，这是荀子最进步的一点。他说："雩而雨，何也？曰：无何也，犹不雩而雨也。日月食而救之，天旱而雩，卜筮然后决大事，非以为得求也，以文之也。故君子以为文，而百姓以为神。以为文则吉，以为神则凶也。"深刻指出雩、卜筮等并非真是有求于天，只不过是为政者的文饰而已。

《赋篇》、《汉书·艺文志》别录，当另论。此外还有《成相辞》。

王先谦《荀子集解》最好。

韩愈以《荀子》为大醇小疵。

荀子之徒有韩非子，韩国公子，口吃不能道说，韩不能用。他认为"儒以文乱法，侠以武犯禁"，非儒侠重法治。著书十余万言，有《孤愤》、《五蠹》、《内外储》、《说林》、《说难》等篇。终入秦，为李斯所杀。王先慎有《韩非子集解》。

李斯，荀卿弟子，为大政治家。

四、《老子》

《老庄申韩列传》，今在《史记》列传第三。唐开元二十三年曾以老庄升于列传之首，题《老子伯夷列传》。今通行本作"姓李氏，名耳，字伯阳，谥曰聃"。单索隐本作"名耳，字聃，姓李氏"（"伯阳"系衍《列仙传》之文）。

（一）老子之人。

老子名李耳，又称老聃，或老耽，均见《史记》。《史记》又述及老莱子与太史儋，均与老子有关系而不能决定是一是二。

（二）生地。

《史记》云"楚苦县厉乡曲仁里人也"。但楚人何能为周守藏史？周代并无此官名，籍云有之，亦是世袭，故姚鼐、汪中等主张是宋人。即为史官与否亦是问题。本传又言是"隐君子"，何故？老莱子楚人，太史儋为周史官，故此乃糅合二人之故事而成。

（三）孔子问礼。

见《史记》老子传，亦见《史记·孔子世家》。《孔子世家》云孔子与其弟子南宫敬叔同往。崔述以为，昭公二十四年孟厘子始卒，敬叔在衰绖之中，且年仅十二，不能与孔子同适周。且老子谕孔子之语据《庄子》则一半似老聃谕杨朱语，一半似老莱子谕孔子语。（《庄子·寓言》："大白若辱，盛德若不足。"又《庄子·外物》："丘！去汝躬矜与汝容知，斯为君子矣。"）至于孔子"犹龙邪"之语，则亦见《庄子·天运》。要之，《史记》老子传之故事一半系出于什九寓言之《庄子》，要为道家故意抬高老子压孔子，未必真史。

（四）西游至关。

西游过函谷关之故事系因太史儋西说秦献公而误。函谷关之建置在秦献公世，如老子与孔子同时，未有此关。关尹喜，据《庄子》与列子同时，孔子没后八十年光景。又据庄列二书，其人不出宋、郑之间。

汪中主张老子即太史儋，其说未能成为定论。

（五）老子之书。

《道德经》，为道教经典。其文体不一。有有韵，有无韵，有似格言式者，有重复，有矛盾。疑是道家后人杂纂而成，无论如何当在战国之世。

冯芝生《中国哲学史》以为在战国之世：

①孔子前无私人著述之事；

②非问答体；

③经体。

（其言大国小国之事，又言万乘之君。）

或以为在《庄子》之后，或以为在《墨子》后，西人 Giles 且以为在《淮南子》后。

今本为三国王弼注。有题汉河上公注本《老子章句》，后人依托，非汉人作。

明焦竑《老子翼》，本校杨树达《老子古义》，本校毕业生高亨《老子正诂》，王重民《老子考》。

五、《庄子》

1.《史记·老庄申韩列传》:"庄子者,蒙人也。"司马贞《索隐》引刘向《别录》云:"宋之蒙人也。"东汉高诱《淮南鸿烈解·修务训》注亦曰:"庄子名周,宋蒙县人。"《史记》裴骃《集解》引《汉书·地理志》曰:"蒙县属梁国。"陆德明《经典释文·庄子音义·序录》因之,曰:"梁国蒙县人。"盖汉晋时蒙县属梁国也。《汉书·地理志》,梁国领县八,其四曰蒙。蒙县有蒙泽,即孟诸。庄子之卒盖在宋之将亡,宋亡后,蒙或入于楚。故《太平寰宇记》曰:"楚有蒙县,俗谓之小蒙城是也。"(马叙伦《庄子宋人考》)

2. 庄子之年代:《史记·老庄申韩列传》:"(周)与梁惠王、齐宣王同时。"假定其生于梁惠王元年,则为周烈王六年(公元前370年)。本书又称及见公孙龙(《秋水》),龙为平原君客,平原君在赵惠文王时,本书亦有见赵文王事(《说剑》)。《史记》载楚威王聘庄子。佚文《韩诗外传》(《艺文类聚》八三三、《初学记》二七、《文选·月赋》注、鲍照《拟古诗》注)谓楚襄王遣使者聘庄周。楚顷襄王与赵惠文王同时立。又书中称宋王者再(《列御寇》),按君偃在周显王四十一年自立为王。赵惠文王与楚顷襄王同时立,在周赧王十七年(公元前298年)。(赵惠文王共三十三年。马叙伦《庄子年表》。)

3.《汉书·艺文志》载:"《庄子》五十二篇。"晋司马彪注本正是五十二篇,其中《内篇》七、《外篇》二十八、《杂篇》十四、

《解说》三,乃是汉淮南王门下所传。《内篇》辑其近于庄子之本真者,《外篇》辑其后学之说及传写重复而异文者,《杂篇》是杂载短章逸事,《解说》三篇似是淮南王门客之解说庄子者。不幸司马彪注本至宋而佚。今存郭象(子玄,《晋书》有传)注,仅三十三篇(《内篇》七,《外篇》十五,《杂篇》十一)。郭注系盗窃向秀,见《世说新语·文学》篇。向本仅分内外篇,不分杂篇,而郭象则又据司马彪本略补,分内、外、杂篇,但既非向本之旧,亦非司马彪之旧,任意分合,本文讹衍错夺,遂不可读。

《庄子翼》明焦竑。

《庄子集释》清郭庆藩。

《庄子集解》清王先谦。

4.《庄子》散文的特点:

庄子处于战国纷乱时期,发挥其遁世无闷主义,比老子更为透达。《逍遥游》、《齐物论》、《养生主》为其思想之代表作品。其文词空灵浩瀚,寓言什九。为散文中之屈原。

(1)想象新奇。

如《外物》篇"任公子钓鱼":"任公子为大钩巨缁,五十犗以为饵,蹲乎会稽,投竿东海。旦旦而钓,期年不得鱼。已而大鱼食之,牵巨钩䧟没而下,骛扬而奋鬐,白波若山,海水震荡,声侔鬼神,惮赫千里。任公子得若鱼,离而腊之,自制河以东,苍梧以北,莫不厌若鱼者。"又如《则阳》篇触蛮之战:"有国于蜗之左角者曰触氏,有国于蜗之右角者曰蛮氏,时相与争地而战,伏尸数万，逐北旬有五日而后反。"

（2）说理透辟。

如《秋水》篇濠上观鱼一节。

（3）譬喻巧妙。

如《大宗师》大冶铸金及《秋水》鹓雏腐鼠之喻。"今之大冶铸金，金踊跃曰'我且必为镆铘'，大冶必以为不祥之金。今一犯人之形，而曰'人耳人耳'，夫造化者必以为不祥之人。今一以天地为大炉，以造化为大冶，恶乎往而不可哉？成然寐，蘧然觉。""夫鹓雏，发于南海而飞于北海，非梧桐不止，非练实不食，非醴泉不饮。于是鸱得腐鼠，鹓雏过之，仰而视之曰：'吓！'今子欲以子之梁国而吓我邪？"

（4）寓言恰当。

寓言什九。如《达生》篇："仲尼适楚，出于林中，见佝偻者承蜩，犹掇之也。仲尼曰：'子巧乎！有道邪？'曰：'我有道也。五六月累丸二而不坠，则失者锱铢；累三而不坠，则失者十一；累五而不坠，犹掇之也。吾处身也，若橛株拘；吾执臂也，若槁木之枝；虽天地之大，万物之多，而唯蜩翼之知。吾不反不侧，不以万物易蜩之翼，何为而不得！'孔子顾谓弟子曰：'用志不分，乃凝于神，其佝偻丈人之谓乎！'"

（5）措辞灵活。

如《齐物论》："是非之彰也，道之所以亏也。道之所以亏，爱之所以成。果且有成与亏乎哉？果且无成与亏乎哉？有成与亏，故昭氏之鼓琴也；无成与亏，故昭氏之不鼓琴也。"

（6）声调和谐。

如《德充符》："惠子曰：'不益生，何以有其身？'庄子曰：'道与之貌，天与之形，无以好恶内伤其身。今子外乎子之神，劳乎子之精，倚树而吟，据槁梧而瞑。天选子之形，子以坚白鸣。'"

5.《逍遥游》讲解：

题："逍遥游"，言逍遥乎物外，任天而游无穷也。

北冥：北海边。海运：行于海上。天池：原乎造化非人所作。齐谐：一云人名，一云书名。扶摇：飙，暴风从下而上。去以六月息者也：一去半岁至天池而息。野马：春月泽中游气。天地间气如野马驰也。此皆鹏之所冯以飞者耳。培风：旧说，培，重也。王念孙曰：培、冯通。夭阏：折塞。

以上言大鹏之逍遥。

蜩：音条。蝉。学：一于角反，一作鸴，又作鷽，音预。决起：疾起。枪＝突也。枋：音方。时则不至：时或不至（王念孙）。

此段郭注以为"苟足于其性，则虽大鹏无以自贵于小鸟，小鸟无羡于天池而荣愿有余矣。故小大虽殊，逍遥一也"。此说非。此借蜩鸠以笑惠施之小也。庄子以大鹏自命。

莽苍：近郊之色。三飡：一日。二虫：指蜩鸠，皆羽虫也。惠蛄：一作蟪蛄，寒蝉也。一名蝭蟧。春生夏死，夏生秋死。

彭祖：名铿，尧之时封于彭城，历虞夏至商七百岁。一云姓篯名铿，在商为守藏史，在周为柱下吏，年八百岁。一云即老子也。

棘：汤时贤人。《列子·汤问》篇殷汤问于夏革。革、棘通。亦云："物各有极，任之则条畅。物性不同……因而任之。"以下引《列子·汤问》篇，今亦不甚合。或庄子引古在有意无意之间，洸洋自恣，或曰《列子》书伪作。

穷发：无毛之地。羊角：风曲而上行。斥：一作尺。鴳：一作鷃，小雀也。

而征一国：郭庆藩《庄子集释》云，而读为能。而、能，古字通用。宋荣子：宋国荣子。犹然笑之：犹以为笑。或犹然，笑貌。

彼其于世，未数数然也：王先谦《庄子集解》云："言不数数见如此者也。"此说非。

列子：列御寇，与郑穆公（一云缪公）同时。泠然：轻妙之貌。致福者：成玄英疏云："得风仙之福。"此说非。未数数然：数数＝汲汲＝迫促。求之也。

辩：变。六气：阴、阳、风、雨、晦、明。

爝：一本作"燋"，小火也。尸：太庙中的神主。

犹河汉而无极也：犹上天河汉，迢递清高，寻其源流，略无穷极。迳庭：迳，门外路；庭，堂外地。相远之意。一曰激过。

姑射：射，食亦反，又音夜，又音食夜反。狂：诳。时女：处女。磅礴＝旁薄＝旁魄。广被也。乱：治也。《老子》曰："我无为而民自化。"蕲：期。弊弊：经营貌。

资：货也。章甫：殷冠。

四子：司马彪曰："四子，王倪、啮缺、被衣、许由。"窅然：

怅然也。

惠子：惠施。梁相。瓠：瓜也，即今葫芦瓜。虚脆不坚，故不能自举。瓠落：廓落。呺：枵，虚也。本亦作号。呺然大也：虚大也。

龟：向秀云："拘坼也。"一云挛缩也。泙：浮。澼：漂。絖：絮也。虑：司马彪云："虑，犹结缀也。樽如酒器，缚之于身，浮于江湖，可以自渡。"蓬：向秀云："蓬者，短不畅，曲士之谓。"

狸狌：野猫。敖者：翔者，鸡鼠之属。机辟：机臂。《哀时命》："外迫胁于机臂兮。"

六、《墨子》

墨子，名翟。太史公《孟子荀卿列传》附载："盖墨翟宋之大夫，善守御，为节用。或曰并孔子时，或曰在其后。"宋之大夫，并非宋人。《公输》篇有"归而过宋"句。或以为楚人。但《贵义》篇"墨子南游于楚"，亦不合。高诱注《吕览》，以为鲁人。梁任公是其说（《墨子学案》）。近人又有印度人之说（胡怀琛《东方》），曾引起大辩论。恐附会多而实证少。

墨子年代据梁氏考订当在：

生：周贞定王元年至十年之间（公元前468—前459年）；

卒：周安王十二年至二十年之间（公元前390—前382年）。

故可暂定为（公元前464？—前387年？），比孔子晚百年左右，比孟子早百年左右。

《墨子》一书，《汉书·艺文志》著录七十一篇，今存五十三篇。全书出于自著者很少。其中有几篇记墨子言行，体裁颇近《论语》，有几篇说墨学大概，均是墨子弟子所作，有三篇经学家审定为非墨家言。最能代表墨子思想者为《尚贤》、《尚同》、《兼爱》、《非攻》、《节用》、《节葬》、《天志》、《明鬼》、《非乐》。

墨子之思想，趋极端。攻击儒者之文教，讲刻苦牺牲之精神。先秦难得之哲学家也，且开伦理学名学一派。

其书尚质，故难读。有清毕沅《注》，孙诒让《墨子间诂》。梁任公有《墨学微》、《墨经校释》、《墨子学案》。

文章精悍。

七、《韩非子》

韩非，韩之公子，荀卿弟子。口吃不能道说。韩不能用。非以"儒者以文乱法，而侠者以武犯禁"主张法治。喜刑名法术之学，而其归本于黄老。著《孤愤》、《五蠹》、《内外储说》、《说难》、《说林》等，十余万言。终入秦，为李斯所杀。

《汉书·艺文志》著录五十五篇，今存。其文条畅可学。

有明赵用贤注本（《四部丛刊》）、王先慎《韩非子集解》。

八、《吕氏春秋》

一名《吕览》。秦相吕不韦及其门下士所作。《史记·太史公自序》："不韦迁蜀，世传《吕览》。"《史记·吕不韦列传》载，吕不韦，阳翟大贾人也。游于邯郸，见秦昭王之孙子楚不得志，结好之，以重金购奇物玩好，西游于秦，献于秦昭王太子安国君之宠姬华阳夫人，使华阳夫人以子楚为适嗣。复以邯郸姬善舞，与之居，有身，而以奉子楚。秦昭王薨，安国君立。子楚归秦。安国君为孝文王，立一年薨，子楚立，为庄襄王，以吕不韦为丞相，封文信侯。庄襄王立三年薨。秦王政立。尊吕不韦为相国，号称仲父。太后时时私通吕不韦。不韦家童万人，食客三千人。使其客著所闻，集论以为八览、六论、十二纪，二十余万言。以为备天地万物古今之事，号曰《吕氏春秋》，布咸阳市门，悬千金，延诸侯游士宾客，有能增损一字者予千金。秦王政九年，迁不韦于蜀。十年，免相。十二年（据徐广说），赐死。(《史记》文不清楚，如九年迁蜀、十年免相之类。亦不言赐死之年。据《吕览·序意》篇则《吕览》作于秦王政八年，非迁蜀以后作也。)

《汉书·艺文志》著录二十六篇，今存。有高诱注，清毕沅校本(《吕氏春秋新校正》)佳。毕沅云："其书沈博绝丽，汇儒墨之旨，合名法之源。"盖先秦诸子学说之总汇也。故称"杂家"，其书虽汇百家之说，而归于儒家之议论。

九、《淮南子》

汉淮南王安撰。安为淮南厉王长之子，厉王，高祖之少子也。《史记》、《汉书》皆有传。"安为人，好读书鼓琴，不喜弋猎狗马驰骋。"其门客有高才八人："苏飞、李尚、左吴、田由、雷被、毛被、伍被、晋昌，号曰八公。"

《汉书·艺文志》著录：

（1）易家 《淮南道训》二篇；

（2）杂家 《淮南内篇》二十一篇；

（3）杂家 《淮南外篇》三十三篇；

（又有《中篇》八卷，言神仙黄白之术，刘向所谓《鸿宝苑秘》也。《艺文志》不载）

（《道训》及《外篇》均亡）

（4）诗赋家 《淮南王赋》八十二篇（《艺文类聚》有《屏风赋》，《太平御览》引刘向《别录》曰淮南王有《薰笼赋》）；

（5）诗赋家 《淮南王群臣赋》四十四篇（《楚辞》有《招隐士》，淮南小山作）；

（6）天文家 《淮南杂子星》十九卷。

《内篇》亦名曰"鸿烈"。"鸿，大也，烈，明也。以为大明道之言也。"（高诱）

今注本系许慎、高诱杂集。清同治间劳格、陶方琦据北宋苏颂之《苏魏公集》以明之。《苏魏公集》有《校淮南题叙》。

十、《列子》

八篇，东晋张湛注。自高似孙以来即疑为伪书。与《庄子》合者甚多，浅近迂僻出于后人荟萃而成。姚际恒言，西方圣人直指佛氏，必汉明帝以后无疑。大概是汉末晋人依托，非《汉书·艺文志》著录之旧。

以上参考：
梁任公《要籍解题及其读法》
梁任公《古书真伪及其年代》
吕思勉《经子解题》

（原载浦江清著，浦汉明、彭书麟整理：
《中国文学史稿·先秦两汉卷》，北京出版社2018年版）

1900—1950

罗庸：韩愈柳宗元及其古文

一、韩柳前文风之演变概况

单就文章来说，《新唐书》所记文风之变凡三期，今而言之，可分四期：①高祖武德初迄太宗贞观末，凡三十余年，为北朝文风之结束。②高宗永徽初迄玄宗开元末，凡九十余年，为齐梁派之结束，古文初次抬头，四杰与吴、富均在此时期中，陈子昂、卢藏用之出，可为韩柳之先驱。③自天宝初迄元和、长庆间，凡八十年，自萧颖士、李华下迄韩柳，为古文之完成时期。④自武宗大和、开成迄唐末，凡八十年，骈文、古文两衰，杂体文及公文四六流行，故五代及北宋初文体大衰，迨欧苏振起，古文又复中兴。

古文运动本身又可分为三段落：①萧颖士、李华迄柳冕。②柳冕迄韩愈。③韩愈迄李翱、张籍。今分别论之于后。下先论韩柳前之古文家：

（1）萧颖士——字茂挺，南（兰）陵人，开元二十三年进士，天宝后卒，年五十二（《旧唐书》卷九〇、《新唐书》卷二〇二本传）。如更上推，当及陈子昂（伯玉），然陈之成就在诗，且无具体理论，故论唐代古文自萧始，萧出于南朝南（兰）陵萧氏，为南方人，与李华友善。

（2）李华——字遐叔，赵州赞皇人，开元二十三年进士，肃宗立，贬官，卒于家（《旧唐书》卷一九〇、《新唐书》卷二〇三本传）。为萧同年（开元二十三年及第），二人为莫逆交。就造诣言，萧实较高于李。李尝作《吊古战场文》，杂诸古文以示萧。萧谓李如用力，亦可有此作，李大叹服其眼力。

（3）独孤及——字至之，洛阳人，开元十三年（725年）生，大历十二年（777年）卒，年五十二（《新唐书》卷一九三本传）。为李华私淑弟子。以上三人，彼此之间无系统之理论或主张，今但由各人集中披选出之。李华《扬州功曹萧颖士文集序》："君以为六经之后，有屈原、宋玉文甚雄壮而不能经。厥后有贾谊文词最正，近于礼体……近日陈拾遗子昂文体最正……"此谓萧之提倡文体，主张实用，便于政治，古文运动盖自此发轫。独孤及《检校尚书吏部员外郎赵郡李公中集序》："志非言亦不形，言非文不彰，三者相为用……自典谟缺，雅颂寝……作者往往先文字，后比兴……枝对叶比……文不足言，言不足志……公之作本乎王道，大抵以五经为泉源。"此遐叔之主张文学当有内容也。梁肃《常州刺史独孤及集后序》："初公视肃以友，肃仰公犹师，每申之话言，必先道德而后文学，且曰后世虽有作者，六籍其不可几已。"此论较萧、李更进一层，由文学之内容说到作家之修养矣，是为古文运动之萌芽，迄乎元结、柳冕，此风益张，而风靡于当代也。

（4）元结——字次山，河南人，天宝十二年进士（753年），卒大历七年（772年）（《新唐书》卷一四三本传），此公亦无具体理论，然尝作《春陵行》，少陵之《三吏》《三别》盖受其启示者也。唐诗之社会描写，此风自次山开之。又尝作《贼退后示官吏》、《五规》（出、处、对、心、时）、《二恶》（圆、曲）。有次山而后有少陵之社会诗，有少陵而后有香山之《新乐府》，次山无师承，无弟子，然其影响则有不可阻者焉。

（5）梁肃——字敬之，一字宽之，世居陆浑，贞元末卒，年四十一（《新唐书》卷二二二本传）。崔恭《唐右补阙梁肃文集序》："大约公之习尚敦古风，阅传记，硁硁然导人以为常。"古文运动之于"阅传记"极有关系，盖古文家重道德，必读古人传记以为养性之资，是以作传记为古文之长，其能制胜骈文者以此，后世古文家必作传记，其风自肃始。而大放厥词，立古文之主张者，当推柳冕。

（6）柳冕——字敬叔，蒲州河东人，约卒于贞元末（《旧唐书》卷四〇附《柳登传》，《新唐书》卷一三二附《柳芳传》）。与友人论文书最多。《与徐给事论文书》："文章本于教化，形于治乱，系于国风，故在君子之心为志，形君子之言为文，论君子之道为教。"《答荆南裴尚书论文书》："在心为志，发言为诗谓之文，兼三才而名之曰儒。儒之用文之谓也，言而不能文，君子耻之……夫君子之儒，必有其道，有其道必有其文，道不及文则德胜，文不知道则气衰，文多道寡，斯为艺矣。"其他论述见《与权德舆书》、《答杨中丞论文书》、《谢杜相公论房杜二相书》、《与滑州卢大夫论文书》等篇。文以载道之说盖自冕始。《与滑州卢大夫论文书》："夫文生于情,情生于哀乐,哀乐生于治乱。故君子感哀乐而为文章,以知治乱之本。屈宋以降,则感哀乐而亡雅正,魏晋以还,则感哀乐而无风教,宋齐以下,则感物色而亡兴致。"此论为较前此诸人进步多矣。退之以前,冕为大家,惜其作不及退之,故为世所忘忽耳,然冕实集前此文论之大成者也。故退之能"文起八代之衰",诸公开路之功殆不可磨灭也。

二、韩柳古文之理论与成就

(1)韩愈——生大历三年(768年),卒长庆四年(824年),年五十六(《旧唐书》卷一六〇、《新唐书》卷一七六本传)。其与前辈作家之师承关系,有以下脉络可寻:①少为萧颖士子存所知;②尝从独孤及、梁肃之门人游;③李华、宗子翰每称道之;④李观亦华族子,与愈同举进士,且相友善。

退之古文渊源,实自萧李而出,故立论犹有同乎诸前辈者,如《答李秀才书》:"愈之所志于古者,不惟其辞之好,好其道焉尔。"《送孟东野序》:"人之于言也亦然,有不得已而后言,其歌也有思,其哭也有怀。"皆是也。其独到之处,在论作家个人修养之言,真是前无古人,后无来者。如《答尉迟生书》:"夫所谓文者,必有诸其中,是故君子慎其实。实之美恶,其发也不掩,本深而末茂,形大而声宏,行峻而言厉,心醇而气和,昭晰者无疑,优游者有余,体不备不可以为成人,辞不足不可以为成文。"此数语源于《大学》"诚中形外"、"君子慎独"之警句,及陆机《文赋》论体性之言,合而铸之，遂成笃论。《答李翊书》："始者非三代两汉之书不敢观，非圣人之志不敢存……如是者亦有年，犹不改，然后识古书之正伪，与虽正而不至焉者，昭昭然白黑分矣。""气，水也；言，浮物也，水大而物之浮者大小毕浮。气之与言犹是也。气盛则言之短长与声之高下者皆宜。"其论文以气为主，与魏文不同。魏文所谓气，乃作者之性灵，《文心雕龙》所谓体性是也；韩之谓气，即孟子所谓"浩然正气"。唐人作文好重言之短长、声之高下，退之欲破此拘束，乃主以气涵之，其源来自《孟子·养气章》。孟子以志、气、体三者并列，称"持其志勿暴其气"。以火车喻之，其全部为列车之体，其车头气也，犹今之言生命力，司机则志也。人能以心指挥其生命力，以作种种活动，故人须守其志，勿使生命力妄动也。此孟子二种修养功夫，不能使气本能地动，故须养其气，使之从志而塞乎天地之间。入手方法在"集义"，义源于是非之心，日行一义，渐减愧怍，至于理直，理直而气壮，气壮则生死利害在所不计，乃能"富贵不能淫，贫贱不能移，威武不能屈"也。能"集义"便能"知言"，此道自孟子而后不得其传，退之有志继之，遂创此"养气为文"之理论。由此而知言，而能辩古文之真伪与虽正而不至焉者，下开宋之理学，故古文家与理学家之相连，退之实开其宗，而后世之论道统者，亦必及之。韩氏若干笔札论议，多用两扇对举之法，此学自孟子者也。《答崔立之书》尤酷似孟子，所作《原道》、《原毁》正属于此系统，此韩文之一面。

唐代因科举之故，人多不愿讲师承，韩为古文取法孔孟，故力倡师承，作《师说》以申之，此韩文之又一面。又古文家重视传记，故韩喜为人作墓志，亦偶作游戏文字以为应酬，退之《送穷文》、《进学解》诸作，是渊源自两汉者也。此外，随当时求仕之风而有《上宰相书》，因持道统以卫道为己任而有《论佛骨表》，子厚较之，相去远矣。

然韩之立身与文风亦颇为当时士子所非议，兹举其一二诤友之言论以为例。①裴度《寄李翱书》："文人之异在气格之高下，思致之浅深，不在礔裂章句、黡废声韵也。……（昌黎韩愈）恃其绝足，往往奔放，不以文立制，而以文为戏，可矣乎？可矣乎？今之作者，不及则已，及之者，当大为防焉耳。"此书可代表当时一般人对韩之评语。②张籍《上韩昌黎书》："比见执事多尚驳杂无实之说，使人陈之于前以为欢，此有以累于令德。""且执事言论文章不谬于古文，今所为或有不出于世之守常者。窃未为得也。"又《上韩昌黎第二书》："君子发言举足，不远于理，未尝闻以驳杂无实之说为戏也。执事每见其说，亦拊抃呼笑，是挠气害性，不得其正矣。"由以上引文观之，可见当时人士亦有不甚以韩为然者，故退之人格不甚统一，态度较孟子为逊，其性格为多方面而不能调和，故研究之颇为困难。

（2）柳宗元——生大历八年（773年），卒元和十四年（819年），年四十七（《旧唐书》卷一六〇、《新唐书》卷一六八本传）。性格与余事均与韩愈不同。韩心灵幼稚，意志不坚。柳则反是，故对韩有轻视意。就文学成就言，韩自过之；而就文学功夫言，则柳又远过于韩，惜滞于萧李阶段而未进耳。《报崔黯秀才论为文书》："然圣人之言，期以明道，学者务求诸道而遗其辞。"《报袁君陈秀才避师名书》："大都文以行为本，在先诚其中，其外者当先读六经，次《论语》，孟轲书皆经言，《左氏》《国语》；庄周、屈原之言，稍采取之，穀梁子、太史公甚峻洁，可以出入，余书俟文成。异日讨也，其归在不出孔子。"其自道写作之言有《答韦中立论师道书》："故吾每为文章，未尝敢以轻心掉之，惧其剽而不留也；未尝敢以怠心易之，惧其弛而不严也……此吾所以羽翼夫道也。""本之《书》以求其质……此吾所以取道之原也。参之穀梁氏以厉其气……此吾所以旁推交通而为之文。"此明柳之功夫在外，非若韩之在内也。故柳文与性格可分为二，而韩则合而不可分，曾国藩尝以韩文为阳刚，柳文为阴柔。二人者尝有匹敌之意，势均力敌。韩文高于柳者在读书录与《原道》诸篇，而柳之高于韩者为永州山水诸记。柳用心极深，韩则重感情近于自然，乘兴而动。柳以神经衰弱而终，韩则以好酒血压高而卒。总论二人成就，韩固过于柳也。

三、略论韩门诸弟子

（1）李翱——字习之（《旧唐书》卷一六〇、《新唐书》卷一七七本传）。

李氏文学主张，见于《答朱载言书》，较韩柳为琐碎，其最大成就，在《复性书》三篇，乃受韩《原道》之启示而作，其友陆参（公佐）极力鼓励之，以发扬韩文《原道》之系统，此北宋理学家之来源。盖李以孟子为主，加上《中庸》而论人之修养，以复其性，遂发展为周濂溪之《太极图说》及二程所倡之道学。

（2）皇甫湜——字持正，睦州新安人（《新唐书》卷一六〇本传）。有关著作有：《答李生第一书》、《第二书》、《第三书》、《谕业》。

韩门中李习之为别派，盖韩之直接影响，在北宋欧、苏、曾、王诸人之古文运动，而习之则影响程朱之理学派矣。故其真正承古文衣钵者为皇甫氏，然较昌黎则远逊之，渠以为韩之作风奇特，并非可诟病者（《答李生书》），聊以非奇特不足以惊世骇俗，是以愈奇愈可宝贵，《喻业》一篇即其整个理论，然仍是昌黎一套法宝，无可珍视之创造。

（3）来择——字无择，为皇甫持正弟子，存文无多。其弟子为孙樵，字可之，著有《与友人论文书》、《与贾希逸书》、《与王霖秀才书》。韩文四传至孙樵而衰，盖已逮晚唐时期，时代风气已变故也。

（4）处韩柳之师友间者四人——①李观，字元宾，李华从子（《新唐书》卷二〇二本传）。韩尝为撰墓志，早死，成就小。②李汉，字南纪（《旧唐书》卷二七本传），为退之同年进士，以兄子妻之，成就不大。③张籍，字文昌（《新唐书》卷一七六本传），当时声名极大，然成就在新乐府。④沈亚之——字下贤，吴兴人，事见《唐才子传》，文有《送韩静略序》、《答学文僧请益书》。与张文昌同隶元白旗帜下，后世多重其传奇之作，当时韩有《圬者王承福传》，柳有《种树郭橐驼传》，香山作《长恨歌》，陈鸿作《长恨传》，介乎其间者，即沈亚之传奇作也。

（5）樊宗师——字绍述，河中宝鼎人（《新唐书》卷一五九附《樊泽传》）。所作有《绛守居园池记》（孙之𬴂注本），文曰："绛即东雍，为守理所，禀参实沉兮，气蓄两河润，有陶唐冀，遗风余思，晋韩魏之相剥剖，世说总其土田士人，令无碛杂扰，宜得地形胜，泻水施法，岂新田又蕞猥不可居，州地或自有兴废，人因得附为奢俭，将为守说致平理与，益侈心耗物害时与。"此为极怪之文字，古人罕有能解之者。清人孙之𬴂为之作注，其文故意不用通行之文法，如不标点，句法皆极成问题，而退之为作墓志，极称道之，亦专好险怪之同嗜者也。

（6）权德舆——字载之，为韩门中较守旧者，文颇典重，掌制诰。

（7）李德裕——字文饶，有《穷愁志》中之文章论，为古文家而有理论者之最后一人。其家三世不准置《文选》，可见壁垒之森严，为唐代古文家之殿军。

（原载罗庸讲述，郑临川记录，徐希平整理：《罗庸西南联大授课录》，北京出版社2014年）

1904—1957

浦江清：宋代古文

宋初，为唐人声律之体者有杨亿、刘筠。志存变古而力未逮者有柳开、穆修。至仁、英、神、哲数朝，大家辈出，有欧阳、曾、王、三苏。

欧阳修（永叔），童时得《昌黎先生文集》六卷于友人李彦辅家弊筐中，后大好之，专习古文。其《记旧本韩文后》曰："予少家汉东……贫无藏书。州南有大姓李氏者，……予为儿童时，多游其家，见其弊筐贮故书在壁间，发而视之，得唐《昌黎先生文集》六卷，脱落颠倒，无次序；因乞李氏以归。……然予犹少，未能悉究其义。……年十有七，试于州，为有司所黜。因取所藏韩氏之文复阅之，则喟然叹曰：'学者当至于是而止尔！'固怪时人之不道，而顾己亦未暇学。……后七年，举进士及第，官于洛阳，而尹师鲁之徒皆在，遂相与作为古文，因出所藏《昌黎集》而补缀之。求人家所有旧本而校定之。"

欧阳修举进士后，为西京推官，与尹洙（师鲁）游为古文，与梅尧臣游为歌诗。永叔之文，学韩愈，去其奇古桀骜处而得平易深厚，因易阳刚而为阴柔，其抒情处长于韩。其大篇议论有《正统论》，为史学上的大问题。《本论》发挥儒家思想——《原道》。而抒情之赋有《秋声赋》、《鸣蝉赋》（诙谐者《憎苍蝇赋》）。

《石遗室论文》云："永叔文以序跋杂记为最长，杂记尤以《丰乐亭记》为最完美（在滁州时作），由乱到治，由治回想到乱，一波三折，将实事于虚空中摩荡盘旋，此欧公平生擅长之技，所谓风神也。"有《有美堂记》、《岘山亭记》、《醉翁亭记》（为杭州守梅公作）。

永叔好作碑志，为王旦、陈尧佐、晏元献公、范文正公之神道碑，胡瑗、孙明复、石介之墓志墓表，苏洵、蔡襄、梅圣俞、苏子美、尹师鲁、刘敞、谢绛、石曼卿之墓志墓表，皆出其手。故欧公尝云："自明道、景祐以来，名卿钜公，往往见于余文矣，至于朋友故旧……盖自尹师鲁之亡逮今二十五年之间，相继而殁，为之铭者至二十人。"（《江邻几文集序》）《范文正公神道碑铭》以书范公与吕公复交事，范氏子不以为然，删去其文，欧公每以为恨，谓非我文也。

赠序以《送徐无党南归序》为佳。自叙有《六一居士传》，仿《五柳先生传》，亦似白居易之《醉咏先生传》。

《归田录》记朝野掌故逸事。

《诗本义》。

《集古录跋尾》。

《崇文总目》。

《新唐书》本纪十卷、志五十卷。

《五代史》七十四卷。

曾巩（子固），建昌南丰人。嘉祐二年（1057年）进士，出于欧公门下。巩学术纯正，以孝友闻，为文本"六经"而斟酌于司马迁、韩愈。有《元丰类稿》，其文沉挚，《谢杜相公书》（杜公有恩于其父）、《寄欧阳舍人书》（欧阳公为作其祖墓志铭，称欧公蓄道德、能文章）。《墨池记》寥寥短章味之隽永（林传甲语）。《朱子语类》云"南丰文字确实"，又云"比之东坡则较质而近理"。又曰"南丰作宜黄、筠州二学记好，说得古人教学意出"。

王安石（介甫），抚州临川人。庆历二年进士，巩之友。未有声誉时，巩导之于欧阳修，亦为欧公所推挽者。神宗时专政，与欧阳、司马、三苏、曾氏皆不和。王氏文亦本"六经"，推重韩愈。有《临川集》。作《诗》、《书》、《周礼》新义，颁于学官，主司用以取士。晚居金陵，又作《字说》，多穿凿附会。小说记荆公喜说字，客问"霸"字何以从西？曰：西方主杀伐。或曰"从雨不从西"，随曰：如时雨化之耳。其为东坡所讥笑。荆公不喜《春秋》，讥为断烂朝报。

《上神宗皇帝书》为贾谊以后奏疏第一篇文字。

司马光（君实）（1019—1086年），陕州夏县（山西闻喜）人。为王安石之反对党领袖。七岁即明《左氏春秋》大旨。仁宗宝元初中进士甲科，为安石先辈。其反对变法，议论详见其《与王介甫书》。

司马光年六十八卒。一生得志时为神宗崩后，哲宗立时，一反王安石所为，所谓元祐之政。后来新党再得势，光为元祐党人碑之首，谥曰文正，卒时赠太师温国公。一生精力在《资治通鉴》一书，以治平三年（1066年）受诏，元丰七年（1084年）书成奏上，凡越十九年而成。宋邵伯温《闻见录》谓《通鉴》以《史记》前后汉属刘攽，以唐逮五代属范祖禹，以三国历六朝至隋属刘恕，共三百五十四卷。连目录考异，本文二百九十四卷。光除《通鉴》外，尚有《稽古录》廿卷，《易说》三卷，《类篇》四十四卷，《切韵指掌图》一卷，《道德经注》（佚），《法言集注》十三卷，《涑水纪闻》十六卷，《诗话》一卷、《续诗话》一卷。全集一一六卷，可谓著述繁多矣。

苏洵（明允），眉州眉山人。二十七岁始发愤为学，通《六经》百家之说。至和嘉祐间与二子轼、辙至京师。有《嘉祐集》。谒欧阳修上《权书》、《衡论》廿二篇，欧公以为贾谊、刘向不能过也。其文实出于《战国策》，长于议论。《辨奸论》攻讦安石（真伪有问题）。

苏轼（子瞻），嘉祐二年，试礼部，欧阳公为主司，得其《刑赏忠厚之至论》，惊喜欲置第一，恐其门客曾巩所为，遂置第二。修语梅圣俞曰："吾当避此人出一头地。"《扪虱新话》谓梅圣俞一见苏论《刑赏》文，以为其文似《孟子》，置在高等。坡后往谢，梅问：尧皋陶事出何书？坡徐应曰：想当然耳。

有《东坡集》。其奏议学贾谊、陆贽。《赤壁赋》、《超然台记》诸小品文，思想出《庄子》，《超然台记》有"游于物之外"之说。又有《易传》、《书传》、《论语说》、《志林》等。

苏辙（子由），有《栾城集》。

苏氏父子，合称"三苏"。

陈柱《散文史》云："宋六家之文体，欧阳长于言情，子固、介甫长于论学，三苏长于策论。其后朱子继南丰之作，为道学派之散文。三苏之文至叶适、陈亮等流，为功利派之文矣。"

宋代道学独盛。《宋史》以儒林之外，别立道学传。道学派不重为文，语录以白话文出之。周敦颐（茂叔）《通书》论文辞，开首即云"文所以载道也"，末句"不知务道德而第以文辞为能者，艺焉而已"。主重道。《通书》云"文辞，艺也；道德，实也。笃其实而艺者书之。美则爱，爱则传焉。贤者得以学而至之，是为教。故曰：言之无文，行之不远。"则亦重文。而程子曰："作文害道否？曰：害也。凡为文不专意则不工，若专意则志局于此，又安能与天地同其大也。《书》曰：'玩物丧志'，为文亦玩物也。"

道学家中以朱子文最工。（程颐有《程颢行状》，文章甚美。）朱子曰："夫古之圣贤，其文可谓盛矣，然初岂有意学为如是之文哉。有是实于中，则必有是文于外。如天有是气，则必有日月星辰之光耀，地有是形，则必有山川草木之行列。圣贤之心，既有是精明纯粹之实，以旁薄充塞乎其内，则其著见于外者，亦必自然条理分明，光辉发越而不可掩。盖不必托于言语，著于简册，而后谓之文。但自一身接于万事，凡其语默动静人所可得而见者，无所适而非文也。"

朱子看不起韩愈、欧阳修、苏轼等人之文，他以为韩氏欲去陈言以追诗书六艺之作，而其敝精神靡岁月，又有甚于前世诸人之所为者。若夫所原之道，则亦徒能言其大体，而未见其有探讨服行之效。其议论古人则又直以屈原、孟轲、马迁、相如、扬雄为一等，而犹不及于贾、董。裂道与文以为两物，倒悬而逆置之也。欧阳修作《本论》，其说已是大段拙了，然犹是一篇好文章。到晚年自作《六一居士传》，宜其所得如何，却只说有书一千卷，《集古录》一千卷，琴一张、酒一壶、棋一局，与一老人为六，更不成说话。如东坡一生读天下书，无限道理，则到晚年过海，作昌化《峻灵王庙碑》，引唐肃宗时一尼恍惚升天，见上帝以宝玉十三枚赐之云：中国有大灾，以此镇之。今此山如此，意其必有宝，更不成议论，似丧心人说话……观于海者难为水，游于圣人之门者难为言。分明是如此了，便看他们这般文人不入。

朱子于文推重子固：南丰文却通质，他初亦只是学为文，却因为文，渐见些子道理，故文学依傍道理做，不为空言。

朱子深于古诗，其论见《诗人玉屑》（谢氏文学史引），谓有律诗以后，益巧益密，而无复古人之风矣。又诗论见《答巩仲至书》。

叶适（**正则**），永嘉人。有《水心集》。论文云："人家飨客或虽金银器照座，然不免出于假借。自家罗列仅瓷缶瓦杯，然却是自家物色。"永嘉派文学之冠。碑版之作尤厚重。

陈亮（**同甫**），朱子友。有《龙川集》。才辩纵横。游吕东莱之门，论杂王霸，不尽本祖谦。

文天祥（**宋瑞，又字履善**），庐陵人。有《文山先生集》。郑思肖（字忆翁，号所南），连江人。文集一卷。有《文丞相叙》。文天祥狱中与子书，劝其专治《春秋》。

（原载浦江清著，浦汉明、彭书麟整理：《中国文学史稿·宋元卷》，北京出版社2018年版）

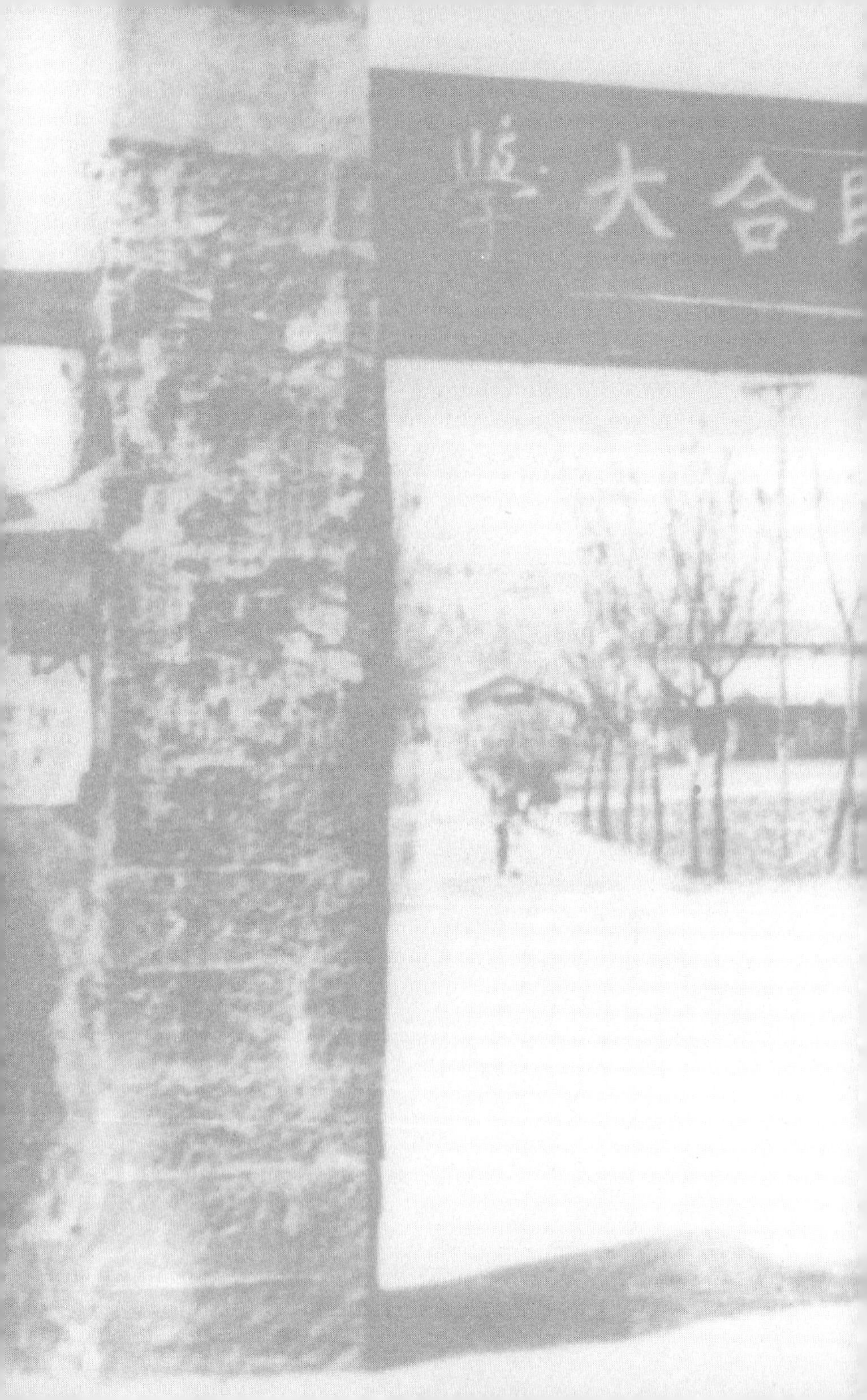

合大學

第四篇 论小说

中国小说四讲

1937—1946

1904—1957

浦江清：论小说

　　文学上的名词的意义随着时代的推移和文学的演化或发展而改变。现代中国文学正在欧化的过程中，新旧共同的名词，老的意义渐渐被人遗忘，而新的定义将成为定论。所谓新的定义实际上是从西洋文学里采取得来的，一般人既习惯于这种观念，于是对于原有的文学反而有隔膜不明了的地方，回头一看，好像古人都是头脑糊涂观念不清似的，而不自觉察自己在一个过渡时代里。假如你问小说是什么，人会告诉你许多个西洋学者的定义，例如"虚构的人物故事"、"散文文学之一种"等等，而且举出长篇小说、短篇小说几种不同的体制和名目。但这些都是新名词，或旧名词的新用法。"小说"是个古老的名称，差不多有二千年的历史，它在中国文学本身里也有蜕变和演化，而不尽符合于西洋的或现代的意义。所以小说史的作者到此不无惶惑，一边要想采用新的定义来甄别材料，建设一个新的看法，一边又不能不顾到中国原来的意义和范围，否则又不能观其会通，而建设中国自己的文学的历史。中国文学史的研究，在这过渡的时代里，不免依违于中西、新旧几个不同的标准，而各人有各人的见解和看法。

　　中国和西洋的文学上的名词不尽能符合，例如"诗"是中国的意义狭而西洋的意义广,如用西洋的标准,将概括词曲和弹词。"小说"相反,是中国的意义广而西洋的意义狭,如用中国的标准几乎可包括欧洲文学的全部。而中国也有狭义的小说,只在一个短时期里,又不同于西洋小说的全体。为明白观念的演变起见,我们必须从头看起。

《汉书·艺文志》,那部可珍贵的中国古书书目,是根据比《汉书》撰述的时代再早的一个书目,约当于公元前后所编定的一期,它里面已经列有"小说家"一个门类,而列举了十几种书。可惜那些书如今都已不存,所以内容如何,我们已不能明白。据史家说:"小说家者流盖出于稗官,街谈巷语,道听途说者之所造。"这"街谈巷语,道听途说"两句话,很容易使现在人误会以为在那时的农村社会里有人在讲述故事。事实上,中国的有职业的讲述故事者的显著的记载是在第十世纪以后。当然,讲故事的习惯即在初民社会里早应该有,但中国古代有没有以此为职业的人,是一个问题,而古代人讲故事的情形也不大清楚。总之,这里所说,并不是指那回事。至于那些书何以称为小说家,《汉书》的撰述者班固有几句按语云:"孔子曰,虽小道必有可观",又说:"闾里小知者之所及,亦使缀而不忘。"他特地注重这一个"小"字,也就借此说明了所以称为小说家的原因。但与其说这是解释,毋宁说是评赞。这不见得能解释那些书所以称为小说书的真的原因,而只是批评那些书的内容得称为小说的允当,以及所以收录入书目的用意。所谓小道者是对大道而言,小知者是对大知而言的。那么大道和大知又是什么?

我想古人所谓大道或大知，指的是帝王之道和政教得失。古代的学者的精力大部分都用在政治上，而古代的文学也是以政治为中心的。只因为那些书不讲大道理所以被称为小说是允当的，而它们虽然不讲大道理，却也讲出些小道理来，对于闾里小民是有用的，所以收录到一个帝室书目之内。

至于所讲的小道理是什么，幸而有那个早期的书目的编纂者的同时人的话来给我们指示。桓谭《新论》的佚文见于《文选注》的一条正说着关于小说家的事，他说："小说家合残丛小语，近取譬喻，以作短书，治身理家，有可观之辞。"原来那些书是有关于治身理家的，所以无怪《青史子》（《汉书·艺文志》列入小说家的一部书）的佚文里有胎教以及八岁就外舍束发入大学的话。小说的得名，合桓谭、班固的话看来，既是些残丛小语，篇幅短小，所讲的又是小道理，是形式和内容两见其小。本来古代的大书是为执政者和从政者所用所读的，乡里小儿、民间父老们看也看不懂，而且也不见得有兴味看，也难得有看到的机会。适应于他们的阅读的另外有一类书，那便是那些小说家者流所造而托名于黄帝、伊尹、师旷诸大名人的小说书了。稗官，如果有这样的官，无非是乡长里长之类，在他们那边保存着有这些书，或者即是他们的老辈所编造而传下来的。作者一知半解地从高明的大书里摘取些议论和常识，再从民间取来些议论、风俗、道德观念等等以成书，内容必定很杂，怕是天文、地理无所不谈的。假如其中有治身理家之言，那么像后来的《颜氏家训》，有名物风俗，那么像《风俗通义》、《博物志》，有农桑草木，那么像《齐民要术》，不过没有那样的高明而纯粹罢了。这些书合于居家人所读所用而为高瞻远瞩的从政者所鄙弃，所以只是"闾里小知者之所及"。帝室书目居然也收采到这些浅陋的书，但恐怕只挑选了几部比较高明的吧。再不然，是因为假托了诸大名人而被注意的吧。

这些书即使保存到现在，也无一合于西洋标准的所谓小说的。其中即使有譬喻、寓言、故事，也是短得非凡。至如《虞初周说》，据说是周代的野史，其中必定有许多神话传说，但要知道神话传说书像《山海经》、《穆天子传》的东西，在我们看来是虚无缥缈的，在古代史地学问未曾正式发展时，便算是史地的典籍，同时也作了道家方士的经典，在作者和读者，都认为真实不过的。所以终不是小说。但如果用中国标准，那么我们所谓"小说"原先是指这些小书。《汉书·艺文志》的小说家并非与后世小说家绝无关系，而确是中国小说之祖，因为从魏晋到唐宋所发展的内容至为庞杂的笔记小说，正与之一脉相承。所以在公元前后的中国人的对于小说的观念，并未斩断，反之，仍为后人所因袭，不过书籍愈来愈多，作者益复高明，内容增添，范围更扩大而已。

从魏晋到唐宋（公元3世纪到13世纪）大约一千年中，发展的笔记小说，内容非常庞杂，包括神仙、鬼怪、传奇、异闻、冥报、野史、掌故、名物、风俗、名人逸闻、山川地理、异域珍闻、考订、训诂、诗话、文谈等等乃至饮食起居、治身理家之言。有些书籍内容较为单纯，有些是无所不谈的，而用着"随笔"、"丛谈"、

"笔谈"、"笔记"、"志林"、"随录"等等的书名，都是些残丛小语。在作者本人认为是随笔所写，不作正经文字看，无关于帝王大道、政教得失的。在读者是拿它们来消遣，但也是广见闻，长知识，开卷得益的。作者不少是很有学问的人，所谈的也绝不止于闾里的小知了。但是他们托体于小说，采取漫谈的笔墨，而不打起高古的文章调子，也不避俗言俚语，在他们看来已经在用白话作文了。而在我们看来，则是浅近的文言，或者用近人新创的名词称为"语录体"。以现代人的文学观念来看，其中只有少数是属于纯文艺的，更少数是可称为小说的。但是唐宋人一概称为小说，连宋人诗话当时人也称为小说。这是小说的传统的意义。我们可以看明这一大类庞杂的笔记文学正是《汉书·艺文志》的小说家的繁荣的后裔。

不但唐宋人如此看，直到明清近代还是如此看法。中国的小说分为两大类，一类是文言的，一类是白话的。后一类的发展在宋元以后，在底下讨论。前一类指的即是这些内容庞杂的小书的全体而不是一部分。向来称为《说荟》、《稗海》、《说郛》等几部有名的丛书所囊括的也是这些小书的全体。胡应麟的分类可以代表一个16世纪的中国学者对于小说的看法。他把小说分为六类：

一曰志怪：《搜神》，《述异》，《宣室》，《酉阳》之类是也；
一曰传奇：《飞燕》，《太真》，《崔莺》，《霍玉》之类是也；
一曰杂录：《世说》，《语林》，《琐言》，《因话》之类是也；
一曰丛谈：《容斋》，《梦溪》，《东谷》，《道山》之类是也；

一曰辩订:《鼠璞》,《鸡肋》,《资暇》,《辩疑》之类是也;

一曰箴规:《家训》,《世范》,《劝善》,《省心》之类是也。

这六类并不能把笔记小说的门类尽为囊括,不过举其荦荦大端而已。我们觉得尤其可佩的是他把《颜氏家训》等书也列入小说而成为一类,竟与一千六百年以前桓谭的话呼应。至于《世说》、《语林》之类正是残丛小语的代表作,那更不用说。

但是胡应麟虽没有将箴规一类遗忘,却放在最后,与桓谭的特别看重,态度不同。他把志怪传奇卓然前列,与现代的看法相近。也许他原想把传奇放在第一,因为比较晚起而抑在第二的。这是说,在这一千六百年之中,虽然小说的定义大体上还没有变动,但是因为范围扩大,新的东西占据了重要的位置,而从前人所着重的东西退为附庸了。这里面就包含有观念的演化。明朝人的特别看重传奇是受了宋元以后白话小说的影响,在当时人的观念中渐渐地把虚构的人物故事作为小说的正宗。胡应麟是喜爱读宋元以来的白话小说以及元人戏曲的,在他学者式的著作里也常常提到。

但这是明朝人的看法如此。若问在唐宋时代是不是把传奇文学特别重视,很难得到肯定的回答。虽然唐人传奇给予宋元说话人以及戏曲家以最好的题材,使这些故事普遍到一般民众,但在士大夫和文人中间似乎不曾得到特别的推崇。这么多的唐宋笔记很少提到它们,加以赞美或批评。像洪迈的推崇它们的叙事优美,说过"唐人小说不可不熟"的话,是少见的。范仲淹的《岳阳楼记》,有人以"传奇体"三字讥笑它。以古文观点而论，传奇体的作风失之于柔靡繁缛，正如诗里面的宫体与元和长庆体。而中国人的性格是核实的，从前的文人对于历史和掌故的兴味超出于虚幻故事的嗜好。所以据宋人的看法，小说的最高标准也许是《梦溪笔谈》和《容斋随笔》。至于古代的神话书以及后来的谈列仙，志鬼怪，或出于史地知识的荒唐，或出于道家方士的秘录，或出于冥报冤魂的迷信，或出于闾阎喧传的异闻，在作者并非一无根据，在读者也抱将信将疑的态度，不必全认为子虚乌有的。而唐人传奇以偶然的姿态出现，确是有意创设的虚幻的理想的故事。它的兴起是因为唐代的举子们好游狭斜，体会出男女爱悦的情绪，以写宫体诗的本领来写小说，而同时这些举子们干谒名公巨卿借虚造的故事来练习史传笔墨，作为"行卷"文学的一种。唐人所最重视的文学是诗，唐代的文人无不能诗者，以诗人的冶游的风度来摹写史传的文章，于是产生了唐人传奇。这是一派新兴的文学，从残丛小语中脱颖而出，超然独秀，但是篇幅那样的长，离汉人所谓小说最远。我们用现代的或西洋的意识要冠以短篇小说的名称，在当时人看来这样一种东西怕要算长篇小说吧！以至于使第十世纪里那部中国小说的总汇称为《太平广记》的编者感觉到体例的特殊，几乎没有地方安放而放在最后。

唐人传奇是高度的诗的创造，值得赞美是不成问题的。但是当时读者的反应，怕是毁誉各半吧。因为原先所谓小说是要记载名物风俗、治身理家之言，含有道德日用的意义，而唐人传奇如珠玉宝货、珍玩之品,却不是布帛菽粟,堪资温饱。而且那些虚幻的故事甚至到了荒淫和诬陷人的地步,轻薄到使人不能容忍。现代人说唐人开始有真正的小说,其实是小说到了唐人传奇,在体裁和宗旨两方面,古意全失。所以我们与其说它们是小说的正宗,毋宁说是别派,与其说是小说的本十,毋宁说是独秀的旁枝吧。

元明以后,笔记小说虽依旧盛行,出来了不少著作,但体制和门类再不能超出宋以前所有。依据现代的观点,唐人传奇已到了文言小说的最高峰,978 年《太平广记》的结集,可以作为小说史上的分水岭,此后是白话小说浸灌而成长江大河的局面。若照老的标准,认为小说不单指虚幻文学,那么宋人的笔记还是在向上进展的道路上,笔记小书到了宋代方始体制完备,盛极一时,例如胡应麟的第四、五两类即是宋代学者的贡献。这两个说法都通。总之在13 世纪以后,由于白话小说的兴起,一般人对于小说的观念渐渐改变,以虚构的人物故事作为小说的正宗。小说的古义只有少数学者明白,如胡应麟即为其中之一人,而他以志怪和传奇两类卓然前列,即已受通俗文学的影响。

到了《四库全书总目》的编者重新改订小说的意义时,他们认为小说只是记琐事、琐语、异闻的小书,把胡应麟的后面三类多半送到杂家类里面去了。他们对于白话小说不愿著录,因为要用古雅的标准。其实他们如明白《汉书·艺文志》的小说家本是收集闾里浅俗的小书的,那么白话小说又何以不可采录呢?假如他们明白汉人所谓小说家本是无所不谈的,而杂家是综合学问的著作,那么那些小书都应该放在小说类，不必派到杂家类里去。而且他们所用的标准也不够清楚，照现代的观点，他们放在小说类里的书多数仍是内容不纯的小书。所以四库书目的编者实立于尴尬的地位，于古于今，两失其依据，代表了几位18世纪的学者对于小说的观念。

小说的内容本不曾规定，可以无所不谈的，但后来那些无所不谈的书被人认为不是小说而派入杂家，是小说的意义由广而趋狭。小说本来是残丛小语，像《山海经》那样的有系统的著作，古人不认为小说，唐人传奇的兴起，当时人目为小说中的变体，称之为"传奇"，为"杂传记"，到了后来却成为小说的正宗；是小说的篇幅由小而化大。只有一个意义是不变的，即小说者乃是无关于政教得失的一种不正经的文学。

现代的小说史家对于这些庞杂的笔记小说甚愿有所甄别，他们参酌中西的标准，只愿承认胡应麟的前边两类和第三类的一半。即如《世说新语》之类，其实离开西洋意义的小说也很远，不过因为历来认为是小说，且是残丛小语的正宗，所以不被摒弃。其去取之间，实际上已用了两种不同的标准。至于被摒弃的部分，也并不是一无文艺性的。即如宋人笔记，多数是可爱的小书，唯其作者漫不经意，随笔闲谈，即使不成立为小说，也往往有小品散文的意味，实在比他们文集里面的制诰、书奏、策论、碑志等类的大文章更富于文艺性。我们觉得假如小说史里不能容纳，总的文学史里应列有专章讨论，以弥补这缺憾。如有人把笔记文学撰为专史，而观其会通，那么倒是一部中国本位的小说史，也是很有意义的工作。

以上说明在文言文学里所谓小说书的性质。下面继续说在白话文学里所谓小说的几种意义虽然和西洋文学里所谓小说接近一点，但也是不能完全符合的。

白话小说或称章回小说，出于说书人所用的底本称为"话本"的一种东西。在中世纪的中国，开始发展，它的历史和上面所说的文言小说并不衔接，而是另外开了一个头。以前对于它的历史不很清楚，相传说是起于宋仁宗时，现在我们对于这方面的知识已增加了不少。宋人笔记记载着汴京和杭州说书界的情形。再早一点，第九世纪的诗人元稹和李商隐已经提到或暗示当时社会上有说书的人。更早的材料我们找不到。现代的学者都相信唐宋人的说书是受了佛教徒说佛经故事的影响的，此事已成为定论。敦煌石室所发现的通俗讲经文和变文是小说史上最可珍贵的材料。在宋代说书人中，仍有"说佛"一家是单立成派的，虽在当时已不占最重要的位置，但这是一把最老的交椅。

宋代的说书者称为"说话人"，"话"字包含有"故事"的意义，他们所说的题材称为"古话"，即是古书或故事的意思。说话人分四个家数，其中"小说"和"讲史"两家最为重要。据宋人笔记的记载是：

（一）小说。谓之银字儿，如烟粉，灵怪，传奇。说公案，皆是朴刀杆棒及发迹变泰之事。说铁骑儿，谓士马金鼓之事。

（二）讲史。讲说前代书史文传兴废战争之事。

可惜那些小书的记载文章条理不清，因此学者之间发生了疑问。有人认为小说只包括烟粉、灵怪、传奇三类，而说公案与说铁骑儿可以合并，另单立为一家；有人主张小说家实包括上面五类。总之，当时的小说只是其中的一家，和讲史对立，各有门庭，有严格的分别。讲史依据史书而饰以虚词，讲说三国志、五代史等话本是长篇，要费一年半载方能讲完一部书。小说讲单篇故事，取材于前人的小说或民间异闻，讲离合悲欢佳话或神仙灵怪的小品，每天说一回书，一回书即是一个单立的故事。这两家所说的题材不同，而说书的派头也不一样。小说的得名还是因为是短篇，而且比之讲史一家说历代兴亡的大题目，小说家所说不过是些儿女私情和社会琐闻，寄寓些喻世、警世、醒世的小道理而已。

话本原是为说话人口说所用，后来印了出来，便成为民众所爱看的读物，通俗的文人模拟话本的体裁创制阅读文学，于是产生了大量白话小说。原来的话本是集体的创作，经过许多人的润色，不是一人所作，也不知作者的姓名，讲史的话本尤其改动得多，是没有定本的。这两家的话本，名称上也有区别。讲史的话本称为"平话"或"演义"，我们现在所看到的为《五代史平话》、《三国志平话》等，最古的是元刊本，已是13世纪末期或14世纪初期的本子。小说家的话本称为"词话"或"小说"，保存在《京本通俗小说》、《清平山堂话本》、《喻世明言》、《警世通言》、《醒世恒言》之类的几部总集里，其中有宋元古本，也有明朝人所作的拟话本。宋人的话本不能早于南宋，但因为是短篇，原文倒不见得被人改动，还保存了13世纪初期的面目。到了16世纪和17世纪里通俗作家起来编造白话小说，这时候起了两个变化。一是小说一体演而为中篇及长篇，题材虽是男女悲欢离合的故事或社会琐闻，但篇幅已不是短篇，如《玉娇梨》、《好逑传》之类是中篇，《金瓶梅词话》是长篇。二是"平话"、"演义"、"小说"等类名词被人混用，那时候小说已成为一广泛的名词，可以概括一切。

所以在白话文学里，小说一名词乃是由狭义而变为广义，与文言文学里的情形恰恰相反。那狭义的特殊的称谓，大约在宋代说话人的家派融合改变的时候，即被废除，所以只有一个短期的历史。照宋人的严格的区分，如《三国志演义》、《东周列国志》、《五代史平话》等只能称为"平话"或"演义"而不能称为"小说"。《水浒传》能不能称为小说，是一个难解决的问题，《水浒传》的内容是朴刀杆棒发迹变泰的英雄故事，本来不是演史，而是属于说公案的一门。据我的意见，说公案恐是属于小说一家的，当时小说的得名是因为说烟粉、灵怪、传奇的单篇故事，以此为正宗，其说公案和铁骑儿的两门话本怕要长些，不是一两天内可以说完，稍有不同的地方，所以宋人的记载，又把它们单提出来，成为分划得不清楚的情形。但是这两门仍用的是小说家的派头，和讲史一家派头不同的。我们不能看到宋元旧本的《水浒传》，也不知道宋人曾否说《水浒传》，总之《水浒传》的故事是逐渐集合而成为一个大本的，据明朝的记载，旧本《水浒传》每回前面有妖异语引端，即是原本每回前面有一个"入话"或"开篇"，这是小说话本的体制。从此可见《水浒传》是小说的体制而连为长本的。

讲史一家既要敷衍史事，即不能发挥虚幻文学的最大功能。而中国文人的性格是核实的，见了那些平话本子太荒唐了的时候，不免依据史书而修改，把有些话本竟做成历史的通俗读本模样，严格说来已不合于西洋意义的小说，更不是现代意义的历史小说。小说家的题材自由，尽可凭空结构，我们看宋人话本虽是短篇，那描绘社会人情的艺术手腕远在平话话本之上。所以 18 世纪的中国最伟大小说《红楼梦》不是无因而起的，它承着宋人小说家的艺术而做到登峰造极的地步，已有六七百年进展的历史。宋人还缺乏把小说做成长篇的魄力，演史家所有的话本虽是长本，但既是依傍史事而发展故事，实无结构之可言，他们对于社会人情的题材，只能做到短篇的局面。后来的小说家从短篇演成长篇，在结构上采取了两种方式。一种是《水浒传》式的连串法，即是以一个人物故事引起另一人物故事而连为长本，以后的《儒林外史》、《官场现形记》、《海上花列传》都如此，在中国小说里是极普通的结构。另一种是《红楼梦》式的以许多个人物会聚在一起，使各个故事同时进展，而以一个主要的故事为中心。后者的艺术更高，是毫无问题的。在这一点上《红楼梦》最近于长篇小说的理想，非《水浒传》可比。

何以 16、17 世纪里的人叫以把"小说"一名词来概括一切话本文学呢？是不是因为小说的演为中篇或长篇在形式上与讲史家的话本没有分别，而遂混称呢？恐不尽然。因为"小说"另有一个意义，老早形成，即小说是一种不正经的文学的总称，对于正经的著作而言的，是民间父老、乡里小儿的浅陋的读物。凡是属于那一类的东西皆可称为小说，所概括者也不止讲史家的话本，几乎包括了俗文学的全体。

唐代和尚们的俗讲，影响到三种民间艺术的起来，一是"说话"，二是弹词，三是戏曲，以后就形成了小说、弹词、戏曲这三大类俗文学。"说话"中间，"小说"的话本一名"词话"，因为原先夹杂有诗词弹唱的部分，不过夹得很少，往往只用在开篇里。至于弹词是以韵文弹唱为主的故事本子，散文的部分少。弹词在宋代有称为"弹唱因缘"的，还有一个"陶真"的名称，不知起于何时，也不知如何解释。据我的猜想，"陶"字有娱乐的意思，"真"即是仙。宋人记载弹唱因缘的人有"张道"、"李道"等名，我疑心它的起源是在道观里，道士们说唱神仙故事和金童玉女姻缘之类，与寺庙里的和尚说唱变文两面对垒。弹词以韵文为主，和变文的体例最近，所以还比小说来得古。明蒋一葵《尧山堂外纪》说："杭州盲女，唱古今小说平话，谓之陶真。"在这里，他把说唱的举动称为陶真，而所唱的材料则称之为小说平话。所以我们向来的习惯，也称《天雨花》、《再生缘》之类为小说，盖就其付诸弹唱的一层说，这种本子是弹词，作为阅读文学时，又是小说的一种。

至于戏曲，南戏和北剧共同出于称为"诸宫调"的一种东西。当初也是在宋代说话人所会聚的那种书会或书场里酝酿出来的。北宋汴京有名孔三传者，他第一个把传奇灵怪小说编到曲调里弹唱，创造出诸宫调的体例来。诸宫调并不用来扮演，只是弹唱故事，和弹词的分别，只在一是诗体的韵文，一是词曲的韵文而已。就其曲调方面说，称为诸宫调，就其故事内容说也称为传奇，所以后来的南北戏曲都有传奇这个称呼。从前人也泛称《西厢》、《琵琶》为小说，因为那些书籍，就其可以扮演一层说是剧本，作为阅读文学时又是小说的一种。

近人如蒋瑞藻的《小说考证》兼收了戏曲和弹词的材料，我们不能说他不通，因为他用的是小说的广义。也有人把中国小说分类，中间立出一个"诗歌体"的名目，他的观念里面仍旧认弹词和戏曲是小说中的一体。小说史家对此又感困难，那两个大类包括了不少书籍，难以兼顾，所以不得不借用西洋的定义，限于散文学，以去除韵文的部分。但是论它们的来源本来是通连的，所以又有人创出俗文学史的名目，作贯通的研究，这也是很好的提议。

综合上面所说，"小说"这一个名词，在过去的中国文学里，它的意义非常广泛，而且也有几种。在文言文学里，小说指零碎的杂记的或杂志的小书，其大部分的意旨是核实的，虽然不一定是正确性的文学，内中有特意造饰的娱乐的人物故事，但只占一小部分。用现代的名词来说明，小说即是笔记文学或随笔文学。在白话文学里，小说有广狭两义，都可以虚构的人物故事来作为定义。狭义的小说单指单篇故事或社会人情小说，不包括历史通俗演义，这种意义只在一个较短的时期里流行。广义的小说包括一切说话体的虚构的人物故事书，以及含有人物故事的说唱的本子，甚至于戏曲文学都包括在内，所以不限于散文学。有一个观念，从公元前后起一直到19世纪,差不多两千年来不曾改变的是:小说者,乃是对于正经的大著作而称,是不正经的浅陋的通俗读物。虽以一生精力还不能写完一部书的曹雪芹,在开场即很客气地说:"只愿他们当那醉余饱卧之时,或避世去愁之际,把此一玩。"直要到我们的时代,看到从平民文学间开始的全部好像是小说而是正经文学的欧洲文学时,我们方始认明了小说的价值,而开始用认真的态度来写小说。

(原载《当代评论》第4卷第8、9期,1944年8、10月)

1909—1969

吴晗：小说与历史

　　小说和历史，尤其是和一般人所谓正史，在过去，假如要把这两种记载相提并论，或更进一步，从而说明两者间的关联、因果的时候，至少要被社会加以"丧心病狂"的罪名，甚而至于"大逆不道"。

　　这理由很简单，历史的被尊崇已经有了两千多年的历史，内中一部分用断代体裁写成被排入一长系列的史统中的记载，被推尊为正史的也已经有了几百年的历史。至于小说，被提高被承认为"大雅"，为"专门之学"，那才不过是最近三十年来的事。

　　史书和小说的分野，在外表上看，正如道貌俨然的程颐、朱熹和风流倜傥的柳永、周邦彦，正如"以文载道"的韩愈和诙谐滑稽的东方朔。在著作者的身份方面，史家的被公认需要具备"史学、史识、史才"，小说家所需要的只是文辞。在著作的内容方面，史书有所谓义例、体裁、纲纪、表志、书法……种种限制和方式，小说不需要什么，唯一的骨干只是"故事"。在读者方面，史书有的专为帝王或贵族而写，为士大夫之流而写，它的目的是把过去的政治情形缩写在一枚大镜子里面，供读者的取法和鉴戒，小说则无论他的读者是士大夫，是平民，它的意义不过止于"茶余饭后的谈助"。政治关系的轩轾决定了两者在过去两千多年前的命运，历史被抬入皇宫，小说则被弃掷在垃圾堆中，不为正人君子者流所重。此外儒家势力的垄断两千年来的政治——即使是仅仅一个假面具——也给予小说一个永远不能抬头的厄运，因为，正如上文所譬，儒家要装着一个严肃的外表，而小说则是一个顽皮淘气的小孩。儒家肚子里装着整肚子的大道理，而小说则并不需要什么王道、霸道。儒家不语怪力乱神，小说家所要正是这个。儒家要维持礼教风纪，小说家正反之，他们所描写的正被儒家认为"越礼犯伦"。他们所攻击的是旧社会的弱点，而这弱点却又为儒家所死命掩蔽拥护。

以此，历史在历代目录学者的眼光中，无论那一本目录书的编录体例如何，始终占了最重要的地位和最多的篇幅，小说则大多被视为杂家或竟全不著录。以此，一部史书的作者极少不为人知，而小说则差不多有十分之九的作者是被湮没，被遗忘，这原因是有的被逼不敢自承为作者，有的是故匿真名，冀免攻击，有的是不为人重视，因而被埋灭无闻。以此，史书在散佚的记录中占最少的数量，而小说则幸存到现在的最多不过是原有数量的几十分之一。

史书和小说的过去命运虽然被安排得太相悬殊，但在实际上，历史和小说却始终保持着极密切的关系，广义地说历史和小说不过是名词的不同，事实上是同一的。我们可以从任何一部小说中看出那小说所从产生的时代的社会情形、思想情形、经济组织，同时也可从任何一部正史中找出无量数的任何一部小说同一的记载。假如我们假定历史这一名词的意义是指"记载着过去人类活动的故事，生活方式演进的经程，文化嬗变的痕迹"的时候，那我们可以说任何一部小说都具备这条件。假如我们假定小说这一名词的内涵是"记载一个或若干个相联系的寻常的或不寻常的故事，加以渲染"的时候，那我们在任何一部正史中都可找出合于这一条件的记载。

社会间诸关系的发动力是同一的，因之它所反映于时代的思想也自有其规律。我们如能真确地了解一时代的社会组织，同时就可以知道和这社会相关联的一切事物。正如古生物学者在捡到一根古生物的遗骸时，无论它是如何残缺不完，由于比较和综合的研究，便可推究出这一古生物的全体结构及其生活状况一样地明显。历史和小说一样地是时代的产物，我们如能深切地明白这是一个什么时代，就可推究出这时代能产生一种怎样的产品。在另一面我们也可以在任何一部被遗忘或失去时代标识的历史或小说中，推究出这一作品应属于某一时代。

假如是这一社会这一地域虽已经历了一个极长时期的陶镕，甚至经过一二十世纪，而其社会组织根本未经大变动的时候，那无疑地这一长时代中绝不能产生一种完全不同意识的产品。（我们不能说在这时期中没有丝毫变动，社会是永远在变动的，不过有时限于特殊因素的阻碍，使它变得极慢，或者进二步退一步，和前一时期不易分别出来。）另一方面我们拣取两种不同时期的作品来作一比较的研究，也就立刻可以知道在从某一时期到另一时期的中间的社会情形有无显著的变动。

历史，尤其是所谓正史，因受了种种体裁义例的束缚，被装在一个庞大的严肃的假面具之下，绝不容许有非严肃的事物掺入，又因为著作的动机是为帝王、贵族、士大夫阶级，所以所收采的主要材料，也只限于他们这一系列的谱系传记和相斫相骂的记录。小说并不是"御用"的产物，无所谓拘忌和束缚，以社会史料的价值论，与其读完一部某时代的史书，其了解程度反不及看完一部那同时代的小说。不过我们如把眼光稍为转换一下，在读历史的时候，抛去了史家所认为最严肃的部分，去抓住它的弱点，史家所不自觉而又不能避免的时代所付予的弱点，这一弱点我们不妨替它杜撰一个新名——历史中的小说，因而求出其当时社会的背景，小说的流行趋势，和两者的相互关系，这也未始不是一件有趣的事。

《明史》是官修正史中最好的一部，时代也最和我们相近，现在我们拿它当一例证，应用这一新观点来作一新的研究。

（原载《文学》第 6 期"中国文学专号"，1934 年 1 月）

陈寅恪：韩愈与唐代小说

韩愈《昌黎先生文集》（《四部丛刊》影元本）卷壹肆有《答张籍书》、《重答张籍书》二通。（籍，《旧唐书》卷壹陆拾有传，《新唐书》卷壹柒陆《韩愈传》附。）来书二通，亦载同卷。籍第一书有云：

比见执事多尚驳杂无实之说，使人陈之于前以为欢，此有以累于令德。

愈答其咎责曰：

吾子又讥吾与人为无实驳杂之说。此吾所以为戏耳。比之酒色，不有间乎？

籍第二书云：

君子发言举足，不远于理，未尝以驳杂无实之说为戏也。执事每见其说，亦拊抃呼笑。是挠气害性，不得其正矣。苟正之不得，曷所不至焉。

愈更答曰:

驳杂之讥,前书尽之。吾子其复之。昔者夫子犹有所戏。(见《论语·阳货》篇)诗不云乎:"善戏谑兮,不为虐兮。"(《诗经·卫风·淇奥》篇)记曰:"张而不弛,文武不能也。"(《礼记·杂记篇下》)

恶害于道哉?吾子其未之思乎?

考赵彦卫《云麓漫钞》(《涉闻梓旧》本)卷捌云:

唐之举人先藉当世显人,以姓名达于主司,然后以所业投献;踰数日又投,谓之"温卷"。如《幽怪录》(参《四库全书总目提要》卷一四四,小说家类,存目二)、《传奇》(《新唐书》卷五九载《裴铏传奇》三卷)等皆是也。盖此等文备众体,可以见史才、诗笔、议论。

案:籍书所云"驳杂"之义,殊不明清。未审其所指系属于一、文体,二、作意抑,三、本事之性质。若所指为第一点,则如赵彦卫所说,唐代小说,一篇之中,杂有诗歌、散文诸体,可称"驳杂"无疑。若所指为第二点,则唐代小说家之思想理论实深受佛道两教之影响,自文士如韩愈之观点言之,此类体制亦得蒙"驳杂"之名。若就第三点言,则唐代小说之所取材,实包含大量神鬼故事与夫人世所罕之异闻,此固应得"驳杂"及"无实"之谥也。

总之,设韩愈所好"驳杂无实之说"非如幽怪录、传奇之类,此外亦更无可指实。虽籍致愈书时,愈尚未撰《毛颖传》(参《五百家注音辨昌黎先生文集》卷壹肆《答张籍书》樊氏注。《毛颖传》见《昌黎先生文集》卷叁陆),而由书中陈述,固知愈于小说,先有深嗜。后来《毛颖传》之撰作,实基于早日之偏好。此盖以古文为小说之一种尝试,兹体则彼所习用以表扬巨人长德之休烈者也。

李肇《国史补》(《津逮秘书》本)卷下《韩沈良史才》条云:

沈既济撰《枕中记》(既济,《旧唐书》卷壹肆玖及《新唐书》卷壹叁贰有传。《枕中记》见《文苑英华》卷捌叁叁及《太平广记》卷捌贰),《庄子·寓言》之类。韩愈撰《毛颖传》,其文尤高,不下史迁。二篇真良史才也。

柳宗元读韩愈所著《毛颖传》后题(《增广注释音辨唐柳先生集》卷贰壹,《四部丛刊》影元本)云:

世人笑之也,不以其俳乎?而俳又非圣人之所弃者。诗曰:"善戏谑兮,不为虐兮。"太史公书有《滑稽列传》(《史记》卷壹贰陆)。

皆取乎有益于世者也。

赵彦卫所谓"可见史才议论",与李肇及柳宗元皆以《毛颖传》与《史记》并论,殊有会通之处也。

裴度《寄李翱书》(度,《旧唐书》卷壹柒拾及《新唐书》卷壹柒叁有传。翱,《旧唐书》卷壹陆拾及《新唐书》卷壹柒柒有传。书见明本《文苑英华》卷陆捌拾及《四部丛刊》影嘉靖本《唐文粹》卷捌肆)云:

昌黎韩愈,仆识之旧矣。中心爱之,不觉惊赏。然其人信美材也。近或闻诸侪类云:恃其绝足,往往奔放。不以文立制,而以文为戏,可矣乎?可矣乎?今之作者,不及则已,及之者当大为防焉耳。

《旧唐书》(岑本)卷壹陆拾《韩愈传》云:

时有恃才肆意,亦有蠹孔、孟之旨。若南人妄以柳宗元为罗池神,而愈撰碑以实之。李贺父名晋(此句诸本皆同,据《旧唐书》卷壹叁柒,《新唐书》卷贰佰叁,及《昌黎先生文集》卷壹贰讳辨,"晋"下当补"肃"字),不应进士,而愈为贺作讳辨,令举进士。又为《毛颖传》,讥戏不近人情,此文章之甚纰缪者。

《国史补》卷下《叙时文所尚》条云：

元和以后，为文笔则学奇诡于韩愈。……大抵……元和之风尚怪也。

裴度所谓"以文为戏"，与夫《旧唐书》之所指陈，皆学人基于传统雅正之文体，以评论韩愈者。在当时社会中，此非正统而甚流行之文体——小说始终存在之事实，彼辈固忽视之也。讳辨问题，非本文范围，姑不置论。《罗池庙碑》(《昌黎先生文集》卷叁壹）则显涵深义。其中多有神怪之谈，此固可能源于作者早岁好奇，遂于南人不经之依托，有所偏爱。若取"子不语：怪、力、乱、神"之言（《论语·述而》篇），文士所奉为科律者以绳之，则于李肇"尚怪"之评，自以为然矣。顾就文学技巧观点论之，则《罗池庙碑》与《毛颖传》实韩集中最佳作品。不得以其邻于小说家之无实，而肆讥弹也。

贞元（785—805年）、元和（806—820年）为古文之黄金时代，亦为小说之黄金时代。韩集中颇多类似小说之作。《石鼎联句诗》序（《昌黎先生文集》卷贰壹）及《毛颖传》皆其最佳例证。前者尤可云文备众体，盖同时史才、诗笔、议论俱见也。要之，韩愈实与唐代小说之传播具有密切关系。今之治中国文学史者，安可不于此留意乎？

寅恪世丈此篇为研究李唐文学之一重要文献。原稿系以中文撰作，由 J. R. Ware 博士译成英文，发表于 1936 年 4 月出版之 *Harvard Journal of Asiatic Studies*（《哈佛亚细亚学报》）第一卷第一期，距今逾十年矣。原稿在国内迄未刊布，故承学之士鲜得见者。兹加重译，以实本刊。Ware 博士于吾华文学，所知似不甚深，故英译颇有疏失，行文亦间或费解。如"涉闻梓旧"，本清蒋光煦所刻丛书之名，乃译作 shê-wên Edition of An old Copy，可见其一斑矣。今悉随文改正，不更标举。其附注原列每叶下方者，兹改为子注，移入正文，所标引书叶数，亦从省略。皆准寅丈平日行文之例也。译成，承友人金克木先生校正，谨此致谢。

程会昌（千帆）译

（原载《国文月刊》第 57 期，1947 年 7 月）

1891—1962

胡适：五十年来的白话小说

现在我们要谈这五十年的"活文学"了，活文学自然要在白话作品里去找。这五十年的白话作品，差不多全是小说。直到近五年内，方才有他类的白话作品出现。我们先说五十年内白话小说，然后讨论近年的新文学。

这五十年内的白话小说出的真不在少数！为讨论的便利起见，我们可以把他们分作南北两组：北方的评话小说，南方的讽刺小说。北方的评话小说可以算是民间的文学，他的性质偏向为人的方面，能使无数平民听了不肯放下，看了不肯放下；但著书的人多半没有什么深刻的见解，也没有什么浓挚的经验。他们有口才，有技术，但没有学问。他们的小说，确能与一般的人生出交涉了，可惜没有我，所以只能成一种平民的消闲文学。《儿女英雄传》、《七侠五义》、《小五义》、《续小五义》等书，属于这一类。南方的讽刺小说便不同了。他们的著者都是文人，往往是有思想有经验的文人。他们的小说，在语言的方面，往往不如北方小说那样漂亮活动；这大概是因为南方人学用北部语言做书的困难。但思想见解的方面，南方的几部重要小说都含有讽刺的作用，都可以算是"社会问题的小说"。他们既能为人，又能有我，《官场现形记》、《老残游记》《二十年目睹之怪现状》、《恨海》、《广陵潮》……都属于这类。（南方也有消闲的小说，如《九尾龟》等。）

我们先说北方的评话小说。评话小说自宋以来，七八百年，没有断绝。有时民间的一种评话遇着了一个文学大家，加上了剪裁修饰，便一跳升作第一流的小说了（如《水浒传》）。但大多数的评话——如《杨家将》《薛家将》之类——始终不曾脱离很幼稚的时代。明清两朝是小说最发达的时期，内中确有好几部第一流的文学。有了这些好小说做教师，做模范本，所以民间的评话也渐渐的成个样子了，渐渐的可读了。因此，这五十年的评话小说，可以代表评话小说进步最高的时期。当同治末年光绪初年之间，出了一部《儿女英雄传评话》。此书前有雍正十二年和乾隆五十九年的序，都是假托的。雍正年的序内提起《红楼梦》，不知《红楼梦》乃是乾隆中年的作品！故我们据光绪戊寅（1878年）马从善的序，定为清宰相勒保之孙文康（字铁仙）作的。文康晚年穷困无聊，作此书消遣。序中说"昨来都门，知先生已归道山"，可知文康死于同治光绪之际，故我们定此书为近五十年前的作品。《七侠五义》初名《三侠五义》，又名《忠烈侠义传》，今本有俞樾的序，说曾听见潘祖荫称赞此书，"虽近时新出而颇可观"。俞序作于光绪十五年（1889年），故定为五十年中的作品。此书原著者为石玉昆，但今本已是俞樾改动的本子，原本已不可见了。石玉昆的事迹不可考，大概是当日的一个评话大家。又有《小五义》一部，刻于光绪十六年（1890年）；《续小五义》一部，刻于同年的冬间。此二书据说也都是石玉昆的原稿，从他的门徒处得来的。《续小五义》初刻本，尚有潘祖荫的小序，说他捐俸余三十金帮助刻板。这也可见当日的一种风气了。《续小五义》之后，近年来又出了无数的续集，此外还有许多"公案"派的评话，但价值更低，我们不谈了。

《儿女英雄传》的著者虽是一个八旗世家，做过道台，放过驻藏大臣，但他究竟是一个迂陋的学究，没有见解，没有学问。这部书可以代表那"儒教化了的"八旗世家的心理。儒家的礼教本是古代贵族的礼教，不配给平民试行的。满洲人入关以后，处处模仿中国文化，故宗室八旗的贵族居然承受了许多繁缛的礼节。我们读《红楼梦》，便可以看见贾府虽是淫乱腐败，但表面上的家庭礼仪却是非常严厉。一个贾政便是儒教的绝好产儿。《儿女英雄传》更迂腐了。书里的安氏父子，何玉凤，张金凤，都是迂气的结晶。何玉凤在能仁寺杀人救人的时节，忽然想起"男女授受不亲"的圣训来了！安老爷在家中捉到强盗的时候，忽然想起"伤人乎？不问马"的圣训来了！至于书中最得意的部分——安老爷劝何玉凤嫁人一段——更是迂不可当的纲常大义。我们可以说，《儿女英雄传》的思想见解是没有价值的。他的价值全在语言的漂亮俏皮，诙谐有味。旗人最会说话；前有《红楼梦》，后有此书，都是绝好的纪录。《儿女英雄传》有意模仿评话的口气，插入许多"说书人打岔"的话，有时颇讨厌，但有时很多诙谐的意味。例如能仁寺的凶僧举刀要杀安公子时，忽然一个弹子飞来，他把身一蹲。

谁想他的身子蹲得快，那白光来得更快，噗的一声，一个铁弹子正着在左眼上。那东西进了眼睛，敢是不住要站，一直的奔了后脑勺子的脑瓜骨，咯噔的一声，这才站住了……肉人的眼珠子上要着上这等一件东西,大概比揉进一个沙子去利害。只疼得他哎哟一声,往后便倒。当啷啷,手里的刀子也扔了。

那时三儿在旁边,正呆呆的望着公子的胸脯子,要看这回刀尖出彩;只听咕咚一声,他师傅跌倒了。吓了一跳,说:"你老人家怎么了?这准是使猛了劲,岔了气了;等我腾出手来扶起你老人家来啵?"才一转身,毛着腰,要把那铜镟子放在地下,好去搀他师傅,这个当儿,又是照前噗的一声,一个弹子从他左耳朵眼儿里打进去,打了个过膛儿,从右耳朵眼儿里钻出来,一直打到东边那个厅柱上,吧挞的一声,打了一寸来深,进去嵌在木头里边。那三儿只叫得一声"我的妈呀!"——镗——把个铜镟子扔了——咕咭——也窝在那里了。那铜镟子里的水泼了一台阶子,那镟子唏啷花啷一阵乱响,便滚下台阶去了。(第六回)

这种描写法,虽然不合事实,却很有诙谐趣味;这种诙谐趣味乃是北方评话小说的一种特别风味。

《七侠五义》也没有什么思想见地。他是学《水浒》的;但《水浒》对于强盗,对于官吏,都有一种大胆的见解;《七侠五义》也恨贪官,也恨强盗——这是北方中国人的自然感想——但只希望有清官出来用"御铡三刀"和"杏花雨"的苛刑来除掉那些赃官污吏;只希望有侠义的英雄出来,个个投在清官门下做四品护卫或五品护卫,帮着国家除暴安良。这是这些侠义小说和公案小说的共同见解。但《七侠五义》描写人物的技术却是不坏;虽比不上《水浒传》,却也很有点个性的描写。他写白玉堂的气小,蒋平的聪明,欧阳春的镇静，智化的精细，艾虎的活泼，都很有个性的区别。第三十二回至第三十四回写白玉堂结交颜眘敏一节，又痛快，又滑稽，是书中很精彩的文字。书中有时也有很感慨的话，如第八十回写智化假装逃荒的，混入皇城做工的第一天，

> 按名点进，到了御河，大家按挡儿做活。智爷拿了一把铁锹，撮的比人多，掷的比人远，而且又快。旁边做活的道："王第二的，你这活计不是这么做。"智爷道："怎么？"旁边人道："俗话说的，'皇上家的工，慢慢儿的蹭。'你要这么做，还能吃的长吗？"智爷道："做的慢了，他们给饭吃吗？"旁边人道："都是一样慢了，他能不给谁吃呢？"智爷道："既是这样，俺就慢慢的。"

这种好文章，可惜不多见；不然，《七侠五义》真成了第一流的小说了。

《小五义》与《续小五义》有许多不通的回目，中间又有许多不通的诗，大不如《七侠五义》。究竟这种幼稚的本子是石玉昆的原本呢？或者，那干净的《七侠五义》大体代表石玉昆的原本而《小五义》以下是假托的呢？那就不容易决定了，《小五义》以下精彩甚少，只有一个徐良，写的还有趣。我们不举例了。

* * * * *

南方的讽刺小说都是学《儒林外史》的。《儒林外史》初刻于乾隆时，后来虽有翻刻本，但太平天国乱后，这部书的传本渐渐少了。乱平以后，苏州有活字本；《申报》的初年有铅字排本，附

有金和的跋语,及天目山樵评语。自此以后,《儒林外史》的通行遂多了。但这部书是一种讽刺小说,颇带一点写实主义的技术,既没有神怪的话,又很少英雄儿女的话;况且书里的人物又都是"儒林"中人,谈什么"举业""选政",都不是普通一般人能了解的,因此,第一流小说之中,《儒林外史》的流行最不广,但这部书在文人社会里的魔力可真不少!一来呢,这是一种创体,可以作批评社会的一种绝好工具。二来呢,《儒林外史》用的语言是长江流域的官话,最普通,最适用。三来呢,《儒林外史》没有布局,全是一段一段的短篇小品连缀起来的;拆开来,每段自成一篇;斗拢来,可长至无穷。这个体裁最容易学,又最方便。因此,这种一段一段没有总结构的小说体就成了近代讽刺小说的普通法式。

我们先说李伯元(常州人,事迹未详)的《官场现形记》。这部书先后共出了六十卷,全是无数不连贯的短篇纪事连缀起来的。全书的体例与方法,最近《儒林外史》。《儒林外史》骂的是儒生,《官场现形记》骂的是官场;《儒林外史》里还有几个好人,《官场现形记》里简直没有一个好官。著者自己说,他那部书是一部做官教科书:

前半部是专门指摘他们做官的坏处,好叫他们读了知过必改。后半部方是教导他们做官的法子。如今把这后半部烧了,只剩得前半部;光有这前半部,不像本教科书,倒像部《封神榜》《西游记》,妖魔鬼怪一齐都有。(卷六十)

其实当时官场的腐败已到了极点,这种材料遍地皆是,不过等到李伯元方才有这一部穷形尽相的"大清官国活动写真"出现,替中国制度史留下无数绝好的材料。这部书的初集有光绪癸卯年(1903年)茂苑惜秋生的序,痛论官的制度:

> 选举之法兴则登进之途杂,士废其读,农废其耕,工废其技,商废其业,皆注意于官之一字。盖官者有士农工商之利而无士农工商之劳者也。天下爱之至深者,谋之必善;慕之至切者,求之必工。于是乎有脂韦滑稽者,有夤缘奔竞者,而官之流品已极紊乱。
>
> 限资之例,始于汉代。……开捐纳之先路,导输助之滥觞。所谓衣食足而知荣辱者,直是欺人之谈!……乃至行博弈之道,掷为孤注,操贩鬻之行,居为奇货。其情可想,其理可推矣。沿至于今,变本加厉;凶年饥馑,旱干水溢,皆得援救助之例,邀奖励之恩。而所谓官者乃日出而未有穷,不至充塞宇宙不止!……
>
> 官者,辅天子则不足,压百姓则有余。……有语其后者,刑罚出之;有诮其旁者,拘系随之。……于是官之气愈张,官之焰愈烈。羊狠狼贪之技,他人所不忍出者,而官出之;蝇营狗苟之行,他人所不屑为者,而官为之。……国裒而官强,国贫而官富;孝弟忠信之旧,败于官之身;礼义廉耻之遗,坏于官之手。而官之所以为人诟病,为人轻衊者,盖非一朝一夕之故,其所由来者渐矣!……

《官场现形记》的主意只是要人人感觉官是世间最可恶又最下贱的东西。如卷四写黄道台的门房戴升鼻子里哼的冷笑一声,说:

等着罢,我是早把铺盖卷好等着的了。想想做官的人也真是作孽。你瞧他升了官,一个样子;今儿参掉官,又是一个样子。不比我们当家人的,辞了东家,还有西家,一样吃他妈的饭。做官的可只有一个皇帝,逃不到那里去的!

又如卷八陶子尧对着堂子里的娘姨说他的官运,他说:

我们做官的人,说不定今天在这里,明天就在那里,自己是不能作主的。

新嫂嫂说:

难末大人做官格身体,搭子"讨人身体"差勿多哉……堂子里格小姐……卖拨勒人家,或者是押帐,有仔管头,自家做勿动主,才叫做"讨人身体"格。耐笃做官人,自家做勿动主,阿是一样格?

陶子尧道:

你这人真是瞎来来!我们的官是拿银子捐来的,又不是卖身,同你们堂子里一个买进一个卖出,真正天悬地隔。

不过这个区别实在很微细。卷十四写江山船上的一个妓女龙珠对周老爷说：

　　我十五岁上跟着我娘到过上海一荡，人家都叫我清倌人，我肚里好笑。我想我们的清倌人也同你们老爷们一样。……

　　去年八月里江山县钱太老爷在江头雇了我们的船，同了太太去上任。听说这钱太老爷在杭州等缺，等了二十几年，穷的了不得，连什么都当了。好容易才熬到去上任。他一共一个太太，两个少爷，九个小姐。大少爷已经三十多岁，还没有娶媳妇。从杭州动身的时候，一家门的行李不上五担，箱子都很轻的。到了今年八月里，预先写信叫我们的船上来接他回杭州。等到上船那一天，红皮衣箱一多就多了五十几只，别的还不算。上任的时候，太太戴的是镀金的簪子；等到走，连那小少爷的奶妈，一个个都是金耳坠子了！钱太老爷走的那一天，还有人送了他好几把万民伞。大家一齐说老爷是清官，不要钱，所以人家才肯送他这些东西。我肚皮里好笑，老爷不要钱，这些箱子是那里来的呢？……瞒得过我吗？做官的人，得了钱，自己还要说是清官，同我们吃了这碗饭一定要说是清倌人，岂不是一样的吗？

　　周老爷听了他的话，气的一句话也说不出，倒反朝着他笑；歇了半天，才说得一句"你比方的不错"。

　　李伯元除了《官场现形记》之外。还有一部《文明小史》，也是"儒林外史式"的讽刺小说。

　　吴沃尧，字趼人，是广东南海的佛山人，故自称"我佛山人"。

当梁启超在日本创办《新小说》时，吴沃尧的《二十年目睹之怪现状》（以下省称《怪现状》）的第一部分就在《新小说》上发表。那个时候——光绪癸卯甲辰（1903—1904年）——大家已渐渐的承认小说的重要，故梁启超办了《新小说》杂志，商务印书馆也办了一个《绣像小说》杂志，不久又有《小说林》出现。文人创作小说也渐渐的多了。《怪现状》、《文明小史》、《老残游记》、《孽海花》……都是这个时代出来的。《怪现状》也是一部讽刺小说，内容也是批评家庭社会的黑幕。但吴沃尧曾经受过西洋小说的影响，故不甘心做那没有结构的杂凑小说。他的小说都有点布局，都有点组织。这是他胜过同时一班作家之处。《怪现状》的体例还是散漫的，还含有无数短篇故事，但全书有个"我"做主人，用这个"我"的事迹做布局纲领，一切短篇故事都变成了"我"二十年中看见或听见的怪现状，即此一端，便与《官场现形记》、《文明小史》不同了。

但《怪现状》还是《儒林外史》的产儿；有许多故事还是勉强穿插进去的。后来吴沃尧做小说的技术进步了，他的《恨海》与《九命奇冤》便都成了有结构有布局的新体小说。《恨海》写的是婚姻问题。一个广东的京官陈戟临有两个儿子：大的伯和，聘定同居张家的女儿棣华；小的仲蔼，聘定同居王家的女儿娟娟。后来拳匪之乱陈戟临一家被杀；伯和因护送张氏母女出京，中途冲散；仲蔼逃难出京。伯和在路上发了一笔横财，就狂嫖阔赌，吃上了鸦片烟，后来沦落做了叫花子。张家把他访着，领回家养活；伯和不肯戒烟，负气出门，仍病死在一个小烟馆里。棣华为他守了多少年，落得这个下场；伯和死后，棣华就出家做尼姑去了。仲蔼到南方，访寻王家，竟不知下落；他立志不娶，等候娟娟；后来在席上遇见娟娟，原来他已做了妓女了。这两层悲剧的下场，在中国小说里颇不易得。但此书叙事颇简单，描写也不很用气力，也不能算是全德的小说。

《九命奇冤》可算是中国近代的一部全德的小说。他用百余年前广东一件大命案做布局，始终写此一案，很有精彩。书中也写迷信，也写官吏贪污，也写人情险诈；但这些东西都成了全书的有机部分，全不是勉强拉进来借题骂人的。讽刺小说的短处在于太露，太浅薄；专采骂人材料，不加组织，使人看多了觉得可厌。《九命奇冤》便完全脱去了恶套；他把讽刺的动机压下去，做了附属的材料；然而那些附属的讽刺的材料在那个大情节之中，能使看的人觉得格外真实，格外动人。例如《官场现形记》卷四卷五写藩台的兄弟三荷包代哥哥卖缺，写的何尝不好？但是看书的人看过了只像看了报纸的一段新闻一样，觉得好笑，并不觉得动人。《九命奇冤》第二十回写黄知县的太太和舅老爷收梁家的贿赂一节，一样是滑稽的写法，但在那八条人命的大案里，这种得贿买放的事便觉得格外动人，格外可恶。

《九命奇冤》受了西洋小说的影响，这是无可疑的。开卷第一回便写凌家强盗攻打梁家，放火杀人。这一段事本应该在第十六回里，著者却从第十六回直提到第一回去，使我们先看了这件烧杀八命的大案，然后从头叙述案子的前因后果。这种倒装的叙述，一定是西洋小说的影响。但这还是小节；最大的影响是在布局的谨严与统一。中国的小说是从"演义"出来的。演义往往用史事做间架,这一朝代的事"演"完了,他的平话也收场了。《三国》、《东周》一类的书是最严格的演义。后来作法进步了,不肯受史事的严格限制,故有杜撰的演义出现。《水浒》便是一例。但这一类的小说,也还是没有布局的;可以插入一段打大名府,也可以插入一段打青州;可以添一段破界牌关,也可以添一段破诛仙阵;可以添一段捉花蝴蝶,也可以再添一段捉白菊花……割去了,仍可成书;拉长了,可至无穷。这是演义体的结构上的缺乏。《儒林外史》虽开一种新体,但仍是没有结构的;从山东汶上县说到南京,从夏总甲说到丁言志;说到杜慎卿,已忘了娄公子;说到凤四老爹,已忘了张铁臂了。后来这一派的小说,也没有一部有结构布置的。所以这一千年的小说中,差不多都是没有布局的,内中比较出色的,如《金瓶梅》,如《红楼梦》,虽然拿一家的历史做布局,不致十分散漫,但结构仍旧是很松的;今年偷一个潘五儿,明年偷一个王六儿;这里开一个菊花诗社,那里开一个秋海棠诗社;今回老太太做生日,下回薛姑娘做生日……翻来覆去,实在有点讨厌。《怪现状》想用《红楼梦》的间架来支配《官场现形记》的材料,故那个主人"我"跑来跑去,到南京就见着听着南京的许多故事,到上海便见着听着上海的许多故事,到广东便见着听着广东的许多故事。其实这都是很松的组织,很勉强的支配,很不自然的布局。《九命奇冤》便不同了。他用中国讽刺小说的技术来写家庭与官场,用中国北方强盗小说的技术来写强盗与强盗的军师,但他又用西洋侦探小说的布局来做一个总结构,繁文一概削尽,枝叶一齐扫光,只剩这一个大命案的起落因果做一个中心题目。有了这个统一的结构，又没有勉强的穿插，故看的人的兴趣自然能自始至终不致厌倦。故《九命奇冤》在技术一方面要算最完备的一部小说了。

和吴沃尧、李伯元同时的，还有一个刘鹗，字铁云，丹徒人，也是一个小说好手。刘鹗精通算学，研究治河的方法，曾任光绪戊子（1888年）郑州的河工，又曾在山东巡抚张曜的幕府里，作了治河七策。后来山东巡抚福润保荐他"奇才"，以知府用。他住北京两年，上书请筑津镇铁路，不成；又为山西巡抚与英国人订约开采山西的矿。当时人都叫他作"汉奸"，因为他同外国人往来，能得他们的信用。后来拳匪之乱（1900年）联军占据北京，京城居民缺乏粮食，很多饿死的；他就带了钱进京，想设法赈济；那俄国兵占住太仓，太仓多米而欧洲人不吃米；他同俄国人商量，用贱价把太仓的米都粜出来，用贱价粜给北京的居民，救了无数的人。后数年，有大臣参他"私售仓粟"，把他充军到新疆，后来他就死在新疆。二十多年前，河南彰德府附近发现了许多有古文字的龟甲兽骨，刘鹗是研究这种文字最早的一个人，曾印有《铁云藏龟》一书。（以上记刘鹗的事迹，全根据罗振玉的《五十日梦痕录》。我因为外间知道他的人很不多，故摘抄大概于此。）

刘鹗者的《老残游记》，与李伯元的《文明小史》同时在《绣像小说》上发表。这部书的主人老残，姓铁，名英，是他自己的托名。书中写的风景经历，也都带着自传的性质。书中的庄抚台即是张曜，玉贤即是毓贤；论治河的一段也与罗振玉作的传相符。书中写申子平在山中遇着黄龙子、玙姑一段，荒诞可笑，钱玄同说他是

"老新党头脑不甚清晰的见解"真是不错。书末把贾家冤死的十三人都从棺材里救活回来，也是无谓之至。但除了这两点之外，这部书确是一部很好的小说。他写玉贤的虐政，写刚弼的刚愎自用，都是很深刻的；大概他的官场经验深，故与李伯元、吴沃尧等全是靠传闻的，自然大不相同了。他写娼妓的问题，能指出这是一个生计的问题，不是一个道德的问题，这种眼光也就很可佩服了。他写史观察（上海施善昌）治河的结果，用极具体的写法，使人知道误信古书的大害（第十三回至十四回）。这是他生平一件最关心的事，故他写的这样真切。

但《老残游记》的最大长处在于描写的技术。第二回写白妞说大鼓书的一段，读的人大概没有不爱的。我们引一小段作例：

> 王小玉……唱了几句书儿，声音初不甚响……唱了十数句之后，渐渐的越唱越高；忽然拔了一个尖儿，像一线钢丝抛入天际，听的人不禁暗暗叫绝。那知他于那极高的地方，尚能回环转折；几啭之后，又高一层；接连有三四叠，节节高起。恍如由傲来峰西面攀登泰山的景象；初看傲来峰削壁千仞，以为上与天齐；及至翻到傲来峰，才见扇子崖更在傲来峰上；及至翻到扇子崖，又见南天门更在扇子崖上。愈翻愈险，愈险愈奇，那王小玉唱到极高的三四叠后，陡然一落，又极力骋其千回百折的精神，如一条飞蛇在黄山三十六峰半中腰里盘旋穿插，顷刻之间，周匝数遍……

这一段虽是很好，但还用了许多譬喻，算不得最高的描写功夫。第十二回写老残在齐河县看黄河里打冰一大段，写的更为出色，最好的是看打冰那天的晚上，老残到堤上闲步。

抬起头来，看那南面山上一条白光，映着月色，分外好看。一层一层的山岭，却分辨不清；又有几片白云在那里面，所以分不出是云是山。及至定睛看去，方才看出那是云那是山来。虽然云是白的，山也是白的，云有亮光，山也有亮光；只为月在云上，云在月下，所以云的亮光从背后透过来；那山却不然，山的亮光由月光照到山上，被那山上的雪反射过来，所以光是两样了。然只稍近的地方如此。那山望东去，越望越远，天也是白的，山也是白的，云也是白的，就分辨不出来了。

只有白话的文学里能产生这种绝妙的"白描"美文来。

* * * * *

以上略述这五十年的白话小说。民国成立时，南方的几位小说家都已死了，小说界忽然又寂寞起来。这时代的小说只有李涵秋的《广陵潮》还可读；但他的体裁仍旧是那没有结构的"儒林外史式"。至于民国五年（1916年）出的"黑幕"小说，乃是这一类没有结构的讽刺小说的最下作品，更不值得讨论了。北京平话小说近年来也没有好作品比得《儿女英雄传》或《七侠五义》的。

（原载胡适:《五十年来中国之文学》，

上海申报馆1924年版）

北大学 大合

第五篇 谈戏曲

中国戏曲文学四讲

1937—1946

1904—1957

浦江清：元代的散曲

元曲兼指剧曲和散曲，剧曲属戏剧，散曲则是词以后兴起的诗歌新样式。南宋后期，词日趋衰落，随着金元俗曲的增多和元人歌曲的普遍，原本产自民间的文艺形式由于文人的参与创制而兴盛起来，元人自称其为"乐府"，后世将其名为"散曲"。

散曲分小令与套数两种形式。单支者名为小令。同一个宫调组织许多曲子成为一套的名为套数，亦名散套，这是相对于戏曲中应用的剧套而言。

散曲只是清唱的，配合音乐的。无科白，无搬演。以抒情为主，间或亦可叙事。

散曲有许多不同的曲牌名。如《折桂令》、《四块玉》、《天净沙》、《沉醉东风》、《水仙子》等。此类曲调是金元时代流行的歌曲。性质与宋词相同，不过词是唐宋时期流行的歌曲，到了金元时代有俗曲起来，词已变为高雅的东西，不入流行歌唱了。

曲中的小令与词中的小令是有别的。曲的小令只有单支，词中小令往往有上下两叠。词中有慢词、长调，曲的小令都是短小的，无慢词。但有将同一宫调的两支曲调连唱的，称"带过曲"，它介于小令与散套之间。

曲的套数，相当于词的赚词、大曲。

词可以用同一词牌,连作数首。如温飞卿有《菩萨蛮》十四章。曲的小令亦然,可以单作一首,亦可连作若干篇。如白仁甫有《驻马听》四首,分咏吹、弹、歌、舞。又如关汉卿有《一半儿·题情》数首,皆咏闺情。

套数可长可短。短者如杨西庵《仙吕·赏花时》套只有《赏花时》、《胜葫芦》、《赚尾》三曲,咏秋景。长者如刘时中(刘致)《正宫·端正好·上高监司》二套,前套十五曲,后套三十四曲。

散曲中的套数有同于剧曲中的,如《正宫·端正好》套等。也有剧曲中不用的,如马致远《双调·夜行船·秋兴》,所用曲有在剧曲中不见的。睢景臣《高祖还乡》套,开始用《哨遍》,此曲为剧曲中所不用。而其后之《耍孩儿》及五个煞尾,则剧曲中亦用。

散曲的题材也很广泛。主要是闺情、写景、咏物、咏怀、题赠、送别、登临山水、怀古等。凡诗词中题目皆可用散曲表达。因为结合俗语,有滑稽打趣的,比之诗词更为新鲜生动。如马致远的《般涉调·耍孩儿·借马》。

散曲是风流潇洒的,反正统思想。绝对没有酸腐的正统的儒家思想,反之以道家的出世为多。多名士作风。

散曲以抒情为主,亦有咏传奇故事的,如《摘翠百咏小春秋》,用一百支《小桃红》咏西厢故事。

元人散曲都是北曲,唯亦有少数南北合套,以北曲与南曲相间成套。

元代流行的俗曲,无名氏所作的保存下来不多,现存散曲选本中的主要是名家之作,散曲的选本有:

1.《阳春白雪》十卷，元杨朝英（澹斋）选（《散曲丛刊》本）。

2.《朝野新声太平乐府》九卷，元杨朝英选（《四部丛刊》本）。

3.《乐府群玉》五卷，疑元末胡存善编，专选小令（《散曲丛刊》本）。

4.《乐府群珠》四卷，明无名氏辑（疑胡存善原编，后人有所补益），卢前校，选元明人小令（1955年商务印书馆本）。

元散曲作家：

散曲作家有地位官职高的，如刘秉忠官至太保，杨果（西庵）官参政，卢挚（疏斋）官江东道廉访使，姚燧（牧庵）官翰林学士承旨等；有少数民族的，如康里人不忽木（官平章政事），蒙族人阿鲁威，畏吾儿（维吾尔）人贯云石（酸斋）等。其中刘、杨、姚所作不多，而卢、贯为散曲重要作家。

剧作家关、王、白、马、郑、乔都有散曲，兼散曲作家。其中马致远、乔吉所作尤多，为散曲大家。

专作散曲的名家有卢挚、马昂夫（号九皋，即薛昂夫，回鹘人）、张养浩（1269—1329年，山东济南人）、贯云石（1286—1324年，号酸斋，畏吾儿人）、徐再思（号甜斋）、刘致（字时中），而以张可久（小山）所作最多，与乔吉齐名，并称乔张。张小山的散曲，典雅化，同于诗词的作风。

散曲的代表作品：

小令：如刘秉忠《干荷叶》，杨果《小桃红·咏采莲》，马致远《天净沙·秋思》（一云无名氏作），关汉卿《四块玉·别情》，白贲（字无咎）《黑漆弩》（一名《鹦鹉曲·渔父》）（冯子振有和作），白仁甫《驻马听》(吹弹歌舞)四首、《寄生草·饮》等。

套数：

马致远《秋兴》(《夜行船》)、《借马》(《耍孩儿》)；

贯云石《西湖游赏》(《北粉蝶儿》)(合南曲，南北合套)；

张可久《湖上晚归》(《一枝花》)；

刘时中《上高监司》(《端正好》)(极长)；

睢景臣《高祖还乡》(《哨遍》)。

以上作品见《阳春白雪》、《乐府群玉》、《太平乐府》诸书，及周德清《中原音韵·作词十法》所举的典范作品。

下举几例：

马致远《天净沙·秋思》：

枯藤老树昏鸦，小桥流水人家，古道西风瘦马。夕阳西下，断肠人在天涯。

此曲多云无名氏作，《尧山堂外纪》归马致远。《中原音韵》评此为"《秋思》之祖"，王国维评此"纯是天籁，仿佛唐人绝句"，历来推此为小令表率，任二北嫌其静字太多，尚非曲之至者。

白朴《寄生草·饮》：

长醉后方何碍？不醒时有甚思？糟腌两个功名字，醅淹千古兴亡事，曲埋万丈虹霓志。不达时皆笑屈原非，但知音尽说陶潜是。

此词周德清《中原音韵》取在定格四十首之首列,评曰:"命意、造语、下字,俱好。"任讷谓:近人论散曲推马致远《天净沙》一首为表率,"实则用意平常,选语凝重,绝少疏放之致,尚不足以表现元曲大部分之精神。周氏于定格四十首中,首标此词,按其气韵格律,则恰可为元曲令词之表率焉"(任讷《作词十法疏证》)。

白无咎《黑漆弩》:

侬家鹦鹉洲边住,是一个不识字渔父。浪花中一叶扁舟,睡煞江南烟雨。

觉来时满眼青山暮,抖擞着绿蓑归去。算从前错怨天公,甚也有安排我处。

此曲《阳春白雪》作无名氏。冯子振(海粟)有和韵三十九首,其序谓此曲白无咎作,今姑从之。此曲传唱一时,士大夫以为难和,如"父"字韵,"甚"字必要去声,"我"字必要上声,音律始谐,不然不可歌。冯海粟和之三十余章,可谓灏烂矣。

马致远《秋兴》(一作《秋思》)(散套):

《双调·夜行船》:百岁光阴一梦蝶,重回首往事堪嗟。今日春来,明朝花谢,急罚盏夜阑灯灭。

《乔木查》:想秦宫汉阙,都做了衰草牛羊野,不恁么渔樵没话说。纵荒坟横断碑,不辨龙蛇。

《庆宣和》:投至狐踪与兔穴,多少豪杰。鼎足虽坚半腰里折,魏耶？晋耶？

《落梅风》：天教你富，莫太奢，没多时好天良夜。富家儿更做道你心似铁，争辜负了锦堂风月。

《风入松》：眼前红日又西斜，疾似下坡车。不争镜里添白雪，上床与鞋履相别。休笑巢鸠计拙，葫芦提一向装呆。

《拨不断》：利名竭，是非绝，红尘不向门前惹。绿树偏宜屋角遮，青山正补墙头缺，更那堪竹篱茅舍。

《离亭宴煞》：蛩吟罢一觉才宁贴，鸡鸣时万事无休歇。何年是彻？看密匝匝蚁排兵，乱纷纷蜂酿蜜，急穰穰蝇争血。裴公绿野堂，陶令白莲社。爱秋来时那些：和露摘黄花，带霜分紫蟹，煮酒烧红叶。想人生有限杯，浑几个重阳节？人问我顽童记者：便北海探吾来，道东篱醉了也。

此套数第一曲总说，第二曲咏帝王，第三曲咏豪杰，第四曲咏富人，第五曲以下写自己处世，接近自然。《中原音韵》评此曲云："此方是乐府，不重韵，无衬字，韵险，语俊。谚曰：'百中无一。'余曰：'万中无一。'"吴梅云："马致远小令以《天净沙》为最，纯是天籁，仿佛唐人绝句。《秋思》一套直似长歌矣。且通篇无重韵，尤较作诗为难。"

（原载浦江清著，浦汉明、彭书麟整理：《中国古典诗歌讲稿》，北京出版社2016年版）

1899—1958

罗常培：从昆曲到皮黄

电台上时常放送皮黄和昆曲的唱片，有时候还请些"爱美的"戏剧家来广播。比方说，本台 X. P. R. A 成立三周年纪念，我还被请来广播过一次。据我个人揣测，那天，听众们对于评剧《红鬃烈马》、滇剧《九华宫》，都会感到相当的兴趣；至于昆曲呢，大家只听见演奏者咿咿呜呜了半天，究竟唱了些什么，所谓《游园惊梦》、《硬拷》、《闻铃》究竟是怎么一回事？恐怕有百分之七十以上不见得能欣赏或了解。那么，我们现在就要问，昆曲是什么？它在中国戏剧史和中国文学史上占个什么地位？

中国的戏剧从金元以后才有长足的进步。当时分为南北两支：杂剧流行于北方，戏文流行于南方。元中叶以北戏势力极大，南戏消沉不振。中叶以后，南戏才渐露出复兴的曙光来。到了明朝嘉靖年间更加活跃，万历以后作家辈出，降至明末清初可以说是南戏的黄金时代，居然压倒北剧取而代之。这么一转移间，为什么盛衰易势呢？这和"昆腔"的勃兴实在有很大的关系。

在明朝南戏盛行的时候，因为发源的地点不同，各地的土腔也各有它的特色。发源于海盐的叫海盐腔，发源于余姚的叫余姚腔，发源于江西的叫弋阳腔。海盐腔流行于浙江的嘉兴、湖州、温州、台州。余姚腔流行于浙江的绍兴，江苏的常州、镇江、扬州、徐州，安徽的贵池、太平。弋阳腔流行于南北两京、湖南、闽、广。这三种腔调在当时是很有名的。到了嘉靖年间，昆山人魏良辅创立水磨调后，在音乐上得了一大进步，它不单压倒北曲，并且让其他三种腔调也相形见绌。因为良辅是昆山人，所以俗称作"昆腔"。据徐文长《南词叙录》说："昆山腔……流丽悠远，出乎三腔之上，听之最足荡人。妓女尤妙此。如宋之嘌唱，即旧声而加以泛艳者也。"昆腔改革顶大的一点，还在音乐方面。因别的腔只有板拍和锣鼓，它却加上了洞箫、月琴、笛、管、笙、琵琶、鼓，管弦诸乐具备。故《南词叙录》又说："今昆山以笛、管、笙、琵按节而唱南曲者……殊为可听，亦吴俗敏妙之事。"因为伴奏音乐的复杂，格外使它凄婉动听，于是昆腔的势力一天比一天地扩展起来了。在嘉靖年间，它还只流行于苏州一带，后来渐渐蔓延到太仓、松江、常州和浙江的杭、嘉、湖等处。到了明末清初，甚至连北平也流行了。所以王伯良《曲律》说："迩年（**万历**）以来，燕赵之歌童舞女咸弃其捍拨，尽效南声，而北词几废"；龚芝麓《听袁于令演所撰西楼传奇》诗也有"可怜苏北红牙拍，犹唱江南金缕衣"等句。昆腔在北平扎下根柢以后，不单留在北平的南方人很欣赏它，连清朝的宫廷王府也时常演奏它。到乾隆朝，昆曲的盛行遂达极点。当时称昆腔为"雅部"，别种腔为"花部"。三十九年刊行《缀白裘》十二卷，网罗昆曲散段。四十二年巡盐御史伊龄阿奉敕设局扬州修改戏曲，黄文畅、凌廷堪等都参与这件事，经四年才完工。五十七年苏州叶堂（广明）撰《纳书楹曲谱》二十二卷，这是昆腔谱里最正派的一种。这时候昆腔真是"如日中天"一样。

昆腔盛行，北曲遂日渐衰落。这其间虽有何良俊的好奇提倡北曲顿仁的琵琶，独弹古调，事实上北曲已经不绝如缕了。好古的文人，还有喜欢模仿北曲杂剧的。又如洪昇的《长生殿传奇》里《酒楼》、《合围》、《絮阁》、《哭像》、《神诉》、《弹词》、《觅魂》等全出都用北曲，这种风气从明人汤显祖等已经开端。不过这种经昆腔采用的北曲，绝没有保存纯粹北调的道理，大部分已经"昆曲化"了。所以现在《纳书楹曲谱》和《集成曲谱》里保存的一些元人杂剧的散段，像《赚布》、《女弹》、《卖花》、《摆阵》、《孙诈》、《擒庞》、《五台》、《离魂》、《刀会》、《训子》、《北诈》、《归秦》、《北拜》、《回回》、《渔樵》、《逼休》、《寄信》、《撇子》、《认子》、《胖姑》、《伏虎》、《女还》、《借扇》、《送京》、《访晋》之类，虽然吉光片羽，实已形存神亡了。

乾隆末叶，昆曲盛极而衰，于是，"花部"遂代"雅部"兴起。

据《扬州画舫录》说："两淮盐务，例蓄花雅两部以备大戏。雅部即昆山腔；花部为京腔、秦腔、弋阳腔、梆子腔、罗罗腔、二黄调，统谓之乱弹。"此外尚有高腔、吹调等，也应该属于花部。"花"、"雅"得名的来源，《燕兰小谱》解释说："元时院本凡旦色之涂抹科浑取妍者为花，不傅粉而工歌唱者为正，即广雅乐之意也。今以弋腔、梆子等曰花部，昆腔曰雅部，使彼此擅长，各不相掩。"这已经讲得很明白了。高腔和京腔都是从弋阳腔变来的。高腔的得名，大概因为演奏它的伶人多产于河北高阳，京腔最初指弋阳腔，流行于北平的说部（《新定十二律京腔谱》）。二黄发源于湖北黄冈和黄陂二县（嘉庆张祥珂《偶忆编》），盛行于安徽安庆一带（《扬州画舫录》），或称湖广调。秦腔发源于陕西、甘肃，乾隆间流入北平。西皮和二黄合称作"皮黄"，是北平徽班所专习的。有人说皮是黄陂，黄是黄冈，同出于湖北。但据道光初张亨甫的《金台残泪记》却说："甘肃腔为西皮调。"（卷三）安徽的伶人何以在二黄以外兼演西皮腔呢？这因为乾隆末年徽伶高朗亭到北平后，以安庆花部合京秦二腔，名其班曰"三庆"（《扬州画舫录》），为的是迎合当时都中人士的好尚。梆子腔来自句容（《扬州画舫录》），大概就是现在附属于皮黄里的南梆子，和山西梆子不同。山西梆子是糅合山西勾腔、秦腔和梆子腔而成的，光绪间流行于北平。吹腔出于徽调的高拨子，现在也附属在皮黄里，像《贩马记》、《探亲相骂》、《小上坟》之类都是。罗罗腔是一种不大通行的民间戏。

　　总括花、雅两部升沉的历史来讲，从明朝万历到乾隆的中叶是昆曲的极盛时代，到乾隆末年昆曲的势力渐渐被西秦、南弋两腔给压下去，道光以降花部争鸣，各树旗帜，昆曲遂成了若有若无的状态。到了咸丰、同治之间，皮黄就成了独霸的局面了。推究它的原因，第一由于厌旧喜新的趋势，第二由于看客趣味的低落，第三由于北平人不喜欢昆曲。现在且谈一两件梨园盛衰的掌故，以见消长的痕迹。

　　乾隆末叶，北平的花部，京班先占势力，伶人多系土著，所演的以京腔为主。当时著名的伶人有八达子、天保儿、白二等。白二最得意的戏是《潘金莲葡萄架》（《燕兰小谱》）。从他擅长的戏剧，我们就可以推测他演戏的风格和观众的趣味了。正在这个当儿，突然在乾隆四十四年从四川来了一个妖艳旦脚魏三，于是本地伶人的势力就被他夺去了。

魏三名长生，字婉卿，四川金堂人，是秦腔的花旦。他到北平加入双庆部，打炮戏演了一出《滚楼》，遂轰动全城，每天观众达千余人。当时都中人士已然厌倦弋腔的嘈杂，忽然听到繁音促节的秦腔，看见淫亵动人的表演，都觉得耳目一新，于是魏三的名字震动京师，甚至那时的王公贵人几乎没人不认得他了（《燕兰小谱》、《啸亭杂录》、《梦华琐簿》）。他有一件小事值得提出来，就是现在旦脚踩高跷和梳水头都是由他首创（见同上），这在扮演史上是颇重要的。后来因为他的徒弟陈银官表演更加猥亵，在乾隆五十年左右师徒遂先后被赶回四川。嘉庆六年，魏三再入北平，年老色衰，资产荡尽，一次正在扮演表大嫂背娃子，下场即气绝（《梦华琐簿》），经大家资助，才得勉强枢归乡里。

魏三回四川后，安庆的伶人高朗亭又继他入北平，"以安庆花部合京秦两腔，名其班曰三庆。向囊之宜庆、萃庆、集庆遂湮没不彰"（《扬州画舫录》）。这是徽班到北平的起始。朗亭名月官，工《傻子成亲》剧，时人拿他的神韵和魏三的风流对称（《听春新咏·别集》）。他的作风，不难想见。

三庆成立以后，其他徽班也接踵而起。嘉庆中叶已经有三庆、四喜、和春、春台、三和五部。他们不单合并京腔、秦腔，而且吞并昆曲其他花部。因为它能这样兼容并包，难怪徽班成了梨园的盟主了。

至于雅部的状况，乾隆末年只有保和一部死守住昆山孤城，后来有庆宁、迎福、金玉、彩华四部，也想挽回它的颓势。这四部的伶工都是苏州人，势力虽赶不上徽班，却也赖他们保存一些风雅。四大徽班里只有四喜部支撑昆曲的危局，但比起其他三班来，就显然露出不景气的现象。道光末年，太平军起，南北隔绝，苏州的伶人没法子到北方来，昆曲更加一派不振。从此后，不单在北平主持不了剧坛，甚至在它发祥地的苏州，也成了少数文人墨客的好尚了。正在这个时候，徽班三庆部忽然出了一个名伶，就是安徽人程长庚。他本来精通昆曲，兼工二黄，声调绝高，底气充足，登台一奏，响彻云霄，而且资性聪明，剧学渊博，对于戏剧改良的地方很多，直到现在，无论内行外行，没有人不知道大老板的名字。同时有张二奎、余三胜，也是老生中的特出人物。当时推张为状元，程为榜眼，余为探花。程长二黄少花腔，余长西皮以花腔著，张的唱功实大声宏，且以做工见长。光绪间继他们而起的，又有汪桂芬、谭鑫培、孙菊仙三人。汪学长庚，谭学三胜，孙近二奎，此外文武老生有杨月楼，武生有俞菊生，正旦有余紫云、陈石头、时小福，老旦有龚云甫，净有黄三，丑有刘赶三，人才济济，可以算是皮黄的黄金时代。近来评剧的情况想来是大家所熟悉的，我就不再多说了。可是推溯当代许多名伶的家世，几乎没有不跟光绪间的名伶有关系的。

以上所说，是近几百年来中国戏剧演变的略史。生在现在这个时候，我们先不必谈雅部的昆曲，就是有人想模仿几句汪桂芬、孙菊仙，试问时下喜欢听评剧的人，有几个不掩耳却走的？可是时俗的好尚是一个问题，风雅应否保存又是一个问题。据我的朋友罗膺中说，中国文学史上许多作品是不能离开音乐的。这个见解非常有道理。我们要深切了解一种有音乐性的文学作品，能够在伴奏的音乐没灭亡的时候去探索它，比较省事的多。词的唱法失传了，大家才觉得姜白石的旁谱可贵，都想就着它暗中摸索，另外有些拿《碎金词谱》的工尺当作宋代遗音的，又在那儿辗转传讹地断定哪些雄壮，哪些哀靡，假如当年词的宫谱保存下来，又何必这样费事呢？现在明代南曲的宫谱既然幸而保存，一部分赖它流传的北曲，虽然有点儿昆曲化，总比完全失传强得多。我们应当趁着前人的宫谱还没散佚，苏州的老伶还没死绝的当儿，赶紧急起学习，然后对于读曲、作曲、谱曲才有办法，才不至等它失传以后瞪着眼睛后悔。至于为怡性悦情起见，在兴至神来的时候偶尔哼几支遣闷消愁，正所谓"劳者自歌，非求倾听"，管他别人欣赏不欣赏呢？我们如果认为昆曲在中国戏剧史和中国文学史上占有相当的地位，那么有志研究中国文学的人总不该漠视了这种作品。

（1942 年 12 月 6 日在昆明广播电台讲演。原载昆明《正义报》副刊，1943 年 11 月 14 日）

1891—1962

胡适:《缀白裘》序

从元代的杂剧变到明朝的传奇,最大的不同是杂剧以四折为限,而传奇有五六十出之长。这个区别起于那两种戏曲的来源不同。元代的杂剧是勾栏里每天扮演的,扮演的时间有限,看客的时间有限,所以四折的限制就成了当时公认的需要。况且杂剧只有一个角色唱的,其余角色只有说白而不唱,因为唱的主角最吃力,所以每本戏不可过长。每一本戏必须有头有尾,可以自成一个片段。万一有太长的故事,可以分成几本,每本还是限于四折(例如《西厢记》是五本,《西游记》是六本,每本四折)。这个四折的限制,无形之中规定了元朝杂剧的形式和性质。现存的一百多部元曲之中,没有一部的题材是繁重复杂的。这样的单纯简要,不是元曲的短处,正是他们的长处。我们只看见那表面上的简单,不知道那背后正有绝大的剪裁手段;必须有一番大刀阔斧的删削,然后能有那单纯简要的四折的结构。所以四折的元曲在文学的技术上是很经济的。

明朝的传奇就不受这种折数的拘束了。传奇出于南戏,南戏的最早形式好像是一种鼓词,有唱而无做。12世纪的诗人陆放翁曾有诗道:

斜阳古柳赵家庄，负鼓盲翁正作场。

身后是非谁管得，满村听唱"蔡中郎"。（这就是古本《赵贞女》）

鼓词唱本可以很长，正如北方的"诸宫调"唱本可以很长一样，南戏最早是唱本，后来大概受了北方杂剧的影响，唱本加上扮演，成为南戏。南戏初行于乡村，故没有勾栏看客的时间上的限制。南戏中的角色人人可唱，不限于一个主角独唱到底，所以戏过长也不妨。因为这种种历史的背景不同，所以南戏最早的杰作——《琵琶记》——就是一部四十二出的长戏。后来明、清两朝的文人作的传奇都是完全打破了元曲的四折限制的长戏。我们试把元曲的《杀狗劝夫》来比较后起的《杀狗记》，或者把元曲的《赵氏孤儿》来比较后起的《八义图》，就可以明白这种后起的传奇在文学的技术上是最不讲究剪裁的经济的。

元曲每本只有四折，故很讲究组织结构；删去一折，就不成个东西了。南戏与传奇太冗长、太拖沓、太缺乏剪裁，所以有许多幕是可以完全删去而于戏剧的情节毫无妨碍的。就拿《琵琶记》第一卷来说罢。第一副末开场，第二《高堂称庆》，第三《牛氏规奴》，第四《逼试》，第五《嘱别》，第六《丞相教女》，第七《才俊登程》，第八《文场选士》——这八出若在元朝杂剧作家的手里，完全可以删去，至多在一段说白里几句话就可以说完了。一部《琵琶记》，四十二出之中最精彩的部分不过是《吃糠》、《祝发》、《描容》……

四五幕而已。

岂但《琵琶记》如此？一切明、清传奇，无不如此。《牡丹亭》、《桃花扇》、《长生殿》、《一捧雪》，流传到今日的能有几幕呢？其余的部分，早已被时间的大手笔删削掉了，只留给专家去翻读，一般看戏的人们是从不感觉惋惜的。

明朝的大名士徐文长曾批评邵文明的《香囊记》，说他是"以时文为南曲"。其实这一句话可以用来批评一切传奇。明、清两代的传奇都是八股文人用八股文体作的。每一部的副末开场，用一支曲子总括全部故事，那是"破题"。第二出以下，把戏中人物一个一个都引出来，那是"承题"。下面戏情开始，那是"起讲"。从此下去，一男一女一忠一佞，面面都顾到，红的进，绿的出，那是八股正文，最后的大团圆，那是"大结"。

这些八股文人完全不懂得戏剧的艺术和舞台的需要（直到明朝晚年的阮大铖和清朝初年的李渔一派，才稍稍懂得戏台的艺术）。他们之中，最上等的人才不过能讲究音乐歌唱，其余只配作八股而已，不过他们在那个传奇的风气里，也熬不过，忍不住，也学填几句词，作几首四六的说白，用八股的老套来写戏曲，于是产生了那无数绝不能全演的传奇戏文！

因为这些传奇的绝大部分都是可删的，都是没有演唱的价值的，所以在明朝的晚期就有传奇摘选本起来，每部传奇只摘选最精彩的一两出，至多不过四五出。我们知道的传奇选本，有《来凤馆精选古今传奇》，又名《最娱情》；又另有《醉怡情》，选的更多了。

这种选本都是曲文和说白并存的，和那些单收曲谱的不同，都可以说是《缀白裘》的先例。《最娱情》辑于顺治四年（1647年），所选不满四十种。《缀白裘》辑于乾隆中叶，积至十二集四十八卷之多，可算是传奇摘选本的最大结集了。

《缀白裘》在一百几十年之中，流行最广，翻刻最多，可见得这部摘选本确能适应社会上的某种需要。我们在上文已说过，有许多传奇实在不值得全读，只读那最精彩的几出就够了。例如鲁智深《醉打山门》的一出戏。意思和文词都是很美的。我们没有看见过《虎囊弹》全本，但我们可以断言，《山门》是《虎囊弹》最精彩的一出，这一出在《缀白裘》里保存到如今，就是《虎囊弹》全本永远佚失了也不足惜了。又如《思凡》一出，据说是《孽海记》的一部分；又有人说《孽海记》原来只有《思凡》和《下山》两出：证实《思凡》确是好文章，有了这一出独幕戏，《下山》已是狗尾续貂，那全本《孽海记》的有无，更不成问题了。

这种摘选本的大功用就等于替那些传奇作者删改文章。凡替人删改文章，总免不了带几分主观的偏见。摘选戏曲，有人会偏重歌曲的音乐，有人也许偏重词藻，有人也许偏重情节。但《缀白裘》的编者，似乎很有戏台的经验，他选的大概都是戏台上多年淘汰的结果，所以他的选择去取大体上都不错。例如《一捧雪》，他选了《送杯》、《搜杯》、《换监》、《代戮》、《审头》、《刺汤》、《边信》、《杯圆》，共八出，我们读了这八出——其实还可以删去《送杯》、《代戮》、《边信》——就尽够知道全部《一捧雪》的最精彩部分了。

二百年来，戏台上扮演《一捧雪》的，总不出《审头》、《刺汤》两出，这也可见有戏台经验的人都能知道这一部传奇里，戏剧的意味最浓厚的不过这两出。莫怀古的故事，要是在元朝杂剧家的手里，大概可以写成一部四折的杂剧，其结构大概如下：

楔子，略如《搜杯》；

第一折，《换监》；

第二折，《审头》；

第三折，《刺汤》；

第四折，《杯圆》。

如此看来，李元玉的《一捧雪》传奇，被《缀白裘》的编者删去了那烦冗的部分，差不多成了一部很精彩的四折杂剧了！

在这一百几十年之中，一般爱读曲子的人大概都从这部《缀白裘》里欣赏明、清两代的传奇名著的精华。赵万里先生曾对我说："明、清戏曲之有《缀白裘》，正如明朝短篇小说之有《今古奇观》。有了《今古奇观》，'三言'、'二拍'的精华都被保存下来了。有了《缀白裘》，明、清两朝的戏曲的精华也都被保存下来了。"这话说的很平允。一部《六十种曲》，篇幅那么多，不是普通读者买得起的，也不是他们读了能感觉兴趣的。何况《六十种曲》所收的都是崇祯以前的传奇，明末清初的名著都没有像《六十种曲》那样大部的总集。《缀白裘》摘选的曲本，上自《琵琶》、《西厢》，下至明、清中叶，范围既广而选择又都大致有理，所以能流行至一百几十年之久，成为戏曲的一部最有势力的摘选本。

以上泛论《缀白裘》的性质。我现在要指出这部选本的几个特别长处。第一，《缀白裘》所收的戏曲，都是当时戏台上通行的本子，都是排演和演唱的内行修改过的本子。最大的改削是在科白的方面。《缀白裘》是苏州人编纂的，苏州是昆曲的中心，所以这里面的戏文是当时苏州戏班里通行的修改本，其中"科范"和"道白"都很有大胆的修改，有一大部分的说白都改成苏州话了，科范也往往更详细了。例如《六十种曲》的《水浒记》的说白全是官话，而《缀白裘》选《水浒记》的《前诱》、《后诱》两出里的张文远的说白全是苏州话，就生动的多了。又如《六十种曲》的《义侠记》的说白，也全是官话，而《缀白裘》选的《戏叔》、《别兄》、《挑帘》、《做衣》诸出里武大和西门庆说的都是苏州话，也就生动的多了。这些吴语说白里也有许多猥亵的话，但那些地方也可以表示当年戏台上的风气。大概说来，改说苏白的都是"丑"和"付"，都是戏里的坏人或可笑的人。《一捧雪》的汤北溪说苏白使人觉得他更可恶；《义侠记》的武大郎说苏白使人觉得他更可笑可怜。这样大胆的用苏州土话来改旧本的官话，是当时戏台风气的最值得注意的一件事。若没有《缀白裘》一样的选本这样细密的保存下来，我们若单读官话旧本，就不能知道当时戏台上的吴语说白的风趣了。这种修改过的科白（不限于苏州话）的风趣，在《缀白裘》里随处可以看见；若用旧本对校，这种修改本的妙处更可以显现出来。例如《牡丹亭》的《叫画》（第二十六出）的"尾声"曲后，旧本紧接四句下场诗，就完了。《牡丹亭》的下场诗都是唐诗集句，是最无风趣的笨玩意儿。《缀白裘》本的"尾声"之后，删去了下场诗，加上了这样的一段说白——柳梦梅对那画上美人说：

呀，这里有风，请小娘子里面去坐罢。小姐请，小生随后——岂敢——小娘子是客，小生岂敢有僭——还是小姐请——如此没，并行了罢。（下）

这不是聪明的伶人根据他们扮演的经验，大胆的改窜汤若士的杰作了吗？

第二，《缀白裘》所收的曲本，虽然大部分是昆腔"雅"曲；其中也有不少是当时流行的"俗"曲——所谓"梆子腔"之类。这三四百年中，士大夫都偏重昆腔，各地的俗曲都被人忽略轻视，所以俗曲的材料保存的最少，这是文学史上的一件绝大憾事。苏州的才子如冯犹龙一流人，独能赏识山歌，《桐城歌》、《挂枝儿》一类的俗曲，至今文学史家都得感谢他们保存俗曲史料的大功绩。《缀白裘》的编者也很赏识当时流行的俗戏，所以这十二集里居然有很多的弋阳腔、梆子腔、乱弹腔的戏文，使我们可以考见乾隆以前的民间俗戏是个什么样子。这是《缀白裘》的一个很大的贡献，我们不可不特别表彰它。在这部选本里，昆腔之外，梆子腔为最多；《缀白裘》的第十一集差不多全是梆子腔，此外各集也偶有梆腔、西秦腔、高腔、乱弹腔等。我们检点这些材料，才知道近世流行的俗戏，如《卖胭脂》、《打面缸》、《打花鼓》、《探亲相骂》、《时迁落店》、《游龙戏凤》，在当年都是"梆子腔"。我们从这里又知道这些俗戏里也有比较郑重的戏文，例如乱弹腔的《李成龙借妻》四出。但大多数是打诨的热闹戏，最可读的是《看灯》、《闹灯》两出梆子腔。读《缀白裘》的人们不可不知道这些打诨的俗戏都是中国近世戏曲史上的重要史料。

汪协如女士标点《缀白裘》，很费了不少的功夫，我很惭愧不能用北平所能得到的各种好版本的戏曲来替她细细校勘这部书。我希望，在这个戏曲史料比较容易得见的时期，这一部风行了一百几十年的摘选本还是值得多数读者的欣赏的。

〔本文作于1937年5月15日，为汪协如标点的《缀白裘》而作。1949年2月23日作者在文后写有两条附注："我完全不记得这篇序了。今天读了一遍，觉得这序还是用气力写的，其中的文学史见解也不错。这是值得保存的一篇文章。""那年五月后半，或六月中，我好像还南行一次，到六月二十几才回北平。七月九日又南行了。"以上见1990年台北联经出版事业公司出版的胡颂平《胡适之先生年谱长编初稿》（校订版）第5册。〕

（原载江协如点校：《缀白裘》，中华书局1930年版）

1899—1946

闻一多：戏剧的歧途

近代戏剧是碰巧走到中国来的。他们介绍了一位社会改造家——易卜生。碰巧易卜生曾经用写剧本的方法宣传过思想，于是要易卜生来，就不能不请他的"问题戏"——《傀儡之家》《群鬼》《社会的柱石》等等了。第一次认识戏剧既是从思想方面认识的，而第一次的印象又永远是有威权的，所以这先入为主的"思想"便在我们脑筋①里，成了戏剧的灵魂。从此我们仿佛说思想是戏剧的第一个条件。不信，你看后来介绍萧伯纳，介绍王尔德，介绍哈夫曼，介绍高斯俄绥……那一次不是注重思想，那一次介绍的真是戏剧的艺术？好了，近代戏剧在中国，是一位不速之客；戏剧是沾了思想的光，侥幸混进中国来的。不过艺术不能这样没有身份。你没有诚意请他，他也就同你开玩笑了，他也要同你虚与委蛇了。

现在我们许觉悟了。现在我们许知道便是易卜生的戏剧，除了改造社会，也还有一种更纯洁的——艺术的价值。但是等到我们觉悟的时候，从前的错误已经长了根，要移动它，已经有些吃力了。从前没有专诚敦请过戏剧，现在得到了两种教训。第一，这几年来我们在剧本上所得的收成，差不多都是些稗子，缺少动作，缺少结

---

① "筋"，原作"经"。——编者注

构，缺少戏剧性，充其量不过是些能读不能演的 closet drama 罢了。第二，因为把思想当作剧本，又把剧本当作戏剧，所以纵然有了能演的剧本，也不知道怎样在舞台上表现了。

剧本或戏剧文学，在戏剧的家庭里，的确是一个问题。只就现在戏剧完成的程序看，最先产生的，当然是剧本。但是这是丢掉历史的说话。从历史上看来，剧本是最后补上的一样东西，是演过了的戏的一种记录。现在先写剧本，然后演戏。这种戏剧的文学化，大家都认为是戏剧的进化。从一方面讲，这当然是对的，但是从另一方面讲，可又错了。老实说，谁知道戏剧同文学拉拢了，不就是戏剧的退化呢？艺术最高的目的，是要达到"纯形" pure form 的境地，可是文学离这种境地远了。你可知道戏剧为什么不能达到"纯形"的涅槃世界吗？那都是害在文学的手里。自从文学加进了一份儿，戏剧便永远注定了是一副俗骨凡胎，永远不能飞升了；虽然它还有许多的助手——有属于舞蹈的动作，属于绘画建筑的布景，甚至还有音乐，那仍旧是没有用的。你们的戏剧家提起笔来，一不小心，就有许多不相干的成分粘在他笔尖上了——什么道德问题，哲学问题，社会问题……都要粘上来了。问题粘的愈多，纯形的艺术愈少。这也难怪。文学，特别是戏剧文学之容易招惹哲理和教训一类的东西，如同腥膻的东西之招惹蚂蚁一样。你简直没有办法。一出戏是要演给大众看的；没有观众，也就没有戏，严格的讲来。好了，你要观众看，你就得拿他们喜欢看，容易看的，给他们看。假若你们的戏剧家的成功的标准，又只是写出戏来，演了，能够叫观众看得懂，看得高兴，那么他写起戏来，准是一些最时髦的社会问题，再配上一点作料，不拘是爱情，是命案，都可以。这样一来，社会问题是他们本地当时的切身的问题，准看得懂；爱情，命案，永远是有趣味的，准看得高兴。这样一出戏准能轰动一时。然后戏剧家可算成功了。但是，戏剧的本身呢？艺术呢？没有人理会了。犯这样毛病的，当然不只戏剧家。譬如一个画家，若是没有真正的魄力来找出"纯形"的时候，他便模仿照像了，描漂亮脸子了，讲故事了，谈道理了，做种种有趣味的事件，总要使得这一幅画有人了解，不管从那一方面去了解。本来做有趣味的事件是文学家的惯技。就讲思想这个东西，本来同"纯形"是风马牛不相及的，但是那一件文艺，完全脱离了思想，能够站得稳呢？文字本是思想的符号，文学既用了文字作工具，要完全脱离思想，自然办不到。但是文学专靠思想出风头，可真是没出息了。何况这样出风头是出不出去的呢？谁知道戏剧拉到文学的这一个弱点当作宝贝，一心只想靠这一点东西出风头，岂不是比文学还要没出息吗？其实这样闹总是没有好处的。你尽管为你的思想写戏，你写出来的，恐怕总只有思想，没有戏。果然，你看我们这几年来所得的剧本里，不是没有问题，哲理，教训，牢骚，但是它禁不起表演，你有什么办法呢？况且这样表现思想，也不准表现得好。那可真冤了！为思想写戏，戏当然没有，思想也表现不出。"赔了夫人又折兵"，谁说这不是相当的惩罚呢？

不错，在我们现在这社会里，处处都是问题，处处都等候着易卜生，肖伯纳的笔尖来给它一种猛烈的戟刺。难怪青年的作家个个手痒，都想来尝试一下。但是，我们可知道真正有价值的文艺，都是"生活的批评";批评生活的方法多着了,何必限定是问题戏?莎士比亚没有写过问题戏,古今有谁批评生活比他更批评得透彻的?辛格批评生活的本领也不差罢?但是他何尝写过问题戏?只要有一个角色,便叫他会讲几句时髦的骂人的话,不能算是问题戏罢?总而言之,我们该反对的不是戏里含着什么问题;若是因为有一个问题,便可以随便写戏,那就把戏看得太不值钱了。我们要的是戏,不拘是那一种的戏。若是仅仅把屈原,聂政,卓文君,许多的古人拉起来,叫他们讲了一大堆社会主义,德谟克拉西,或是妇女解放问题,就可以叫作戏,甚至于叫作诗剧,老实说,这种戏,我们宁可不要。

因为注重思想,便只看得见能够包藏思想的戏剧文学,而看不见戏剧的其余的部分。结果,到于今,不三不四的剧本,还数得上几个,至于表演同布景的成绩,便几等于零了。这样做下去,戏剧能够发达吗?你把稻子割了下来,就可以摆碗筷,预备吃饭了吗?你知道从稻子变成饭,中间隔着了好几次手续;可知道从剧本到戏剧的完成,中间隔着的手续,是同样的复杂?这些手续至少都同剧本一样的重要。我们不久就要一件件的讨论。

(原载《晨报》副刊"剧刊"第2期,1926年6月24日)

西南聯合大學

第六篇 品经典

品读文学名家名作三讲

1937—1946

1918—1977

穆旦:《诗经》六十篇之文学评鉴

文学何以发生？这是一个很有趣味的问题；尤其是，文学在什么时候发生的？有些人历来不曾想到过，也许听到了这种发问就茫然，也许有人觉得它不值一谈，而以一笑了之。然而，当我再问一句时，《诗经》是文学作品吗？假若他曾经读过《诗经》的话，那么，至少他得翻翻看，在三〇五篇诗里有怎样的事实可以证明它是文学作品，或是有怎样的事实可以证明它不是。下了这一番功夫之后，假若他还不能闹清楚，那么在必需的条件下，他得再去搜寻：什么关于文学解释那一类东西的；比如说：文学的来源，文学的定义，等等。好了，这正是我们要解决的问题，读《诗经》的第一个疑问就摆在这里。

关于文学的起源，各家说法都很分歧，大别有两种说法，一个是说起了心理的活动，另一说是以为起于社会需要的，我们可以说，这两种因素都有。再回过头去，看看古人的说法是怎样的，他们大概也没有绕出这圈子。

毛诗大序："诗者，志之所之也。在心为志，发言为诗。情动于中，而形于言；言之不足，故嗟叹之；嗟叹之不足，故咏歌之；咏歌之不足，不知手之舞之，足之蹈之也。"

朱熹："人生而静，天之性也。感于物而动，性之欲也。夫既有欲矣，则不能无思；既有思矣，则不能无言；既有言矣，则言之所不能尽而发于咨嗟咏叹之余者，必有自然之音响节奏，而不能已焉，此诗之所以作也。"

这样看来，先是有感于中，而后发之于情，把这种感觉写成文字，表现出来，就是文学的起始了。所以，文学是必须带有情感的。没有情感的东西就不是文学，因此，账簿、奏折和理论文章之类就不属于文学之内。然而，看看我们的《诗经》是怎样的呢？是不是每篇诗里都有作者的感情在内？这是需我们去详细审定的。当认识准确以后，再去评鉴，这是第一要点。

《诗经》是一部初民的文学作品，算来已有二千余年了，这自有其永久不能湮没的历史价值存在。然而，它的存在理由究竟在那里？是很值得我们去探讨一下的。诚如孟先生所云："《诗经》之伟大，全在它的真纯和朴素。"这的确可以说是将整个《诗经》的灵魂一把抓住了。像《诗经》这般纯朴的东西，在后来还算少见，所以《诗经》可以自居为文学遗产，我们说是不算脸红的。不过，可惜《诗经》的好点也就只于此，再也不能多出。请想，假若有人道出《诗经》的根柢来，说道："那不过是半开化人的歌谣罢咧！"那我们也就将无所求了，也许觉得这是很满足的一件事。然而假若为了这种满足，就立刻打开《诗经》，高声朗诵，赞不绝口，而颂扬每一个字的机妙,也就未免神经过敏。这样也许反将《诗经》的优点丧失了,使人觉到莫名其妙。我以为《诗经》的优点固然应该颂扬,而有劣点也不该泯没才对,这样它的价值才能确定了。然而,批评《诗经》坏点的话还不多见,大概是不愿对于古人的文学过于苛求和有所破坏的地方。举几个例来说:

有杕之杜,其叶湑湑;独行踽踽,岂无他人,不如我同父,嗟行之人,胡不比焉;人无兄弟,胡不佽焉!

(《杕杜》)

× × × ×

笃公刘,匪居匪康,迺场迺疆,迺积迺仓,迺裹糇粮,于橐于囊,思辑用光;弓矢斯张,干戈戚扬,爰方启行。

(《公刘》)

像第一个例子里面的抒情是多么平淡寡味?第二个例子里面的叙事是多么拙笨和板滞?假如把一堆这样子的东西拿来让我鉴赏,虽然在这上是挂了一个"古董"的招牌,那我也要老实不客气的推它到一旁去了。所以在我的主观的评鉴内,这类东西是例外的。与其说,这是它本身的好或坏,毋宁说,是自身的兴趣问题。能对自己发生兴趣的诗,才去鉴赏,这是应该认清的第二要点。

其实文学的要素还不只于情感而已,思想也是很重要的一部分。试观《诗经》全部作品,概乎不出于十三《国风》之外,都是黄河流域一带农业社会的文学作品,因此,在那一时代的时期里,整个社会是一个体系的。在这一贯体系的社会里，人们有了共同的道德观念，这种农业社会的道德都有意无意地被表现在每篇诗内，所以，当我们读完虽然仅是五分之一的《诗经》，这一小部分已经很够我们去回味了。至少说，我们对于那个社会的情形，可以得到一些辽阔模糊的印象出来。例如：说在那个时期内，男女是不平等的，然而男女间的关系，却很自由，也许和现在20世纪的情形差不多少，因为那时没有严密的礼教束缚的缘故，我们还可以说，在那时期里，政治不良，国家常有征役，人民流离失所，穷困不足以自活的人很多。因此，那时期人们对人生感觉无味，而有灰色不进取的情调。再可以知道的，那时的家族观念已经很发展，人民有很深刻的忠孝仁爱的道德，所以，我们看到在诗里面，常有以不能侍奉父母而怨于政治不良的，也有自述流离失所之苦而劝兄弟友善的，这都不过在表现忠孝的道德罢了。再有，诗中表现厌恶征役的精神，便正是我们现在提倡和平的出发点。由此，可知在二千年的长时期内，中国人的道德观念一直没有多大的变动，所以现在我们在读《诗经》的时候，还不觉得有口味不和，神怪离奇之处。这也可以说是《诗经》在文学上的永久性，其所以能传诵至今者，则一部分不得不归功于这样的一贯思想，是可以想得到的。

其次是要评鉴《诗经》的每篇创作艺术。现在让我先将这六十篇分成七类来讲。

一、关于两性的诗

a. 男思女者

《关雎》　　　《泽陂》
《月出》　　　《静女》
《出其东门》　《葛生》
《汉广》

b. 女思男者
《伯兮》　　　《君子于役》
《殷其雷》　　《杕杜》
《摽有梅》　　《隰桑》
《卷耳》

c. 男女相悦者
《女曰鸡鸣》　《绸缪》
《野有蔓草》　《溱洧》
《东方之日》　《野有死麕》
《鸡鸣》　　　《将仲子》
《山有扶苏》　《褰裳》
《甫田》　　　《素冠》

d. 女怨男者
《子衿》　　　《狡童》
《终风》　　　《中谷有蓷》
《谷风》　　　《江有汜》
《氓》

二、关于亲子的诗

《凯风》　　　《蓼莪》

《陟岵》　　　《鸨羽》

三、悲于世乱的诗

a. 征役之苦

《东山》　　　《采薇》　　　《小星》

b. 自伤者

《苕之华》　　《北山》

《北门》　　　《正月》

《黍离》　　　《葛藟》

c. 讽刺者

《伐檀》　　　《葛屦》

《硕鼠》　　　《大东》

四、祝贺诗

《桃夭》　　　《斯干》

《无羊》

五、叙事诗

《生民》　　　《公刘》

《七月》

六、思友
《蒹葭》　　　　《采葛》

七、劝兄弟友善之诗
《常棣》　　　　《杕杜》

（一）两性诗在《诗经》的篇幅上占去比较很大的一部，这里的内容最为丰富，而在字句上也比较最为精彩。我们说，爱神是富有诗意的，而这刻画在古人的词句里就更觉得有意思了。何以呢？因为向来我们对初民的生活总是觉得模糊，尤其是神秘；现在，《诗经》是那般大胆地，坦白地，把他们那时间的两性事情描画给我们看，使我们了然，原来古代的两性间之爱、痴、猜忌、调笑和怨尤诗，也同现在是一样的。

先说（a），关于"男思女"的诗。我以为最精彩的要算《静女》一篇了，其次是《汉广》、《葛生》二篇。在这三篇诗里面，至少说是表现了三种不同的男性：一种是《静女》篇里的痴情男子，看他那种"爱而不见，搔首踟蹰"和"自牧归荑，洵美且异"的傻相，活画出其心中之急而又美，正如同一头癞蛤蟆突然捉着天鹅似的。记得在落华生《空山灵雨》里有一段故事说，一个女子接受了他的异性同学无意中送的一枝花，这位蜜司回家便一天不曾吃饭，只在回忆那位同学的命意所在，对这枝花痴想的结果，她终于将它吞食了，而至于中毒。其实，那位同学送这枝花的所以然，是没有一些什么意思的。这位女士可谓"痴"极了，然而，当这男子接受了"美人之贻"的"彤管"时候，也未始不有那种心情吧？

《汉广》中表示了另一种男子的典型。主人公一定是没有和女子接触过的,是一个懦者,而在礼教束缚之中。他思想对方到无结果的时候,于是以婉转的话自慰,什么"南有乔木,不可休思;汉有游女,不可求思",其实他更相思得厉害呢!

葛生才算是一番真情的悼亡的人,因为他有了实在感觉。"予美亡此,谁与独息。""夏之日,冬之夜!"这是多么沈着的话!而尤其在篇首的两句风景的描写,"葛生蒙楚,蔹蔓于野",钩出一片荒凉景况的轮廓,是多么哀郁!所以,按技巧说来,《静女》和《葛生》都很好,不过《静女》的描写比较更活一些,更生动逼真罢了。

(b)"女思男"的诗,我要提出两篇来讲——《伯兮》和《君子于役》两篇。这都是思念丈夫出征的诗。像《伯兮》中说的女子是甘愿为情牺牲一切的人,她只是发愁的想罢了。而《君子于役》一篇所表现的则不同。这个女子想是生在乡村,没有林黛玉式的愁思,像《伯兮》中那样的。她仍是要操劳一切的事务,然而在百忙中,在"日之夕矣,羊牛下来"的时候,偶然想到了丈夫怎么还不来。这种情事颇堪我们去玩味,去体会的。

(c)"男女相悦"的诗。当然,这一类诗我分得极笼统的,我得承认。如同,有的是男女幽会,有的是夫妇谈话,有的只不过是男女笑骂而已,等等。不过因为其中太复杂,分详细倒觉得没有意思,因此,就这样的圈在一起了。

《溱洧》是其中很精彩的一篇,假若现在把它译成散文,让不知道的人看了,一定以为是青年男女在某某公园的社交描写。这的确是一篇很生动的文字,写景和写情都有拈花微笑之处。《绸缪》

中对话极逼真，作者的手笔可谓灵活之至。《野有死麕》、《野有蔓草》和《东方之日》都是极大胆的描写，我想，男女关系写到这里可谓直达霄斗，无可过之。今人写到这里多曲折停笔之处，那有这般纯真朴实？这里实在表现了《诗经》的所以为《诗经》，而无愧焉！

《鸡鸣》和《女曰鸡鸣》，是相同的作品。《鸡鸣》的写景较佳，而其对话亦甚精彩，较之《绸缪》更形灵活。

《将仲子》表示爱与惧的冲突，也就是爱情与礼教的冲突。当然，使一懦弱女子置身于这样情形之下，自必万分为难，而要对某一方停止进行了。文中女子说的话极婉转而也极有力量，"仲可怀也；人之多言，亦可畏也。"表现出来多么一个柔顺和娇弱的女子！

（d）"女怨男"的诗。在两性的诗里，我们看到的都是一些短篇的作品，很少见到是长篇著作的。我想，长篇作品之所以不能产生，大概，是为了地域的关系，气候寒冷，生活困难，人民没有暇时长久的意兴，所以不能长篇发挥。因而，许多诗之形成就都是即兴的。然而，偶然中我们假若看到了一些长篇的时候，一定会觉得诧异（何以在这些短篇中有长篇，这个诗的作者不是很特别么？），觉得宝贵，而或许下一些功夫去细细地咀嚼它。

的确，一个人跳高跳到六尺的时候，让他再跳六尺一寸就很难过去。同样的，诗能写到短篇成熟的时候，再写成精彩的长篇就尤其难了。我们可以看到，《谷风》和《氓》两篇还不算是拙笨的作品，不难想见这是出自诗人手笔的。在《谷风》里，第一段上"习习谷风，以阴以雨"是一句很好的起首，把它比作男子的粗暴的性情,尤其和洽。而从此同句里,我们可以看出诗人是在怎样娓娓地将这段故事告诉给我们听。再见下段一句"行道迟迟,中心有违"似乎我们在看见一个弃妇,当走出她久居的丈夫家门时,现出"再不能来"的一番恋恋不舍之状,而"不远伊迩,薄送我畿"更是多么一副孤伶可怜的状态!最后,妇人在万无转回的希望的时候,乃口中追述其往时之贤德,盖非在极怨愤时不出此。妇人尚自支撑,谓"我有旨蓄,亦以御冬"。是更表示其境次之穷困,唯能以"旨蓄"自慰也。

《氓》中多掺杂些议论,较为不深切,在这点上比《谷风》稍有逊色。然而能叙事清楚,井然不乱,也是很不易的了。

《子衿》是一篇杰作。诗人能将一个女子的一阵思感,速写下来,使人看来清清楚楚,觉得清快流利的,要以《子衿》为最。这里没有如荼如火的热情,没有如深渊海水似的愁思,妙只在淡淡一点中。而是"悠悠"的一点相思罢了。句中音韵不必说,光是"悠悠"半句,也就够你领略一天去了!

我觉得有意思的还得算《狡童》。《狡童》像是一个天真烂漫孩子的说话,无隐而直爽,说完了就完了,全不用你发问的份儿,多么痛快!

《中谷有蓷》一开篇,便像听到一个女子同我咳声叹气,什么命薄咧,遇人不淑咧,要使人同情得下泪了。假若有和她同遭遇的人读这篇时,我想,一定会痛哭流涕的。

《终风》还不错;《江有汜》不好。

（二）亲子关系的诗。

亲子的关系特别深切，是可以从这四篇诗里看出来的。自己的时运不佳了，归结到"哀哀父母，生我劬劳"上去（《蓼莪》）。这是很沉痛的一句话。由"南山烈烈，飘风发发"所令人想象到的情景，是正适宜于忆到故去的父母而悲伤的。《凯风》篇里也同样地以抓到"母氏劳苦""有子七人，莫慰母心"来表现亲子之爱。《陟岵》比较有一些情景在内，而不像《蓼莪》和《凯风》那样完全在情感的空想中。一个兵士出征去了，在行军中或在战场上，思念起久别的父母兄弟妻子等人，于是就无意义地"陟彼岵兮"，是想借登以望望家乡是什么样子了，虽然知道无论如何不会看得见。最后，乃想到在别离时父母兄三个人的话。我觉得这三句嘱咐的话也是很有意思的。在父、母、兄三个人的话里，各人表现了各人的身份，各人的情感，各有深浅不同。如父说："嗟！予子，行役夙夜无已，上慎旃哉，犹来无止！"他知道的是行役夙夜无已，而在战事毕后不要停留。母所说的行役夙夜无寐，望他儿子不要相弃，可见女人是有依赖性的，同时更表示出她不愿说："谨慎些吧，千万不要死了回来。"而其兄便截然说出。从本篇里，我们可以看出这不只是写思亲而已，并且表现了战争的罪恶，及当时社会的一般。总结起来，《陟岵》是一篇很好的速写；把一阵的心情，把父母兄的怀念，把行役的劳苦，用几笔勾出，读起来觉得轻松、流畅，而是意兴不尽的。

《鸨羽》没有什么，其人劳于王事，父母无人奉养，见到这种情景不觉兴叹。这是政治不入轨道的缘故，同时很可做一篇研究当时政治的佐证材料。

（三）悲于世乱的诗。

（a）征役诗除《陟岵》之外，有三篇：《东山》、《采薇》和《小星》。《东山》和《采薇》较长外，以《小星》最为短小精悍。

嘒彼小星，三五在东。肃肃宵征，夙夜在公，寔命不同。
嘒彼小星，维参与昴。肃肃宵征，抱衾与裯，寔命不犹！
（《小星》）

本篇中每一句都不是虚费的，可谓一句逼紧一句，句句有力。在一片黑夜里，天空几颗稀星照耀的时候，一个人抱着行李出征去了，当然，在黑静的地方他不得不疾疾地走着。走着走着他想自己为什么要这样奔忙呢？想来想去自己的命实与人不同啊。"寔命不同。"照现在解释起来倒是一句不哭不笑的幽默语。

《东山》是一篇写实作品。我读已往都是些浪漫味的作品，现在换换口味倒觉得一番新鲜。这篇有很好的写景如"我来自东，零雨其濛。""蜎蜎者蠋，烝在桑野；敦彼独宿，亦在车下。""果臝之实，亦施于宇，伊威在室，蠨蛸在户，町畽鹿场，熠耀宵行。""有敦瓜苦，烝在栗薪，自我不见，于今三年。"这都是寓情于景的句子。其中厌恶战争的意思，从字里行间都可以看出来的。

《采薇》的最后一章可算得上"精彩"二字。那写的是：

昔我往矣，杨柳依依；今我来思，雨雪霏霏。行道迟迟，载渴载饥，我心伤悲，莫知我哀。

前两句的描写多么漂亮！"杨柳依依"是正表示其去之缠绵，这种景象，正是以物拟人。再往下看去，"今我来思，雨雪霏霏。"示其满怀凄凉，用雨雪写出，正如《东山》篇之"我来自东，零雨其濛"。是同样的手笔，这里的非战思想，多么浓厚啊。

（b）自伤者的诗。从这里我们可以知道当时社会是在怎样地不宁静着，人民处于这种兵乱下只有痛苦的呻吟。《苕之华》便是这种景象的透明镜。《北门》、《北山》表尽了当时政治的不良，《北门》尤能将世态人情描画出来，颇为逼真。《葛藟》，无论将它解作乞丐的呼求，或是离乡寡助，总之它是表现着一个人的穷困，使人看他不起，我觉这篇尚能有声有色，《正月》则不足道了。《黍离》像是一位神经病患者的口吻，诗旨真有些拟不出来。

（c）讽刺诗。我觉得《伐檀》和《硕鼠》很好。《伐檀》不只于是刺素餐的君子，而更赞美劳动。我们且看看其中的一段。

坎坎伐檀兮，寘之河之干兮；河水清且涟猗。不稼不穑，胡取禾三百廛兮？不狩不猎，胡瞻尔庭有县貆兮？彼君子兮，不素餐兮！

劳动者在河边伐檀，对着一副"清且涟猗"的河水，多么赏心悦目！底下便是讽刺了，"不稼不穑，胡取禾三百廛兮？不狩不猎，胡瞻尔庭有县貆兮？"一个问话，就把君子"是这样"的意思露出来了，所以底下更来一句反话，"彼君子兮，不素餐兮"是很刻毒的。这样的讽刺诗，我们很可以将它看作当今的漫画。在随便的几笔里，便使人明白许多事，用意深刻。比如再一篇的《硕鼠》，如果用一幅画，画出许多耗子，各个耗子的身上注明各样捐税，然后在它们身旁点上许多点子，写着"人民的财产"字样，则虽然是一幅"鼠食米"图，其意义较文字便明显多了；然而古时即能用此种象征手笔去写，也就着实不易得很。

（四）祝贺诗。《桃夭》一篇很好，句子极流利。《斯干》则没有意思。我以为《无羊》也是一首祝贺诗，因为首句有"谁谓尔无羊，三百维群"正是败后兴起，第三者恭贺之意。至于第二章中，写畜牧之情景更妙；使我们面前展出一副水岸的光景，在岸旁有牛羊之群，或饮，或卧，或吃草，或行动，完全是一幅图画然。

（五）在叙事诗中我觉得没有可以值得欣赏的东西。像《生民》，像《七月》和《公刘》，查解释要有一百多条，可知其字句是多么涩滞；不但此也，即以其叙事之烦琐，一如记账。所以，我以为这不能算是文学作品。拿它们研究研究历史，倒还可说，欣赏，至少说，在我只是头痛罢了！

（六）《蒹葭》和《采葛》，是两篇思情人的作品。以为它是思友也未为不可，因为其情都是极淡薄的。《采葛》篇过短，还看不出什么来。《蒹葭》一篇，妙在写景方面，而更能以景托情，非诗人之手不能写出。"宛在水中央"的"宛"字，极活跃而似缓缓出之，此一字之妙即为全文传神不少。

（七）《常棣》和《杕杜》是劝兄弟友善的诗。《常棣》写得极恳切，说理亦明晰。《杕杜》则无可取。

（原载《南开高中生》秋季第 3 期，1935 年）

1899—1946

闻一多：人民的诗人——屈原

　　古今没有第二个诗人像屈原那样曾经被人民热爱的。我说"曾经"，因为今天过着端午节的中国人民，知道屈原这样一个人的实在太少，而知道《离骚》这篇文章的更有限。但这并不妨碍屈原是一个人民的诗人。我们也不否认端午这个节日，远在屈原出世以前，已经存在，而它变为屈原的纪念日，又远在屈原死去以后。也许正因如此，才足以证明屈原是一个真正的人民诗人。唯其端午是一个古老的节日，"和中国人民同样的古老"，足见它和中国人民的生活如何不可分离，唯其中国人民愿意把他们这样一个重要的节日转让给屈原，足见屈原的人格，在他们生活中，起着如何重大的作用。也唯其远在屈原死后，中国人民还要把他的名字，嵌进一个原来与他无关的节日里，才足见人民的生活里，是如何的不能缺少他。端午是一个人民的节日，屈原与端午的结合，便证明了过去屈原是与人民结合着的，也保证了未来屈原与人民还要永远结合着。

　　是什么使得屈原成为人民的屈原呢？

　　第一，说来奇怪，屈原是楚王的同姓，却不是一个贵族。战国是一个封建阶级大大混乱的时期，在这混乱中，屈原从封建贵族阶级，早被打落下来，变成一个作为宫廷弄臣的卑贱的伶官，所以，官爵尽管很高，生活尽管和王公们很贴近，他，屈原，依然和人民一样，是在王公们脚下被残踏着的一个。这样，首先在身份上，屈原便是属于广大人民群众中的。

第二，屈原最主要的作品——《离骚》的形式，是人民的艺术形式，"一篇题材和秦始皇命博士所唱的《仙真人诗》一样的歌舞剧"。虽则它可能是在宫廷中演出的。至于他的次要的作品——《九歌》，是民歌，那更是明显，而为历来多数的评论家所公认的。

第三，在内容上，《离骚》"怨恨怀王，讥刺椒兰"。无情的暴露了统治阶层的罪行，严正的宣判了他们的罪状，这对于当时那在水深火热中敢怒而不敢言的人民，是一个安慰，也是一个兴奋。用人民的形式，喊出了人民的愤怒，《离骚》的成功不仅是艺术的，而且是政治的，不，它的政治的成功，甚至超过了艺术的成功，因为人民是最富于正义感的。

但，第四，最使屈原成为人民热爱与崇敬的对象的，是他的"行义"，不是他的"文采"。如果对于当时那在暴风雨前窒息得奄奄待毙的楚国人民，屈原的《离骚》唤醒了他们的反抗情绪，那么，屈原的死，更把那反抗情绪提高到爆炸的边沿，只等秦国的大军一来，就用那溃退和叛变的方式，来向他们万恶的统治者，实行报复性的反击。（楚亡于农民革命，不亡于秦兵，而楚国农民的革命性的优良传统，在此后陈胜吴广对秦政府的那一著上，表现得尤其清楚。）历史决定了暴风雨的时代必然要来到，屈原一再的给这时代执行了"催生"的任务。屈原的言，行，无一不是与人民相配合的,虽则也许是不自觉的。有人说他的死是"匹夫匹妇自经于沟渎",对极了,匹夫匹妇的作风,不正是人民革命的方式吗?

以上各条件,若缺少了一件,便不能成为真正的人民诗人。尽管陶渊明歌颂过农村,农民不要他,李太白歌颂过酒肆,小市民不要他,因为他们既不属于人民,也不是为着人民的。杜甫是真心为着人民的,然而人民听不懂他的话。屈原虽没写人民的生活,诉人民的痛苦,然而实质的等于领导了一次人民革命,替人民报了一次仇。屈原是中国历史上唯一有充分条件称为人民诗人的人。

(原载《诗与散文》诗人节特刊,1945年6月)

浦江清：《史记》的文学成就

一、思想性

班固曰："……自刘向、扬雄，博极群书，皆称迁有良史之材，服其善序事理，辨而不华，质而不俚，其文直，其事核，不虚美，不隐恶，故谓之实录。"（《汉书·司马迁传赞》）司马迁忠于史实，他处于汉武帝专制集权的全盛时期，目睹统治阶级的残暴与腐败，人民遭受的压迫与痛苦，有其鲜明的爱憎。他对历史人物的褒贬反映了他的政治理想和道德观念。他揭露统治者的罪恶，同情下层人民，具有进步的观点。

从《史记》中可以看出司马迁对某些统治者的不满。如称秦为"暴秦"、"无道秦"、"虎狼之秦"、"雕鸷之秦"（《荆轲传》）。《秦始皇本纪赞》与《陈涉世家赞》分别引贾谊《过秦论》以代自己的话，皆表示对暴秦的憎恨。

陈涉起义，六月而败。《史记》予以世家的地位，肯定他首先起义，"伐无道，诛暴秦"，"陈胜虽已死，其所置遣侯王将相竟亡秦，由涉首事也"。说明对暴秦之不满，对农民起义的同情。

司马迁身处汉武帝时，对当代之事，不便指斥，于是通过《酷吏列传》等揭露汉武帝的血腥统治，表现对汉武帝的不满。《酷吏列传》序论引儒道两家之话,反对严刑峻法。传中叙述张汤、宁成、义纵、王温舒、杜周等都是杀人魔王。如王温舒,"连坐千余家"、"流血十余里"(二三日内决死罪),几个月后,人民不敢作声,不敢夜行。到春天,汉朝惯例不杀人,温舒顿足叹曰:"嗟乎!令冬月益展一月,足吾事矣!"司马迁评曰:"其好杀伐行威,不爱人如此。"然而,"天子闻之以为能,迁为中尉……"这自然形成了讽刺。如宁成,"其治如狼牧羊",比乳虎还猛,世人号曰,"宁见乳虎,无值宁成之怒"。又如杜周,逮人至六七万,而吏所竟增加十万余人。

另一方面,司马迁不但将陈胜列为世家,更把日者、龟策、商贾如巴蜀寡妇清等与公卿将相等同列,不以政治地位分高低,把各阶层人物看作平等的。他赞扬游侠、刺客一类民间的英雄。《游侠列传》序论指出:"今游侠,其行虽不轨于正义,然其言必信,其行必果,已诺必诚,不爱其躯,赴士之厄困,既已存亡死生矣,而不矜其能,羞伐其德,盖亦有足多者焉。"而当时的社会,"窃钩者诛,窃国者侯",不法之徒享受富贵,仁德之士却常遭受祸害。困苦之中的人民便寄希望于救人于水火、急公好义的游侠。太史公曰:"而布衣之徒,设取予然诺,千里诵义,为死不顾世,此亦有所长,非苟而已也。故士穷窘而得委命,此岂非人之所谓贤豪间者邪?……要以功见言信,侠客之义又曷可少哉!"在《刺客列传》的赞中,太史公曰:"自曹沫至荆轲五人,此其义或成或不成,然其立意较然,不欺其志,名垂后世,岂妄也哉!"他赞扬他们的感恩知己，不畏强暴，不惜牺牲自己的精神，比较一下，社会上层人物，一钱不值。由此也表现了司马迁富于斗争意义的正义感。

二、描述人物生动

《项羽本纪》、《留侯世家》，四公子中《信陵君列传》、《平原君列传》，略有蓝本，然通过司马迁的加工，补充了生动的细节、场面，使历史人物栩栩如生。如在脍炙人口的"鸿门宴"一段中，不仅项羽的志得意满、豪爽轻信，沛公的机变狡诈跃然纸上，就连项伯以及双方的谋士范增、张良，勇士项庄、樊哙都令人难忘。又如《信陵君列传》中信陵君亲自驾车迎夷门侯嬴一段，把信陵君的喜士求贤、不耻下交描写得淋漓尽致。凡此人物刻画，颇似小说手法。

景、武间人物，皆太史公自己手笔。如《万石张叔列传》写万石君不学无术，却因恭谨无比而身居高位，他与四个儿子都官至二千石，人臣尊宠集其门，故号为万石君。这是封建社会的典型奴隶。到他养老归家后，仍保持着做官时的派头，谨慎恭敬到虚伪的程度：

> 过宫门阙，万石君必下车趋；见路马，必式焉。子孙为小吏，来归谒，万石君必朝服见之，不名。子孙有过失，不谯让，为便坐，对案不食。然后诸子相责，因长老肉袒固谢罪；改之，乃许。子孙胜冠者在侧，虽燕居必冠，申申如也。僮仆䜣䜣如也，唯谨。上时赐食于家，必稽首俯伏而食之，如在上前。……

他的大儿子石建做了郎中令,"每五日洗沐,归谒亲,入子舍,窃问侍者,取亲中裙厕牏,身自浣涤,复与侍者,不敢令万石君知,以为常"。故意做出最孝的姿态。有一次写奏章,发回时,石建发现写错了字,说:"误书!'马'者与尾当五,今乃四,不足一。上谴死矣!"甚惶恐。"马"字少了一笔,就怕犯了死罪,可见其谨小慎微、患得患失。

他的小儿子石庆算是几个儿子中较不做作的,一次为皇帝驾车,皇帝问他用几匹马驾车,他明知数目还用马鞭数了一遍,举起手说:"六马。"拘谨伪饰如此,他家别的人更可想而知。石庆官至丞相,时值国内发生许多大事,无论内政、外交、经济、司法,"事不关决于丞相,丞相醇谨而已。在位九岁,无能有所匡言。"太史公评价他:"庆文深审谨,然无他大略为百姓言。"在此,司马迁用明褒实贬的手法对万石君一家故作孝谨的伪善欺世、胆小无能进行了深刻的讽刺。

又如《魏其武安侯列传》中"灌夫骂坐"一段,充分刻画了灌夫粗暴武夫的形象。

三、记载用口语

如《项羽本纪》中项羽威胁刘邦,要烹他的父亲,刘邦回答:"吾翁即若翁。必欲烹而翁,则幸分我一杯羹。"纯然市井无赖口吻。

又如《留侯世家》中郦食其向汉王(刘邦)献策,刻印信封六国以削弱楚，张良力陈其八不可，汉王听后"辍食吐哺，骂曰：'竖儒几败而公事！'令趣销印。""竖儒""而公"犹言"这小子""你老子"，皆俚俗之语。

又如《陈涉世家》写陈涉称王后，旧时伙伴来看他，见到他的排场，慨叹道："夥颐！涉之为王沈沈者！"用了方言土话。

再如《张丞相列传》写周昌为人强力，敢直言。高祖欲废太子，而立戚姬子如意为太子，周昌廷争，他口吃，又盛怒，曰："臣口不能言，然臣期期知其不可。陛下虽欲废太子，臣期期不奉诏。"用"期期"描摹了他情急之中口吃更重的语态。

再如《李将军列传》中写李广夜过霸陵亭，"霸陵尉醉，呵止广。广骑曰：'故李将军。'尉曰：'今将军尚不得夜行，何乃故也！'"写出霸陵尉的醉态，竟然不识赫赫有名的李将军，也写出李广被削去官职、降为平民的悲凉。（"故"，原先，前任。"今"，当今，现任。）

四、引用古书，改为通行文字

《史记》取材于古史时，改用当时通俗易懂的语言，近于翻译古典文学，将文言改为白话的意味。

如《尚书·尧典》："帝曰：'咨！四岳。朕在位七十载，汝能庸命，巽朕位！'岳曰：'否德忝帝位。'曰：'明明扬侧陋。'师锡帝曰：'有鳏在下，曰虞舜。'帝曰：'俞！予闻，如何？'岳曰：'瞽子，父顽，母嚚，象傲，克谐以孝，烝烝乂，不格奸。'帝曰：'我其试哉！女于时，观厥刑于二女。'厘降二女于妫汭。"

《史记·五帝本纪》改为："尧曰：'嗟！四岳：朕在位七十载，汝能庸命，践朕位？'岳应曰：'鄙德忝帝位。'尧曰：'悉举贵戚及疏远隐匿者。'众皆言于尧曰：'有矜在民间，曰虞舜。'尧曰：'然，朕闻之，其何如？'曰：'盲者子。父顽，母嚚，弟傲，能和以孝，烝烝治，不至奸。'尧曰：'吾其试哉。'于是尧妻之二女，观其德于二女。舜饬下二女于妫汭，如妇礼。"

可以看出，《史记》把上古难懂的语句改得明白易懂了。

此外，《史记》的特色还有很多。如描写人物抓住特殊的个性特点；多采集民间故事传说、遗闻逸事，以增强叙述的故事性；常引用歌谣谚语，加强了语言的艺术性等。又如着眼于农田水利财政经济问题，有独创之见等。

（原载浦江清著，浦汉明、彭书麟整理：《中国文学史稿·先秦两汉卷》，北京出版社2018年版）

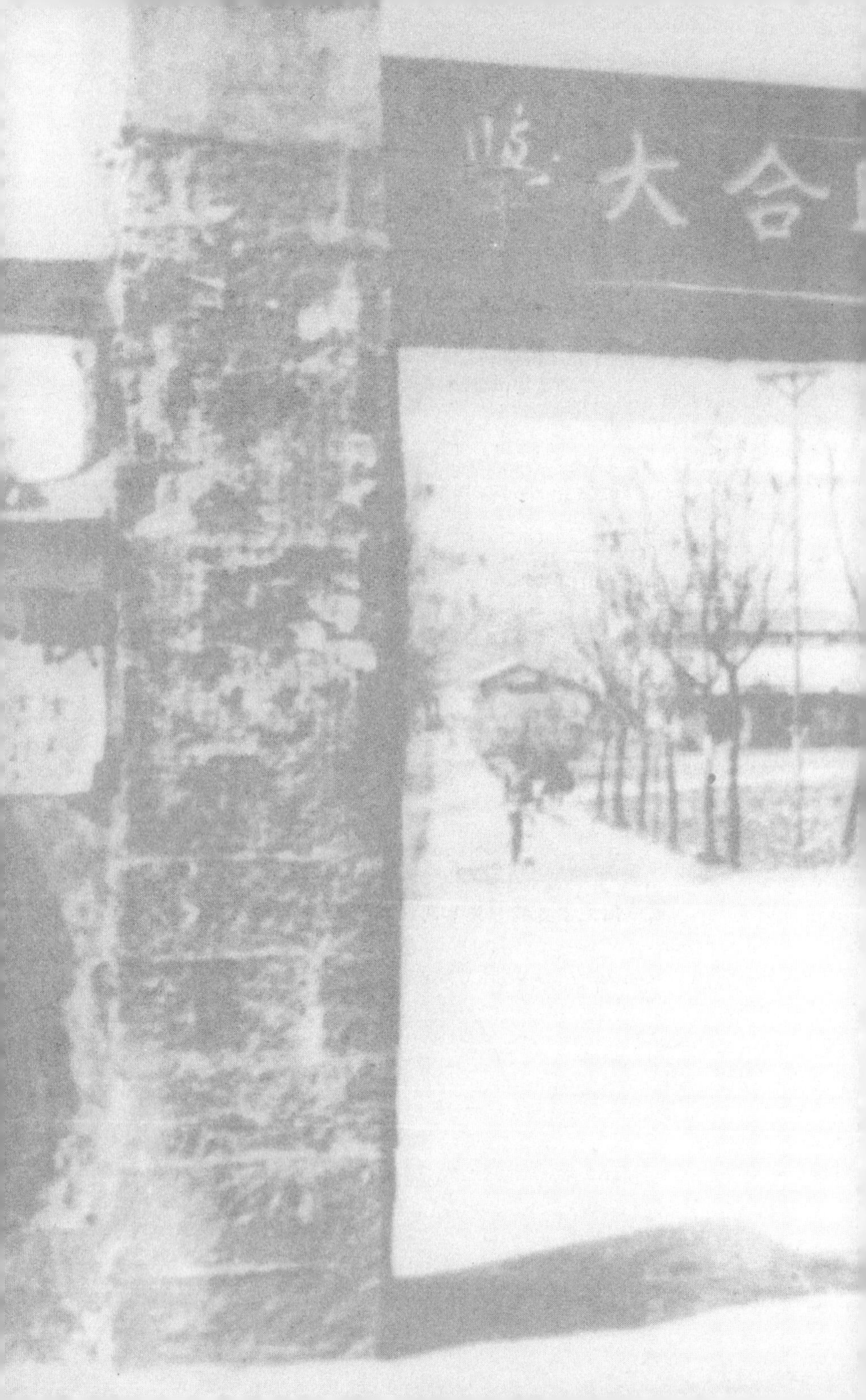

大合

第七篇 新文学
新文学四讲

1937—1946

1937—1946

1899—1958

罗常培：中国文学的新陈代谢

　　文化的演变，都是慢慢儿地、一点儿一点儿在那儿变，绝不会抽冷子一下儿从旧的变成新的。可是，改变的泉源既然涌出来以后，不管它潜伏多少年，总有一天会成了很大的潮流，一泻千里地一个劲儿冲下来，越碰见大石头挡着它，越可以激荡成很美丽的浪花；要是有意地去堵塞它，就会叫它蓄积成更大的力量，有一天冲破堤防奔放出来，越发地没法儿收拾！

　　拿中国文学的改革来说吧，从喊出"文学革命"的口号那时候算起，到现在不过二十九年。可是，要推溯它的泉源，那么，汉魏南北朝的乐府、唐宋的语录、元明的戏曲小说，不都是很好的白话文学吗？明末公安三袁所提倡的"独抒性灵，不拘格套"，"信腕信口皆成律度"，不就是胡适之"八不主义"的先声吗？梁启超的文章"时杂以俚语、韵语，及外国语法，纵笔所至不检束"，不就是解放文体的前驱吗？在当时，因为被传统的旧文学掩蔽着，所以不大有人注意它。认真说起来，"一部中国文学史只是一部文字形式（工具）新陈代谢的历史，只是活文学随时起来替代了死文学的历史。文学的生命全靠能用一个时代的活的工具来表现一个时代的情感与思想。工具僵化了，必须另换新的，活的，这就是文学革命。"

(胡适《逼上梁山》)现在没工夫一一举例来证实它,只能把近二十几年来新旧文学的消长情形略微谈一谈。

自从1917年1月,胡适之在《新青年》上发表了《文学改良刍议》以后,文学革命就开始发动了。他在那篇文章里提出了八条主张:

一、须言之有物;
二、不模仿古人;
三、须讲求文法;
四、不作无病之呻吟;
五、务去滥调套语;
六、不用典;
七、不讲对仗;
八、不避俗字俗语。

这就是后来文坛上盛传的"八不主义"。当时陈独秀、钱玄同、刘半农、傅斯年一班人都起来响应他。陈独秀在1917年2月发表了一篇《文学革命论》,他的结论说:

余甘冒全国学究之敌,高张文学革命军大旗,以为吾友之声援。旗上大书吾革命军三大主义:
曰,推倒雕琢的,阿谀的贵族文学;建设平易的,抒情的国民文学。

　　曰，推倒陈腐的，铺张的古典文学；建设新鲜的，立诚的写实文学。

　　曰，推倒迂晦的，艰涩的山林文学；建设明了的，通俗的社会文学。

　　于是文学革命的旗子才正式扯起来了。后来经过许多讨论争辩，慢慢儿地从消极的破坏走上了积极的建设。到1918年4月胡先生又发表了一篇《建设的文学革命论》，提出"国语的文学，文学的国语"十个字的宗旨。简单说来，他们的中心理论只有两个：一个是要建立一种"活的文学"，一个是要建立一种"人的文学"。前一个理论是文字工具的革新，后一个理论是文学内容的革新。中国新文学运动的一切理论，都可以包括在这两个中心思想的里头。

　　这一个时期，《新青年》社所领导的白话文运动可算是发展到顶点了。不过，《新青年》是提倡一切革新运动的，白话文运动只是其中的一个项目。到了1919年五四运动以后，白话文的势力越发突飞猛进地发展着。有人估计，这一年里头至少出了四百多种白话报。那年的冬天，文学研究会就在北平成立了。商务印书馆发行的《小说月报》也在这时候改由沈雁冰编辑，完全把内容刷新，成了新文学运动中最重要的一个机关杂志。到了这时候，新文学运动才和一般革新运动分离开，自有它更精深的进展和活跃。

　　文学研究会的刊物可以拿《小说月报》和上海《时事新报》的

《文学旬刊》做代表。这两个刊物都是鼓吹着为人生的艺术，标榜着写实主义的文学的。他们反抗无病呻吟的旧文学，反抗拿文学做游戏的鸳鸯蝴蝶派文人，他们比《新青年》派更进一步地揭起了写实主义的文学革命的旗帜。

和文学研究会立于反对地位的是创造社。创造社在1920年5月刊行《创造季刊》，后来又刊行《创造周报》，并且在上海《中华日报》附刊《创造日》。他们所树立的是浪漫主义的旗帜，他们的批评主张纯然抱着唯美派的见解；他们"要追求文学的健全，要实现文学的美"；他们想拿文学当作"精神生活的粮食"，叫人们"可以感到多少生的欢喜，可以感到多少生的跳跃"。

《新青年》从第九卷以后，已转变成一个急进的政治团体的机关报了。初期参加白话文运动的战士们也都转向的转向，沉默的沉默了。只有鲁迅所领导的《语丝》、《莽原》两个小刊物还照常地斗争着；由他组织的未名社，也培植出一批新进的分子。

以上，我为说话时的便利，把1917年以后的新文学运动一贯地叙述下来。可是，它实际进展的情形，并不像这样顺利。自从文学革命的呼声喊出来以后，截至现在为止，前后经过三次很激烈的抗争：

（一）安福系的卫道。《新青年》上所发表的许多关于革新运动的理论，在一班卫道的老先生们看起来，禁不住要大惊失色的。林琴南（纾）便是这班人里的一个代表。他在1919年3月间给蔡孑民先生写了一封长信，对于新派攻击得很厉害。现在只摘录他反对白话文的一段如下：

天下唯有真学术，真道德，始足独树一帜，使人景从。若尽废古书，行用土语为文字，则都下引车卖浆之徒所操之语，按之皆有文法，不类闽广人为无文法之啁啾，据此，则凡京津之稗贩，均可用为教授矣。若《水浒》《红楼》皆白话之圣，并足为教科之书，不知《水浒》中辞吻多采岳珂之《金陀粹编》，《红楼》亦不止为一人手笔，作者均博极群书之人。总之，非读破万卷，不能为古文，亦并不能为白话。

后来他被蔡先生复信驳得没话可讲，又在上海《新申报》发表了《荆生》和《妖梦》两篇小说。在《荆生》那一篇里拿田其美、金心异、狄莫影射着陈独秀、钱玄同、胡适三个人；在《妖梦》那一篇里拿元绪、田恒、秦二世影射着蔡元培、陈独秀、胡适三个人。内容等于村妇骂街，值不得识者一笑！他理想中的荆生，便是他倚为"府主"的安福系首领徐树铮——他的言论应该是有背景的。

（二）学衡派的崇文。胡适之在美国留学的时候，因为发动文学革命的理论，就和他的几个同学打了一场很热闹的笔墨官司。这一部分人回国以后，1922年在南京发刊一种《学衡》杂志，仍旧反对白话文。它的《弁言》第三条是"籀绎之作必趋雅音以崇文"，末尾又说："庄生有言：'瞽者无以与乎文章之观，聋者无以与乎钟鼓之声。岂惟形骸有聋盲哉？夫知亦有之。'同人不敏，求知不敢懈。第祝斯志之出，不聋盲吾国人，则幸矣。"现在且引其中的一段话，以见他们反对新文学的态度：

> 彼等非思想家乃诡辩家也。……夫古文与八股何涉，而必并为一谈？吾国文学汉魏六朝则骈体盛行，至唐宋则古文大昌，宋元以来又有白话体的小说戏曲。彼等乃谓文学随时代而变迁，以为今人当兴文学革命，废文言而用白话。夫革命者，以新代旧，以此易彼之谓。若古文之递兴，乃文学体裁之增加，实非完全变迁，尤非革命也。诚如彼等所云，则古文之后，当无骈体，白话之后当无古文。而何以唐宋以来，文学正宗与专门名家皆为作古文或骈体之人？此吾国文学上事实，岂可否认以圆其私说乎？（《评提倡新文化者》）

从这种议论，固然可以看出他们对于旧文学癖好很深，可是它绝对挡不住文学革命的奔流的！

（三）甲寅派的挣扎。安福系和学衡派的辩争，不单阻遏不住文学革命的奔流，因为互相激荡的结果，反倒使新文学更加活跃了。可是到了1925年，《甲寅》杂志又有一度的回光返照。它的主笔章士钊说：

> 计白话文体盛行而后，髦士以俚语为自足，小生求不学而名家。文事之鄙陋干枯，迥出寻常拟议之外。黄茅白苇，一往无余，诲盗诲淫，无所不至。此诚国命之大创，而学术之深忧，士钊所为风雨彷徨，求通其志，亘数年而不得一当者也！（《创办国立编译馆呈文》）

又说：

……今人之言，即在古人之言之中。善为今人之言者，即其善为古人之言而扩充变化者也。适之日寝馈于古人之言，故其所为今人之言，文言可也，白话亦可，大抵俱有理致条段。今为适之之学者，乃反乎是。以为今人之言，有其独立自存之领域，而所谓领域，又以适之为大帝，绩溪为上京，遂乃一味于胡氏《文存》中求文章义法，于《尝试集》中求诗歌律令。目无旁骛，笔不暂停，以致酿成今日的底他它吗呢吧咧之文变。（《评析文化运动》）

自从他发表这种言论以后，唐钺、高一涵、郁达夫、吴稚晖、鲁迅等都有驳斥他的文章。不久，这种反动的余烬便随着安福系的政治势力烟消火灭了。

这三次抗争，只不过给文学革命的潮流激起了几堆浪花，对于那奔腾澎湃、沛然莫御的巨流是遏止不住的。从此以后，新文学运动已然到了建设时期、创作时期。在新派本身，虽然还有写实主义和浪漫主义的分歧，大众文学和民族文学的论争，可是，新旧两派关于文言白话的工具问题，已然没有人再提起了。

我今天为什么旧事重提，来讲这一段往事呢？因为从文学史上看，新旧两派总是互相消长的，新的稍微消沉一点儿，旧的就会在那儿暗中蠕动，它会借着政治势力，利用人类惰性，让人们不知不觉地走向复古的路！我们现在对于中国旧文学，并不是不去研究它，只是应该用历史的眼光去研究它；并不是不该欣赏它，只是不要故意地模拟它。现在大学中国文学系的课程，何尝忽略了各时代的代表作品？何尝把古书束之高阁？许多有名学者的著作，何尝不超越前人？我敢说，自从文学革命发动以来，在文字工具上固然改良了，可是对于古书了解的精切，对于文学欣赏的深入，这些"酿成今日的底他它吗呢吧咧之文变"的人们，比起那些"日寝馈于古人之言"的"文学正宗与专门名家"来，实在"有过之无不及"。只是我们不再鼓励后进去模拟"沉思翰藻"，或讲究"神理气味格律声色"罢了。至于一般大学生对于国文了解的程度和发表的能力，照理说，如果中等教育办得好，应该都在水平线以上的。这时候在选材一方面，除去让他们对于中国文学更有进一步的欣赏和了解以外，对于近二十年来的现代文学作品也不可以一笔抹杀，定出"生存不录"的限制。有人说，既然做了大学生，还看不懂白话文吗？如果他喜欢新文艺，自己尽可以在课外去浏览，何必占授课的时间？况且这二十年来新文艺产量虽多，实质一方面却是瑕瑜互见，未必都是成熟的作品，作者既然大部分都活着，那么选择去取之间，岂不很费踌躇？其实，照我看起来，白话文学并不像一般人想象的那么容易懂。就因为它是新兴的文体，所以对于它的设计、结构、文字的运用、人物的刻画等等，越发得详详细细地分析、解释。你必得讲过一回新文艺，你才知道它不容易讲；你必得做过一篇新文艺，你才知道它不容易做！又因为它瑕瑜互见，不完全是成熟的作品，所以在选择去取之间，格外得慎重，才不至于叫后进漫无准则。我们西南联合大学所用的大一国文读本经过三次改编，最后的一本包含十五篇文言文、十一篇语体文、四十四首诗、一篇附录。这不过是一种试验，当然有许多自觉或不自觉的缺陷。可是，当初选录的时候，很小心地挑选这十几篇语体文，无非想培养一点新文学运动里秀出的嫩芽，让它慢慢儿地欣欣向荣，不至于因为缺乏灌溉就蔫萎下去。没想到最近教育部召集的大一国文读本编订委员会只选了五十篇文言文、四首诗，其中固然经史子集色色俱备，可是把语体文删得连影儿都没有了！我认为这不是一件小事，这正是新旧文学消长的枢机！去年秋天，有一位大学校长写信给我，他认为国语文学的运动和建国大业有密切的关系，所以想请一位有名的作家去领导那个学校里爱好文艺的学生。他在一个陈腐的圈子里都不顾一切地注意到这一点，难道教育当局倒要反其道而行？难道曾经想"打倒国语运动的拦路虎"的小将和曾经参加过新文学运动的作家反倒妥协了？我从"责备贤者"的观点看，对于我的朋友们不能不稍有遗憾！至于那些有意走向复古的路的人们倒没有什么可怕的，因为：

改变的泉源既然涌出来以后，不管它潜伏多少年，总有一天会成了很大的潮流，一泻千里地一个劲儿冲下来，越碰见大石头挡着它，越可以激荡成很美丽的浪花；要是有意地去堵塞它，就会叫它蓄积成更大的力量，有一天冲破堤防奔放出来，越发的没法儿收拾！

鉴往察来，我很自信地还拿我的起语当作结语。

（1942年7月1日在昆明广播电台讲演。
原载《国文月刊》第19期，1943年1月）

1890—1956

杨振声："五四"与新文学

五四运动除了反帝反封建两层重要意义外，它还有一个附带的意义，那便是与新文学的关系。在根本上说，二者都是解放运动；在形式上说，五四运动是思想表现于行动的解放形式；新文学运动是思想表现于语言的解放形式。新文学运动起于民六（1917年），起初还是白话诗与白话文的提倡，到了民八（1918年）与五四运动合流，它的内容才切实丰富起来，它的力量才茁壮滋长起来，因为它得到了反帝反封建的明确目标与全国青年这支生力军。假使没有五四运动，新文学不会发展得那样快，甚至不容易发展。反过来说，假使五四运动不得到自己的语言，而还用古文作工具，这运动便抓不住全国的青年与多数的人民。两个运动的合流，才把思想、行动、语言都打成一片了，才能完成它们解放运动初步的使命。

时代的奔流，使一切都在新陈代谢中演化其生命。五四时代的新文学，若不能随时吸取新生命并反映新时代，它本身就会变成旧文学。这可分为工具、内容与形式三方面来看。

（一）五四时代的新文学运动，主要的是工具的改变。就是以现代的语言来写现代的生活。这样它才去掉了装腔作势，假惺惺的姿态，开始走向文学的真实与生动。说它"开始走向"，因为它并未能作到真实与生动,这便是工具问题了。那时一般作家所用的语言,部分的来自旧小说、语录、皮黄戏的对话、旧文学中的名词,还有一些翻译的语法;更大部分的是每个人东拼西凑的蓝青官话。真是所谓不文不白,南腔北调的家伙。当时这种百衲本式的语言,捉来传情达意,还勉强够用;用作文学的语言,可就有点乏味了。因为它不是从民间生长出来的,它缺乏那点虎生生的劲儿,那般在纸上跳跃的语句。

民二十二三年间(1933—1934年)的大众语运动,方向是对了;因为缺少多数人的实践,成功就不能普遍。新近看到从老解放区来的文艺作品在这方面确有了很大的成就。这就说明了为什么那些作品能在民间流行,也更指明了文学语言所应努力的方向。当然,彻底的方言,常不能得到普遍的了解;但若经好的文学作品把这些方言带到各处去,不也就是普遍语言了吗?要使文学的语言本身有生命,有力量,它必是某一种方言的应用与滋长。而文学语言的丰富,也就必是这些方言熔铸会合的大成。

(二)五四时代新文学的内容,不容分说的是以资产阶级为对象,以个人的兴趣为出发点的。以资产阶级为对象,虽不缺乏优美的材料,但大体上这对象是沉沦的。这就不能不使文艺偏向于揭发与讽刺。以个人的兴趣为出发点,又没有广大的生活经验,就流于感伤性的易喜易怒,以及身边琐事的描绘。故自五四以来,三十年中的文学,在暴露帝国主义和封建社会方面最显出它的力量与成绩。换句话说,它还属于在破坏时代的产品,不是建设时代的产品。民十四五（1925—1926年）以来的革命文学稍后的大众文艺，以及抗战时期的"文学下乡，文学入伍"的口号，在理论与方向上说，都是正当的；而实践却只能在以后的解放区中。这也说明了必在实际生活中尝过甘苦，才能在文学中反映实际。不是站在旁观的地位与悯人的态度上，而是放弃了小我，在人民中找到了大我；找到了人民的问题就是自己的问题；找到了人民的志愿就是自己的志愿。只有文艺上的技术才是自己的，也如木匠，泥水匠的技术是自己的一样。

（三）至于文艺的形式，在五四新文学的发展初期颇倾向于鄙弃自己的文艺形式而采取西方的文艺形式。这形式的生疏，就使文艺不能与一般人民接近。抗战时期才提出了民族文艺形式问题。但这问题的解放是有待于实例证明的。最近来自民间的秧歌，采用民间歌曲的戏剧，乡土气息的小说，民俗的年画，民风的舞蹈，都以贴近人生而为一般人民所欣赏。文学史告诉我们，《诗经》、《九歌》以及后起的小说、戏剧等，都是来自民间的。自民间带来了生命与力量的文艺形式，常留有无穷发展的余地。这里也正指出文艺需要努力的前途。

于是，文艺的工具是人民的语言，内容是人民的生活，形式是民族的基调，它才能更有凭借的更大胆的吸取世界文艺的英华；取精用宏的来丰富与提高自己的文艺的花果。这花果确是自己的，因为它的根子深深的生长在中国土地里。

（原载《人民日报》，1949年4月5日）

1902—1988

沈从文：新的文学运动与新的文学观

世界在变动中，一切都必然得变，政治或社会，法律与道德似乎都值得有心人给予一种新的看法，至少是比较上新些的看法，文学自然不在例外，也需要一种较新的看法。文学运动要有个较好的"明日"，似乎得从"过去"和"当前"知道些问题。这些问题平时照例是为一般人忽略过了的。

谈及文学运动分析它的得失时，有两件事值得我们注意：第一是民国十五年（1926年）后，这个运动同上海商业结了缘，作品成为大老板商品之一种。第二是民国十八年（1929年）后，这个运动又与国内政治不可分，成为在朝在野政策工具之一部。因此一来，若从表面观察，便以为活泼热闹，值得乐观。可是细加分析，也就可看出一点堕落倾向，远不如五四初期勇敢天真，令人敬重。原因是作者的创造力一面既得迎合商人，一面又得附会政策，目的集中在商业作用与政治效果两事上，它的堕落是必然的，不可避免的。

作品成为商品之一种，用同一意义分布，投资者当然即不免从生意经上着眼，趣味日益低下，影响再坏也不以为意。五四谈男女解放，所以过去一时南方就有张资平三角多角恋爱小说出现，北方就有章衣萍《情书一束》出现，同时在国内都得到广大的销路。变本加厉，因此过不久张竞生所提倡性生活亦成为一时风气。鲁迅印《两地书》，大家以为内容一定香艳有趣竟着买来看看，看过后觉得失望者，大有其人。因为虽用情书作号召，老年人抒情方式与年轻人实在完全不同！隐隐约约，且不香艳，不过失望是当然的。商人即利用此书，赚了一笔大钱，认为十分成功。过不久，因北伐清党时代多禁忌，说话不易讨好，林语堂便办了一个"论语"，提倡"幽默"，又以一个谐趣通俗风格，得到多数读者。读者越多，影响也就越不好。这事情并不出奇，既然是商品，不管是百龄鸡，鹿茸精，只要宣传得法，当然各有销路。可是作品变成商品，也未尝无好处。正因为既成为商品，即产生经济学上的价值作用。生产者可以借此为生，于是方有"职业作家"。其次是作品既以商品方式分布国内，作者固龙蛇不一，有好有坏，读者亦嗜好酸咸，各有兴趣。换言之，就是读者中比较少数，自然也盼望比较好的文学作品，能欣赏这类作品。商品中制作俗滥之物，固然在短时期中即可得到多数读者，商品中制作精工不苟且的，慢慢的从纵的方面说，依然还有读者！既有读者，因此职业作家中少壮分子，便有不少对文学创作抱了一个比较远大理想，心怀宏愿与坚信，在寂寞中来努力的。非职业作家，且有不少人已近中年，尚有兴趣在个人所信所守一个观点上，继续试验他的工作的。前者举例如丁玲、茅盾、巴金、曹禺……后者举例如鲁迅、徐志摩、丁西林……这些人眼光当然不在制作商品，可是却恰好因作品可以用商品方式分布推广，引起各方面读者关心，方有许多优秀示范作品继续产生。

至于作家被政治看中，作品成为政策工具后，其明显的变动是：表面上作品能支配政治，改造社会，教育群众，事实上不过是政客从此可以畜养作家，来做打手，文学作品可做政治点缀物罢了。作品由"表现真理"转成"解释政策"、"宣传政策"便宜了一群投机者与莫名其妙的作家。政策是易变的，所以这些人也尽变，社会上很有几个作家，就如此永远在政客调排下领导文学运动。虽作品前后矛盾，亦不在乎。只在位，就已够了。"事实"照例是乏味的，所以一提及这点事实时，有些人便不免面赤颈胀，恼羞成怒，或貌若平常，心怀愤恨。这些人一部分又是无作品的作家。特点是虽无作品，还称作家。时而左，时而右。或因在官从政，或因列名某籍，在国内各处用"文化人"身份参加各种组织，出席开会，有什么事发生需要有所表示时，即在通电上列一大名。在什么集会中有贵宾要人莅临时，大家也凑合一场，胡乱畅谈文学艺术，或照老文人方式，唱唱京戏作为余兴，或即席赋诗相赠。再若遇着什么有势力者作作诗，写写戏，于是不问好坏，一例极力捧场。精神风度，完全如《金瓶梅》中之应白爵谢希人一流人物，本色是凑趣帮闲，从中捞点小油水。所不同处只是表面上这些人或留法留英，并非白丁。这种人进身照例是因缘时会，各以"思想"自见。思想或相反，或相承，都无妨碍。他们过去一时虽常常相争相吵，俨然为真理而奋斗，十分认真，其实倒无所谓，只要"上头"政策一变，他也就即刻会变。这些人平时尽管主张激烈，等到政治组织上需要天下一家同流并进时，他们就把"真理"搁下不提，携手合作，同处一堂，再也不会因为思想不同，便不肯吃同样点心了！这种人中还可分黠诡与老实两种：老实的只是好好先生，遇事不大思索。黠诡的却具家犬姿态，有权据势，因能支配风气，所以对下极骄，既用请客风度侍候贵人，所以对上又极谄。把文学运动真正极庄严的那一点思想问题完全谐谑化、漫画化。然而他们依然还是要口口声声谈"思想"，而且谈一切。其实什么都不必谈，只是做文人好人。这种人本来目的也就只是做文人。做文人的意义，是满足一个动物基本欲望，食与性。别无更多幻想与贪心，倒像是个很知足的动物。

文学运动既受商业与政治两种分割，尤其是政治引诱性大，作家为趋时讨巧，多朝秦暮楚现象，与东食西宿现象。因此一来把这人普遍谐谑化与漫画化。所以到后来便有那么一种状况：真在那里写"作品"是一群人，装模作样在做"作家"又是一群人。写作品的照例沉默而诚恳，生活相当艰苦，一切还保留些书生气，除作品外社会上似乎很少他的露面机会。做作家的却必然活活跳跳，或如政客，或如丑角，成天到处奔走活动。这风气到民二十（1931年）左右即见出端倪，民二十四（1935年）以后，情形更加分明。只要从报纸杂志上看看，我们便可发现，日常发表文学作品的，个人对读者都好像十分生疏，另外一群姓名在报纸上熟习的，有些人竟从无一个像样作品问世。这件事由外人看来，会觉得十分奇异，凡明白中国近十年文学运动，如何成为商业与政策附属物的人，是不会如何奇异的！

就现象看来实在可悲可悯而且可怕。虽然如此，说不定还有人正以为是好现象。因为这些商品化的或弄臣化的作家论客，既不能独自为战，使作品与社会对面，自卑情绪和平庸愿望，都恰恰如应白爵一流人与西门庆拜把为兄弟后情形，以为得与新贵人平起平坐，称哥唤弟，就认为是社会进步，感到满足，再不想到别的问题。这些人能力有限，发展有限。国家进步如果是多数的愿望，这些空空洞洞人物，既无能力从作品中有何建树，想依赖政治力量，从新的社会取得多数的信行，自然是不可能的。但这些人都"在位"，倚势有权，而且善于诪张为幻。问题也就在此。既一日在位，昨日与今日所有可悲可笑而且可怕现象，当然即一日存在。在新陈代谢方式下，这些人虽会受时间陶冶，完全失去意义，但促进这种新陈代谢的作用，却还需要一种新的文学运动，输入一个新的文学观，事极显明。

个人觉得可关心的，还不是作家中的混混盘踞要津，结纳权贵，来控制文运。倒是我们这个社会，应当用什么一个方式，来建设一个新的文学运动，给准备执笔者一个新的文学观？这新的文运新的文学观，从消极言，是作者一反当前附庸依赖精神，不甘心成为贪财商人的流行货，与狡猾政客的装饰品。从积极言，一定要在作品中输入一个健康雄强的人生观，人物性格必对做一个中国人的基本态度与信念，"有所为有所不为"，取予之际异常谨严认真。他必热爱人生,坚实朴厚,坦白诚实,勇于牺牲。作品中人格与作者人格且有相通处。作品制作不局局于过去所谓思想左右的落伍机械观,也不关心作品在商业上的成功失败。他要做人,表现的是做个新中国的国民,应具有一种什么风度和气派!除自尊自重之外,还要如何加强"自信"!相信个人是国家一个单位,生命虽然渺小而脆弱,与蝼蚁糠秕,不相上下。纵如蝼蚁糠秕,只要不缺少向上信心,却可以完成许多大事!

如说过去的文学观,是浪漫情绪与家教情绪混合物,浪漫情绪的成因,又与中国道德成分中的性禁忌或英雄崇拜迷信有关,因此一般人颓废悲观成分,纵极力抑制不在作品本身上抬头,也会在作家生活中表现。新的文学观,就值得奠基于一个新的生物两性观点上,如何去掉那些不良气氛,多注入一分健康有益的元素!

世界在变动中,在坚硬的钢铁与顽固的人心相互摧毁的变动中,国家民族忧患加深,个人责任即加重。尤其是中产阶级分子中责任的加重。过去一时文学有"抢群众"趋势,结果群众实未得到,却失去了其正领导社会改进民族团结功用。(抗战后的中国,且证明用文学教育群众,远不如运用法规教育群众又简便又能得用。)新的文学观,毫无可疑,它应当在征服社会中层分子善眼。伟大文学作品具有无言之教的功用,既系事实,目前若干作品如只能娱乐二十岁的中学生,将来的文学,还需要它能教育四十岁左右的中年人。我们应当承认,如果四十岁左右的中层分子实在还需要好好施以"人"的教育,是只有伟大文学作品有此能力,别的工具绝不如此方便的。

　　文学观既离不了读书人，所以文学运动的重建，一定还得重新由学校培养，学校奠基，学校着手。把文运从"商场"与"官场"中解放出来，再度与"学术"、"教育"携手，一面可防止作品过度商品化与作家纯粹清客家奴化，一面且可防止学校中保守退化腐败现象的扩大（这退化腐败现象，目前是到处可见的）。我们还得认识清楚，一个作家在写作观念上，能得到应有的自由，作品中浸透人生的崇高理想，与求真的勇敢批评态度。方可望将真正的时代精神与历史得失加以表现的。

　　能在作品中铸造一种博大坚实富于生气的人格，方能启发教育读者的心灵的。这种作家与作品，从表面言来，也许与某一时某一种政治真理相去甚远，事实上不过是与一小部分政客政策稍稍不同罢了。也许把这个民族的弱点与优点同时提出，好像大不利于目前抗战，事实上我们要建国，便必须从这种作品中注意，有勇气将民族弱点加以修正，方能说到建国！

（原载《战国策》第 9 期，1940 年 8 月 5 日）

1904—1981

叶公超：文艺与经验

现阶段的文艺应该走上哪几条或哪一条途径绝不是个人的意旨所能计划的。时代的环境与作者的心灵自有它们交接推动的趋向。的确在文艺受统治的国家里，党国①的威政也只做到了把多数成绩较好的作家排斥到国外去流浪，剩下一些糟粕在推行着奉公守法的文艺。在文艺里，独裁是根本不可能的事，因为文艺是一种自由发展的东西，一种知觉与灵感所到的艺术表现：不给它感觉的自由便没有它的存在与发展了。所以，对于文艺，我们只可以批评它的意识不够广大，灵感不够丰富，而不能加以任何限制，统制自然更谈不到。

前六七年，一个通晓汉文的德国朋友对我说："你们的新小说多半好像是学生的作品。"我问他都看过些什么，于是才发现他看过的至少要比我多几部。他举出几种长篇和短篇的作品来做例证，后来又提出他认为较好的几部来讨论。我听了他的话，并不诧异，原来我个人亦有类似的感觉，只是我的感觉不如他的来得这样简单：我联想到活的语言还未曾走到舞台上的事实，我联想到我们周

---

① 特指中国国民党及其统治下的中华民国。——编者注

围一切逼人注意的现实——一个支配了我们生活几千年的家族制度在崩溃，一个农业国家失掉了本位的农村，一个满身20世纪消耗习惯的统治阶级为一个18世纪生产力的民族谋衣食——这些还都未走进我们的文艺，至少还未得着充分与适当的表现。多半小说的公式还是恋爱——电影——失恋——革命。社会的一切不断的从他们身边走过，他们的意识却只达到了自己的感伤与怨恨。许多作家好像是常年养在孵卵器中的动物。这只是大学生四年级的专利，不是创作者的乐园。小说是最含有社会性的东西——直接表现人物的心理活动，间接表现一种生活的背景。诗人，尤其是抒情派的诗人，可以耽溺于内向的情感中，但是小说家的知觉是要向外伸张的。

就是拿我们的新诗来看，我个人也感觉大部分作品还是情调过于单调。这二十年来，新诗的成功多半是在抒情诗方面。抒情诗是乐歌脱胎，是建立于文字的歌唱性上的。但是诗至少应有两种：一种是运用语言的歌唱素质的，一种是用说话的节奏的。前者是抒情诗的范围，后者是描写与叙事的工具。我并不主张放弃了抒情诗来写史诗——我自己是最爱读抒情诗的人——我只指出这个缺点来证实我们文艺意识是过于狭隘了。为什么抒情诗在数量与实质两方面都占优势？我想最大的原因是我们的诗人的年龄与经验都是偏于抒情感觉方面的：他们的路线大多是从书里走到自己的小小悲哀上，或再走回到书里。除了这个理由之外，还有旧诗的传统影响和早期新诗收获的影响，不过这两点恐怕都是次要的。诗与语言的关系大致是诗来挟语言，不是语言来挟诗；换言之，即以诗来求语言的节奏，而不是以语言来求诗意。我要避免这个误会。但是一味求文字音节之悦耳，而不顾到语言的本质与屈挠性，那又何必要用白话作诗呢？仅以格律与音节而论，旧诗之外实在可以无须再要别的诗。回到本题上来，新诗人之所以没有在说话的节奏上探索的原因也是因为他们的经验是只限于抒情方面的。

有人说过，代表一个时代的知觉与灵感的，就是那时代的文艺；文艺无须故意跟着时代跑，时代却自然会在伟大的作品中流露出来。这话和"文学是宣传的武器"的口号根本不同。一个作家的生活和其他的人一样至少是关系两方面的，一是意识或知觉的范围，一是灵感的深刻程度。知觉范围之大小就是一个人对于环境的事实认识多少；所谓灵感之深刻程度，就是对于环境各种现象的意义的了解，以及了解后的感悟。作者如能与环境中各种事实直接接触，自然有理想的机会，否则也可以间接的求得相当的认识，所以文学作品里的经验未必都是作者自己经过的事。这种探索事实的习惯不是人人有的，也不是短期间就可以造成，但是要做作家的人则非有不可。进一步说，仅仅认识了事实还是不够，主要的还是要能了解事实彼此的关系，并且对于这些关系产生一种态度与感悟。

抗战以前多数的作家都住在沿海几个都市里，现在他们大都转移到内地来了。这次抗战的经过，总应当有许多可以留作将来回味的材料。内地一切情况也应当可以给他们不少的刺激，使他们产生不少的感悟。这里我们可以看到我们实在的经济阶段，我们整个文化的落后，我们民族性的优点与弱点。经过这样一个伟大的时期，我们一般作家的意识应当扩大了，他们的灵感也应当比从前丰富了。我们当然不能希望马上就有作品出来，一个大时代的表现往往是要等数十年的，不过，我们只希望一般作者要在这个时期里把他们知觉的天线竖立起来，接收着这全民抗战中的一切。最近百年来西洋文学里最重要的趋势就是扩大了文学里的社会性，虽然一方面有纯诗运动，有极端个性的尝试，多半的作品仍然还是根据各种社会现象来表现人生的。我们的文艺似乎也向着这个方向走，不过从各方面看，我们作家的经验实在太单调，太狭隘了。目前这个时代正在促进我们一切的努力，我们希望，从事文艺的人也在同样的开发一个新时期。

（原载《今日评论》第 1 卷第 1 期，1939 年 1 月）

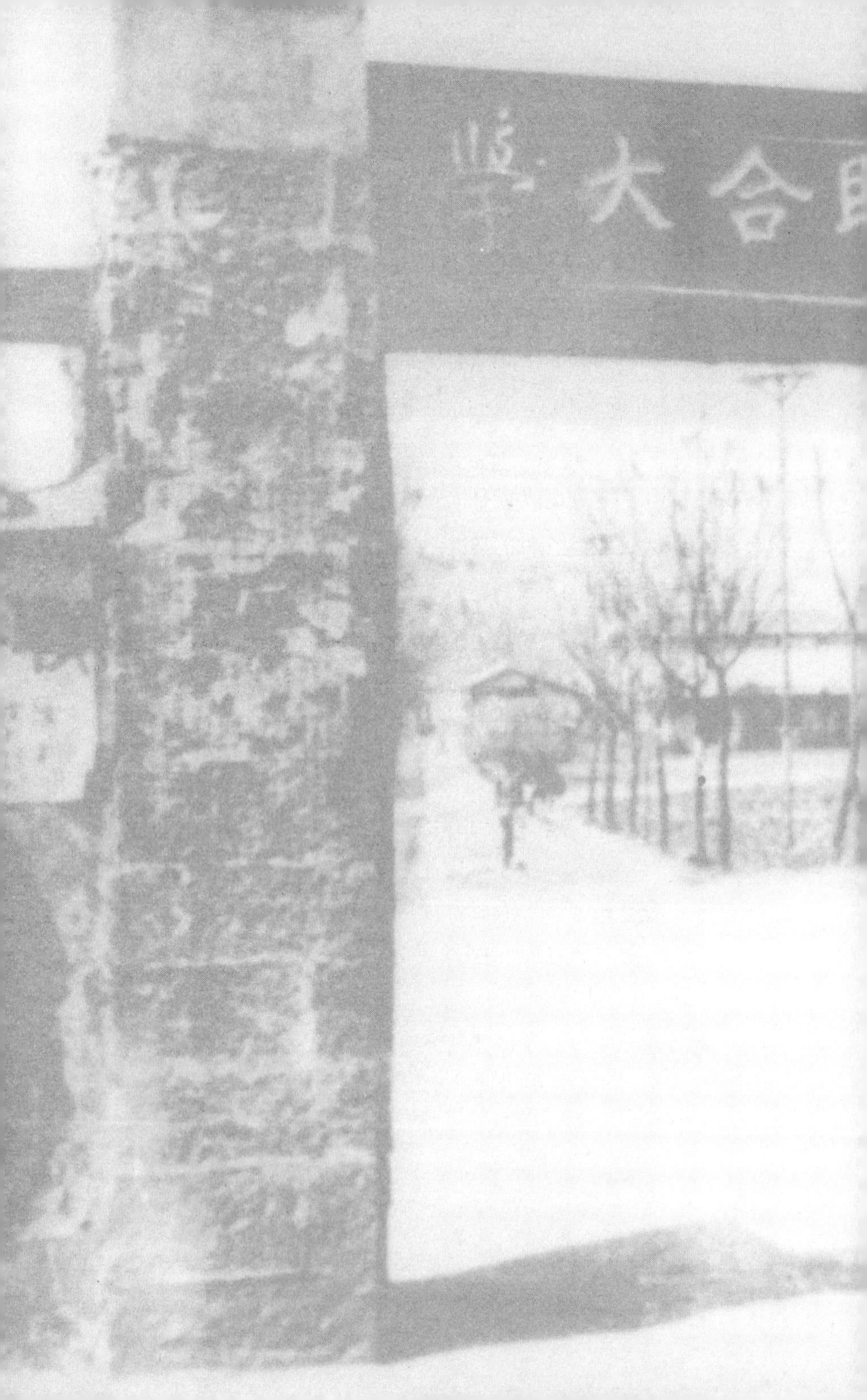

第八篇 文学鉴赏

文学鉴赏与审美五讲

1937—1946

朱自清：论雅俗共赏

陶渊明有"奇文共欣赏，疑义相与析"的诗句，那是一些"素心人"的乐事，"素心人"当然是雅人，也就是士大夫。这两句诗后来凝结成"赏奇析疑"一个成语，"赏奇析疑"是一种雅事，俗人的小市民和农家子弟是没有份儿的。然而又出现了"雅俗共赏"这一个成语，"共赏"显然是"共欣赏"的简化，可是这是雅人和俗人或俗人跟雅人一同在欣赏，那欣赏的大概不会还是"奇文"罢。这句成语不知道起于什么时代，从语气看来，似乎雅人多少得理会到甚至迁就着俗人的样子，这大概是在宋朝或者更后罢。

原来唐朝的安史之乱可以说是我们社会变迁的一条分水岭。在这之后，门第迅速的垮了台，社会的等级不像先前那样固定了，"士"和"民"这两个等级的分界不像先前的严格和清楚了，彼此的分子在流通着，上下着。而上去的比下来的多，士人流落民间的究竟少，老百姓加入士流的却渐渐多起来。王侯将相早就没有种了，读书人到了这时候也没有种了；只要家里能够勉强供给些，自己有些天分，又肯用功，就是个"读书种子"；去参加那些公开的考试，考中了就有官做，至少也落个绅士。这种进展经过唐末跟五代的长期的变乱加了速度，到宋朝又加上印刷术的发达，学校多起来了，士人也多起来了，士人的地位加强，责任也加重了。这些士人多数是来自民间的新的分子，他们多少保留着民间的生活方式和生活态度。他们一面学习和享受那些雅的，一面却还不能摆脱或蜕变那些俗的。人既然很多，大家是这样，也就不觉其寒碜；不但不觉其寒碜，还要重新估定价值，至少也得调整那旧来的标准与尺度。"雅俗共赏"似乎就是新提出的尺度或标准，这里并非打倒旧标准，只是要求那些雅士理会到或迁就些俗士的趣味，好让大家打成一片。当然，所谓"提出"和"要求"，都只是不自觉的看来是自然而然的趋势。

中唐的时期，比安、史之乱还早些，禅宗的和尚就开始用口语记录大师的说教。用口语为的是求真与化俗，化俗就是争取群众。安史乱后，和尚的口语记录更其流行，于是乎有了"语录"这个名称，"语录"就成为一种著述体了。到了宋朝，道学家讲学，更广泛的留下了许多语录；他们用语录，也还是为了求真与化俗，还是为了争取群众。所谓求真的"真"，一面是如实和直接的意思。禅家认为第一义是不可说的，语言文字都不能表达那无限的可能，所以是虚妄的。然而实际上语言文字究竟是不免要用的一种"方便"，记录文字自然越近实际的、直接的说话越好。在另一面这"真"又是自然的意思，自然才亲切，才让人容易懂，也就是更能收到化俗的功效，更能获得广大的群众。道学主要的是中国的正统的思想，道学家用了语录做工具，大大的增强了这种新的文体的地位，语录就成为一种传统了。比语录体稍稍晚些，还出现了一种宋朝叫作"笔记"的东西。这种作品记述有趣味的杂事，范围很宽，一方面发表作者自己的意见，所谓议论，也就是批评，这些批评往往也很有趣味。作者写这种书，只当作对客闲谈，并非一本正经，虽然以文言为主，可是很接近说话。这也是给大家看的，看了可以当作"谈助"，增加趣味。宋朝的笔记最发达，当时盛行，流传下来的也很多。目录家将这种笔记归在"小说"项下，近代书店汇印这些笔记，更直题为"笔记小说"；中国古代所谓"小说"，原是指记述杂事的趣味作品而言的。

那里我们得特别提到唐朝的"传奇"。"传奇"据说可以见出作者的"史才、诗、笔、议论"，是唐朝士子在投考进士以前用来送给一些大人先生看，介绍自己，求他们给自己宣传的。其中不外乎灵怪、艳情、剑侠三类故事，显然是以供给"谈助"，引起趣味为主。无论照传统的意念，或现代的意念，这些"传奇"无疑的是小说，一方面也和笔记的写作态度有相类之处。照陈寅恪先生的意见，这种"传奇"大概起于民间，文士是仿作，文字里多口语化的地方。陈先生并且说唐朝的古文运动就是从这儿开始。他指出古文运动的领导者韩愈的《毛颖传》，正是仿"传奇"而作。我们看韩愈的"气盛言宜"的理论和他的参差错落的文句，也正是多多少少在口语化。他的门下的"好难"、"好易"两派，似乎原来也都是在试验如何口语化。可是"好难"的一派过分强调了自己，过分想出奇制胜，不管一般人能够了解欣赏与否，终于被人看作"诡"和"怪"而失败，于是宋朝的欧阳修继承了"好易"的一派的努力而奠定了古文的基础——以上说的种种，都是安史乱后几百年间自然的趋势，就是那雅俗共赏的趋势。

宋朝不但古文走上了"雅俗共赏"的路，诗也走向这条路。胡适之先生说宋诗的好处就在"作诗如说话",一语破的指出了这条路。自然,这条路上还有许多曲折,但是就像不好懂的黄山谷,他也提出了"以俗为雅"的主张,并且点化了许多俗语成为诗句。实践上"以俗为雅",并不从他开始,梅圣俞、苏东坡都是好手,而苏东坡更胜。据记载梅和苏都说过"以俗为雅"这句话,可是不大靠得住;黄山谷却在《再次韵杨明叔·引》一诗的"引"里郑重的提出"以俗为雅,以故为新",说是"举一纲而张万目"。他将"以俗为雅"放在第一,因为这实在可以说是宋诗的一般作风,也正是"雅俗共赏"的路。但是加上"以故为新",路就曲折起来,那是雅人自赏,黄山谷所以终于不好懂了。不过黄山谷虽然不好懂,宋诗却终于回到了"作诗如说话"的路,这"如说话",的确是条大路。

雅化的诗还不得不回向俗化,刚刚来自民间的词,在当时不用说自然是"雅俗共赏"的。别瞧黄山谷的有些诗不好懂,他的一些小词可够俗的。柳耆卿更是个通俗的词人。词后来虽然渐渐雅化或文人化,可是始终不能雅到诗的地位,它怎么着也只是"诗余"。词变为曲,不是在文人手里变,是在民间变的;曲又变得比词俗,虽然也经过雅化或文人化,可是还雅不到词的地位,它只是"词余"。一方面从晚唐和尚的俗讲演变出来的宋朝的"说话"就是说书,乃至后来的平话以及章回小说,还有宋朝的杂剧和诸宫调等等转变成功的元朝的杂剧和戏文,乃至后来的传奇,以及皮黄戏,更多半是些"不登大雅"的"俗文学"。这些除元杂剧和后来的传奇也算是"词余"以外,在过去的文学传统里简直没有地位。也就是说这些小说和戏剧在过去的文学传统里多半没有地位,有些有点地位，也不是正经地位。可是虽然俗，大体上却"俗不伤雅"，虽然没有什么地位，却总是"雅俗共赏"的玩意儿。

"雅俗共赏"是以雅为主的，从宋人的"以俗为雅"以及常语的"俗不伤雅"，更可见出这种宾主之分。起初成群俗士蜂拥而上，固然逼得原来的雅士不得不理会到甚至迁就着他们的趣味，可是这些俗士需要摆脱的更多。他们在学习，在享受，也在蜕变，这样渐渐适应那雅化的传统，于是乎新旧打成一片，传统多多少少变了质继续下去。前面说过的文体和诗风的种种改变，就是新旧双方调整的过程，结果迁就的渐渐不觉其为迁就，学习的也渐渐习惯成了自然，传统的确稍稍变了质，但是还是文言或雅言为主，就算跟民众近了一些，近得也不太多。

至于词曲，算是新起于俗间，实在以音乐为重，文辞原是无关轻重的；"雅俗共赏"，正是那音乐的作用。后来雅士们也曾分别将那些文辞雅化，但是因为音乐性太重，使他们不能完成那种雅化，所以词曲终于不能达到诗的地位。而曲一直配合着音乐，雅化更难，地位也就更低，还低于词一等。可是词曲到了雅化的时期，那"共赏"的人却就雅多而俗少了。真正"雅俗共赏"的是唐、五代、北宋的词，元朝的散曲和杂剧，还有平话和章回小说以及皮黄戏等。皮黄戏也是音乐为主，大家直到现在都还在哼着那些粗俗的戏词，所以雅化难以下手，虽然一二十年来这雅化也已经试着在开始。平话和章回小说，传统里本来没有，雅化没有合式的榜样，进行就不易。《三国演义》虽然用了文言，却是俗化的文言，接近口语的文言，后来的《水浒》、《西游记》、《红楼梦》等就都用白话了。不能完全雅化的作品在雅化的传统里不能有地位，至少不能有正经的地位。雅化程度的深浅，决定这种地位的高低或有没有，一方面也决定"雅俗共赏"的范围的小和大——雅化越深，"共赏"的人越少，越浅也就越多。所谓多少，主要的是俗人，是小市民和受教育的农家子弟。在传统里没有地位或只有低地位的作品，只算是玩艺儿；然而这些才接近民众，接近民众却还能教"雅俗共赏"，雅和俗究竟有共通的地方，不是不相理会的两橛了。

单就玩艺儿而论，"雅俗共赏"虽然是以雅化的标准为主，"共赏"者却以俗人为主。固然，这在雅方得降低一些，在俗方也得提高一些，要"俗不伤雅"才成；雅方看来太俗，以至于"俗不可耐"的，是不能"共赏"的。但是在什么条件之下才会让俗人所"赏"的，雅人也能来"共赏"呢？我们想起了"有目共赏"这句话。孟子说过"不知子都之姣者，无目者也"，"有目"是反过来说，"共赏"还是陶诗"共欣赏"的意思。子都的美貌，有眼睛的都容易辨别，自然也就能"共赏"了。孟子接着说："口之于味也，有同嗜焉；耳之于声也，有同听焉；目之于色也，有同美焉。"这说的是人之常情，也就是所谓人情不相远。但是这不相远似乎只限于一些具体的、常识的、现实的事物和趣味。譬如北平罢，故宫和颐和园，包括建筑，风景和陈列的工艺品，似乎是"雅俗共赏"的，天桥在雅人的眼中似乎就有些太俗了。说到文章，俗人所能"赏"的也只是常识的，现实的。后汉的王充出身是俗人，他多多少少代表俗人说话，反对难懂而不切实用的辞赋，却赞美公文能手。公文这东西关系雅俗的现实利益，始终是不曾完全雅化了的。

再说后来的小说和戏剧，有的雅人说《西厢记》诲淫，《水浒传》诲盗，这是"高论"。实际上这一部戏剧和这一部小说都是"雅俗共赏"的作品。《西厢记》无视了传统的礼教，《水浒传》无视了传统的忠德，然而"男女"是"人之大欲"之一，"官逼民反"，也是人之常情，梁山泊的英雄正是被压迫的人民所想望的。俗人固然同情这些，一部分的雅人，跟俗人相距还不太远的，也未尝不高兴这两部书说出了他们想说而不敢说的。这可以说是趣味，可并不是低级趣味；这是有关系的，也未尝不是有节制的。"诲淫""诲盗"只是代表统治者的利益的说话。

19世纪20世纪之交是个新时代，新时代给我们带来了新文化，产生了我们的知识阶级。这知识阶级跟从前的读书人不大一样，包括了更多的从民间来的分子，他们渐渐跟统治者拆伙而走向民间。于是乎有了白话正宗的新文学，词曲和小说戏剧都有了正经的地位。还有种种欧化的新艺术。这种文学和艺术却并不能让小市民来"共赏"，不用说农工大众。于是乎有人指出这是新绅士也就是新雅人的欧化，不管一般人能够了解欣赏与否。他们提倡"大众语"运动。但是时机还没有成熟，结果不显著。抗战以来又有"通俗化"运动，这个运动并已经在开始转向大众化。"通俗化"还分别雅俗，还是"雅俗共赏"的路，大众化却更进一步要达到那没有雅俗之分，只有"共赏"的局面。这大概也会是所谓由量变到质变罢。

（原载《观察》第3卷第11期，1947年11月18日）

1906—1968

李广田：谈文艺欣赏

在文艺部门中大致可以包含以下几种不同的工作，就是：文艺史，文艺论，文艺的创造、批评和欣赏。文艺史是历史专家的事，文艺论是理论专家的事，至于创造，则属于作家，批评则属于批评家，只有欣赏一项却大致可以说是一般读者都能做的事，因为所谓欣赏，也就是喜欢读作家们的作品，而且读过之后觉得喜欢。假如像学校里考试以前那样被逼迫着读书，那就不能算是欣赏，假如读了某种书而并不能懂它，或即使是一本好书，然而它不合你的口味，你不喜欢它，同样也不能算作欣赏。欣赏实在是一种享受，而在享受中又可以得到一种陶冶，一种教养。

所以，和其他各种文艺工作相比较，欣赏可以说是最自由、最容易的一种工作，假如欣赏也可以算作一种"工作"的话。我之所以要提出这个问题，就是因为大多数读者不肯把"欣赏"当作"工作"，而只是随便阅读，甚至只当作无聊消遣，随便拿起一本作品，随便放下一本作品，作品放下了，一切也就等于虚无，上焉者看了些书里的热闹，记了些零星的故事，下焉者则连这一点也毫无所得，试问，这样的阅读有什么用处，这样的阅读又如何能称得起"欣赏"呢？

严格地说起来，欣赏应当是一种"工作"。最起码的意义，也应当是读了一部作品绝不等于不读,最低限度你要真正懂它,你应当从它得到思想的启示,情感的激发或调理,甚至你也应当体会作者的甘苦,从而捉摸一些艺术的慧巧。但我的意思尚不止此,更进一步,我以为即在欣赏之中,也应当有批评的成分,也应当有创造的成分。

文艺的欣赏,虽然并不是创作活动,但也不能不附带着是非好恶之见,不仅对于作品中的人物事件是如此,即对于作者的表现方法亦同样如此。当我们读某一作品时我们说"爱不释手",而当我们读另一作品时却说"味同嚼蜡",对于这一作品中的人物我们"爱之欲其生",他的受难就是我们的受难,他的得救就是我们的得救,而对于另一作品中的人物却又"恶之欲其死",我们但愿他罪有应得,却唯恐他幸而苟免。这些都是批评的基础或发端。有些人随便阅读,可能连这些也感觉不到,有些较好的读者能够感觉到这些,但也只是"感觉"到这些就算了,这也许正是停止在一般所谓"欣赏"的阶段。更好的却是能够再发展下去,把这些感觉弄明白,把这些感觉思想化,回答出一个"为什么",我为什么爱这本书?这本书好在什么地方?我又为什么不爱那本书?那本书有什么缺点?我为什么喜欢这个人物?我又为什么不喜欢那个人物?等等,那也就是批评,或者是已经走近批评的领域了。这样的阅读,这样的欣赏,当然是非常有益,至少也要比那种莫知莫觉的读法好得多多。

欣赏之中不但有批评的成分,其中也有创造的成分,因为欣赏活动中本来就有一个"共鸣"的过程,当我们设身处地地欣赏作品之时，我们的情感思想和想象也达到了作者在创造时那样的境地，我们也就等于创造了一个新的世界一样，不过原作者是用文字表达了出来，我们却只是以作者的文字为凭借而有所创造罢了。譬如我们随便举一个作品为例：

春山烟欲收，天澹星稀小，残月脸边明，别泪临清晓。语已多，情未了，回首犹重道。记得绿罗裙，处处怜芳草。

当我们未读牛希济这首《生查子》以前，我们的感情是静的，我们的眼前也没有什么意象，但既已读过之后便不同了，我们的感情随着作品由静而之动，在我们想象中也就有了一种新鲜而具体的意象，假如你反复吟味，假使你也有和词中所写的同样的或近似的经验，你一定感觉非常激动，非常亲切，这不但唤起了你的回忆，也启发了你的想象，在这一顷刻，你的内在生命也许就和词人在创造的时候是一样的了，这时候我们不但觉得这首词作得真好，而且觉得自己的生命也扩大了，提高了，净化了，而这，也就正是创造的一种境界。

更进一步，我们在欣赏的时候不但可以达到和作者创造时同样的境界，而且还可以凭借了作者而又超越作者，我们还可以另有所见，另有所创造。譬如王国维的《人间词话》中有这样一段：

古今之成大事业大学问者，必经过三种之境界。"昨夜西风凋碧树，独上高楼，望尽天涯路"（晏殊），此第一境也。"衣带渐宽终不悔,为伊消得人憔悴"(柳永),此第二境也。"众里寻他千百度,蓦然回首,那人却在灯火阑珊处"(辛弃疾),此第三境也。

如照这三首词的文字上看,第一首不过说离愁别恨,故曰"明月不谙离恨苦,斜光到晓穿朱户",第二首不过说春日相思,第三首不过说"邂逅相遇"。关于这些内容,王国维自然懂得的,他自然已是欣赏过的,然而他抛开这些,凭了他自己的生活体验,凭他自己在学问事业上的甘苦,他又作了新的说明。照他的意思,第一首是说眼光远大,立定目标;第二首是说锲而不舍,虽败不馁;第三首是说"踏破芒鞋无觅处,得来全不费工夫",是成功的愉快。这当然不是词人的原意,所以王国维接着说:"此等语皆非大词人不能道。然遽以此语解诸词,恐为晏欧诸公所不许也。"晏欧诸公所不许是一事,而自己凭了欣赏而有所创造,这实在是一种最高的享受,一种很大的愉快。

由于以上所说,我们可以知道,所谓欣赏,并不是随随便便地读书便算完事。一个最好的欣赏者,应当能够尽量发展他的是非好恶之心,进而为批评,然后可以给作品一个最好的估价。而且,应当与作者共鸣,更进一步超越作者,创造,再创造,这才是最好的受用,读书才有益处,不但有益于文艺修养,也有益于生活修养。

(原载《中学生》第 183 期,1947 年 1 月)

朱自清：古文学的欣赏

新文学运动开始的时候，胡适之先生宣布"古文"是"死文学"，给它撞丧钟，发讣闻。所谓"古文"，包括正宗的古文学。他是教人不必再作古文，却显然没有教人不必阅读和欣赏古文学。可是那时提倡新文化运动的人如吴稚晖、钱玄同两位先生，却教人将线装书丢在茅厕里。后来有过一回"骸骨的迷恋"的讨论也是反对作旧诗，不是反对读旧诗。但是两回反对读经运动却是反对"读"的。反对读经，其实是反对礼教，反对封建思想；因为主张读经的人是主张传道给青年人，而他们心目中的道大概不离乎礼教，不离乎封建思想。强迫中小学生读经没有成为事实，却改了选读古书，为的了解"固有文化"。为了解固有文化而选读古书，似乎是国民分内的事，所以大家没有说话。可是后来有了"本位文化"论，引起许多人的反感；本位文化论跟早年的保存国粹论同而不同，这不是残余的而是新兴的反动势力。这激起许多人，特别是青年人，反对读古书。

可是另一方面，在本位文化论之前有过一段关于"文学遗产"的讨论。讨论的主旨是如何接受文学遗产，倒不是扬弃它；自然，讨论到"如何"接受，也不免有所分别扬弃的。讨论似乎没有多少具体的结果,但是"批判的接受"这个广泛的原则,大家好像都承认。接着还有一回范围较小,性质相近的讨论。那是关于《庄子》和《文选》的。说《庄子》和《文选》的词汇可以帮助语体文的写作,的确有些不切实际。接受文学遗产若从"做"的一面看,似乎只有写作的态度可以直接供我们参考,至于篇章字句,文言语体各有标准,我们尽可以比较研究,却不能直接学习。因此许多大中学生厌弃教本里的文言,认为无益于写作;他们反对读古书,这也是主要的原因之一。但是流行的作文法,修辞学,文学概论这些书,举例说明,往往古今中外兼容并包;青年人对这些书里的"古文今解"倒是津津有味的读着,并不厌弃似的。从这里可以看出青年人虽然不愿信古,不愿学古,可是给予适当的帮助,他们却愿意也能够欣赏古文学,这也就是接受文学遗产了。

说到古今中外,我们自然想到翻译的外国文学。从新文学运动以来,语体翻译的外国作品数目不少,其中近代作品占多数;这几年更集中于现代作品,尤其是苏联的。

但是希腊、罗马的古典,也有人译,有人读,直到最近都如此。莎士比亚至少也有两种译本。可见一般读者(自然是青年人多),对外国的古典也在爱好着。可见只要能够让他们接近,他们似乎是愿意接受文学遗产的,不论中外。而事实上外国的古典倒容易接近些。有些青年人以为古书古文学里的生活跟现代隔得太远,远得渺渺茫茫的,所以他们不能也不愿接受那些。但是外国古典该隔得更远了,怎么事实上倒反容易接受些呢?我想从头来说起,古人所谓"人情不相远"是有道理的。尽管社会组织不一样，尽管意识形态不一样，人情总还有不相远的地方。喜怒哀乐爱恶欲总还是喜怒哀乐爱恶欲，虽然对象不尽同，表现也不尽同。对象和表现的不同，由于风俗习惯的不同；风俗习惯的不同，由于地理环境和社会组织的不同。

使我们跟古代跟外国隔得远的，就是这种种风俗习惯；而使我们跟古文学跟外国文学隔得远的尤其是可以算作风俗习惯的一环的语言文字。语体翻译的外国文学打通了这一关，所以倒比古文学容易接受些。

人情或人性不相远，而历史是连续的，这才说得上接受古文学。但是这是现代，我们有我们的立场。得弄清楚自己的立场，再弄清楚古文学的立场，所谓"知己知彼"，然后才能分别出那些是该扬弃的，那些是该保留的。弄清楚立场就是清算，也就是批判；"批判的接受"就是一面接受着，一面批判着。自己有立场，却并不妨碍了解或认识古文学，因为一面可以设身处地为古人着想，一面还是可以回到自己立场上批判的。这"设身处地"是欣赏的重要的关键，也就是所谓"感情移入"。个人生活在群体中，多少能够体会别人，多少能够为别人着想。关心朋友，关心大众，恕道和同情，都由于设身处地为别人着想；甚至"替古人担忧"也由于此。演戏，看戏，一是设身处地的演出，一是设身处地的看人。做人不要做坏人，做戏有时候却得做坏人。看戏恨坏人，有的人竟会丢石子甚至动手去打那戏台上的坏人。打起来确是过了分，然而不能不算是欣赏那坏人做得好，好得教这种看戏的忘了"我"。这种忘了"我"的人显然没有在批判着。有批判力的就不致如此，他们欣赏着，一面常常回到自己，自己的立场。欣赏跟行动分得开，欣赏有时可以影响行动，有时可以不影响，自己有分寸，做得主，就不至于糊涂了。读了武侠小说就结伴上峨眉山，的确是糊涂。所以培养欣赏力同时得培养批判力；不然，"有毒的"东西就太多了。然而青年人不愿意接受有些古书和古文学，倒不一定是怕那"毒"，他们的第一难关还是语言文字。

打通了语言文字这一关，欣赏古文学的就不会少，虽然不会赶上欣赏现代文学的多。语体翻译的外国古典可以为证。语体的旧小说如《水浒传》《西游记》《红楼梦》《儒林外史》，现在的读者比二三十年前要减少了，但是还拥有相当广大的读众。这些人欣赏打虎的武松，焚稿的林黛玉，却一般的未必崇拜武松，尤其未必崇拜林黛玉。他们欣赏武松的勇气和林黛玉的痴情，却嫌武松无知识，林黛玉不健康。欣赏跟崇拜也是分得开的。欣赏是情感的操练，可以增加情感的广度、深度，也可以增加高度。欣赏的对象或古或今，或中或外，影响行动或浅或深，但是那影响总是间接的，直接的影响是在情感上。有些行动固然可以直接影响情感，但是欣赏的机会似乎更容易得到些。要培养情感，欣赏的机会越多越好；就文学而论，古今中外越多能欣赏越好。这其间古文和外国文学都有一道难关，语言文字。外国文学可用语体翻译，古文学的难关该也不难打通的。

我们得承认古文确是"死文字",死语言,跟现在的语体或白话不是一种语言。这样看,打通这一关也可以用语体翻译。这办法早就有人用过,现代也还有人用着。记得清末有一部《古文析义》,每篇古文后边有一篇白话的解释,其实就是逐句的翻译。那些翻译够清楚的,虽然啰唆些。但是那只是一部不登大雅之堂的启蒙书,不曾引起人们注意。"五四"运动以后,整理国故引起了古书今译。

顾颉刚先生的《盘庚篇今译》(见《古史辨》),最先引起我们的注意。他是要打破古书奥妙的气氛,所以将《尚书》里佶屈聱牙的这《盘庚》三篇用语体译出来,让大家看出那"鬼治主义"的把戏。他的翻译很谨严,也够确切;最难得的,又是三篇简洁明畅的白话散文,独立起来看,也有意思。近来郭沫若先生在《由周代农事诗论到周代社会》一文(见《青铜时代》)里翻译了《诗经》的十篇诗,风雅颂都有。他是用来论周代社会的,译文可也都是明畅的素朴的白话散文诗。此外还有将《诗经》、《楚辞》和《论语》作为文学来今译的,都是有意义的尝试。

这种翻译的难处在乎译者的修养;他要能够了解古文学,批判古文学,还要能够照他所了解与批判的译成艺术性的或有风格的白话。

翻译之外,还有讲解,当然也是用白话。讲解是分析原文的意义并加以批判,跟翻译不同的是以原文为主。笔者在《国文月刊》里写的《古诗十九首集释》,叶绍钧先生和笔者合作的《精读指导举隅》(其中也有语体文的讲解),浦江清先生在《国文月刊》里写的《词的讲解》，都是这种尝试。有些读者嫌讲得太琐碎，有些却愿意细心读下去。还有就是白话注释，更是以读原文为主。这虽然有人试过，如《论语》白话注之类，可只是敷衍旧注，毫无新义，那注文又啰里啰唆的。现在得从头做起，最难的是注文用的白话，现行的语体文里没有这一体，得创作，要简明朴实。选出该注释的词句也不易，有新义更不易。此外还有一条路，可以叫作拟作。谢灵运有《拟魏太子邺中集诗》，综合的拟写建安诗人，用他们的口气作诗。江淹有《杂体诗》三十首，也是综合而扼要的分别拟写历代无名的五言诗人，也用他们自己的口气。这是用诗来拟诗。英国麦克士·比罗姆著《圣诞花环》，却以圣诞节为题用散文来综合的扼要的拟写当代各个作家。他写照了各个作家，也写照了自己。我们不妨如法炮制，用白话来尝试。以上四条路都通到古文学的欣赏；我们要接受古代作家文学遗产，就可以从这些路子走近去。

（原载《文学杂志》第 2 卷第 1 期，1947 年 2 月）

1904—1957

浦江清：诗词的情与理

近乡情更怯，不敢问来人。

——宋之问《渡汉江》

少小离家老大回，乡音无改鬓毛衰。
儿童相见不相识，笑问客从何处来。

——贺知章《回乡偶书》

诗说人情，入情入理，身历其境者，愈觉其诗之妙，故人生之经验愈多，对于诗的欣赏也更其深切。而且不但诗词如此，一切文学作品，莫不如此。不过在一切文学体制中间，诗的历史最古，也是文学中间最基本的、最精粹的一体，西洋文学最古的是希腊史诗，中国文学最早的是《诗经》。人类最高的情绪由歌曲中表现出来，而诗词呢，乃是从歌曲进化脱胎出来的。

诗说人情，最好的诗乃是说人人欲说的情，不限于一个人的经验。贺知章诗，里面的情景，千万人都可以领略，没有这种经验的人，可以想象得到，有这种经验的人，更其能够体验。凡于文学家诗人，就是深刻地体验人生的滋味的人。诗人的作品是从人生的经验中间提出来的精华，好比化学家提炼化学原质，营养学家提炼维他命似的。

科学研究物理，文学研究人生。诗的入情入理，在感觉及感情方面，不是理智的、科学的。例如写距离之远，必说万里。古诗"相去万余里，各在天一涯"，写楼之高，"上与浮云齐"、"振衣千仞岗，濯足万里流"。夔州与江陵相去一千二百里，也许一天的舟程不能到，而李白诗"朝辞白帝彩云间，千里江陵一日还"。李白有一首词里说"暝色入高楼，有人楼上愁"。暝色就是暮色，根本是不可捉摸的东西，无所谓入，也无所谓出，只是楼中人感觉四围暝色，渐渐侵入到楼中来，从白天到了黄昏。这是完全感官作用。用科学的头脑，就不容易了解诗词了。近代科学发达，人的思想都渐渐科学化，把宇宙看成唯物的，因此现代的诗不得不转移方向。想象力减少了。像苏东坡"明月几时有，把酒问青天，不知天上宫阙，今夕是何年"那样的词也就作不出了。天文家可以算出月球的年龄，也可以证明天上没有宫阙。植物学家把花草分类研究，辨别雌蕊雄蕊，诗人不管这些，说了"夜来风雨声，花落知多少？"，着重在因为鸟啼花落，使人感觉到春光老去，有"伤春"的情绪。似乎花的生命同人的生命打成一片，花并不单是一种不相干的外物。

在中国诗词中，尤其把草木鸟兽赋予一种人格化。我们谈到比兴。触物起兴，以物拟人。《诗经》"关关雎鸠，在河之洲，窈窕淑女，君子好逑"，雎鸠不管是哪一种鸟，或者是黄鸟或者是鸳鸯鹨鹈之类。雌雄和鸣，比拟男女配偶。诗词里面最多比兴。比兴是一句老话，现在新文学里称为比喻、联想、象征。例如从雎鸠联想到男女，以雎鸠比喻男女，雎鸠是男女配偶的象征，等等。

唐以前的诗比兴最多。因为唐以前的诗多乐府，接近歌曲，杜甫以后诗，用赋的笔墨，直叙其事及描写笔墨多了。例如杜诗《佳人》，开始即直叙"绝代有佳人，幽居在空谷"，好像完全是叙事；接叙此佳人乃是良家之女，因为关中丧乱，兄弟遭杀戮，又被轻薄的夫婿所弃，如何伤心。到了后面"合昏尚知时，鸳鸯不独宿"，"在山泉水清，出山泉水浊"用比兴语。此诗是赋比兴三种笔墨互用的例子。最后"摘花不插发，采柏动盈掬。天寒翠袖薄，日暮倚修竹"。从表面看，但说花柏修竹等，实则以竹柏比拟此妇人之贞洁的节操。所以不是泛泛的叙事写景。

在这里，我们知道中国文人喜欢以人格赋予生物。画家画梅兰竹菊，乃是欣赏其贞洁的品格，以幽兰修竹等比拟君子美人的品格。这一个传统很远，最早从《诗经》楚辞里来。

单是看杜甫《佳人》一首，作为描写叙述一个女子的看法，还是很肤浅的。曾国藩看这首诗，认为"前后皆以美人喻贤者"，是贤人不得志，被弃在野，而幽贞自赏的意思，所谓怨而不怒是也。这也等于西洋诗里所谓象征的一种艺术。中国人称为"寄托"。唐人朱庆余《近试上张水部籍》："洞房昨夜停红烛，待晓堂前拜舅姑。妆罢低声问夫婿，画眉深浅入时无？"表面是写新媳妇闺房中的私谈，实际是新进士问问老辈，自己的诗文好不好，合格不合格。诗的真意在文章的背面，要读者去探索出来，希望有知音能够了解欣赏也。

不但中国诗有此种写法，西洋诗人的象征写法也很多。今不具述。

补遗

入情入理者	杜甫"故人入我梦，明我长相忆"
融情于景	李白词"寒山一带伤心碧"
想象	杜甫"水深波浪阔，无使蛟龙得"
比兴	张志和词"西塞山前白鹭飞"
寄托	李后主词《春花秋月何时了》全首

（原载浦江清著，浦汉明、彭书麟整理：《中国古典诗歌讲稿》，北京出版社2016年版。标题为编者所加）

王力：中国古典文论中谈到的语言形式美

中国古典文论中谈到的语言形式美，主要是两件事：第一是对偶，第二是声律。关于这两件事，《文心雕龙》都有专篇讨论。《文心雕龙》第三十三篇讲声律，第三十五篇讲丽辞。所谓丽辞，就是对偶。

这两件事都跟汉语的特点有关。唯有以单音节为主（即使是双音词，而词素也是单音节）的语言，才能形成整齐的对偶。在西洋语言中，即使有意地排成平行的句子，也很难做到音节相同。那样只是排比，不是对偶。关于声律，我们的语言也有特点。汉语是元音占优势的语言，而又有声调的区别，这样就使它特别富于音乐性。

文论中对于文章的对偶特别是诗的对偶是有许多讲究的。人们容易把对偶看得很简单，以为只是字数相等，名词对名词，形容词对形容词，动词对动词，副词对副词就是了。实际上远不止此。《文心雕龙》提出了著名的对偶原则："故丽辞之体，凡有四对：言对为易，事对为难；反对为优，正对为劣。言对者，双比空辞者也；事对者，并举人验者也；反对者，理殊趣合者也；正对者，事异义同者也。"拿今天的话来说，言对就是不用典故，事对就是用典故，反对就是反义词或意义不相同的词相对，正对就是同义词或意义相近的词相对。

刘勰轻视言对，提倡事对，这是跟骈体文的体裁有关的。从艺术观点说，这个作用不大。杜甫、王维等许多大诗人许多著名的对句如"感时花溅泪，恨别鸟惊心"、"明月松间照，清泉石上流"，也都是言对，不是事对。这个可以撇开不提。

反对为优，正对为劣。这倒是一条很宝贵的艺术经验。《文心雕龙》所举反对的例子是王粲《登楼赋》："钟仪幽而楚奏，庄舄显而越吟。""幽"和"显"是反义词。正对的例子是张载《七哀诗》："汉祖想枌榆，光武思白水。""想"和"思"是同义词。二者的优劣是显而易见的。在这个问题上，刘勰的理论是高的：他把反对认为是"理殊趣合"，这是用不同的道理来达到同一的意趣，表面上是相反，实际上是相成。这样的对偶是内容丰富的对偶。他又把正对认为是"事异义同"，因为两个句子从字面上看来虽然不同，实际上只表示了同一的意思，这样的对偶是内容贫乏的对偶。

正因为这个意见是对的，所以后人常常拿它来衡量诗的优劣。王籍《入若耶溪》："蝉噪林逾静，鸟鸣山更幽。"这是被人传诵的名句。但是蔡宽夫《诗话》说："晋宋间诗人造语虽秀拔，然大抵上下句多出一意。"他举了王籍这两句诗批评说："非不工矣，终不免此病。"

正对走到了极端，自然是诗家之所大忌。所以诗论家有合掌的戒律。所谓合掌，也就是同义词相对。

因此，关于对偶，我们不要单看见古人求同的方面（字数相等是同，词性相等也是同），同时还要看见古人求异的方面。后者比前者更加重要。古人在对偶中特别强调相反，强调对立，强调不同。这个原理同样地适用于声律方面。

《文心雕龙·声律》篇中有很重要的两句话："异音相从谓之和，同声相应谓之韵。""同声相应谓之韵"这一句话好懂：韵就是韵脚，是在同一位置上同一元音的重复，这就形成声音的回环，产生音乐美。但是刘勰所强调的不是这一句，而是前一句："异音相从谓之和。"所以他跟着就说："韵气一定，故余声易遣；和体抑扬，故遗响难契。属笔易巧，选和至难；缀文难精，而作韵甚易。"这就是说，同声相应是容易做到的，异音相从是难做到的。这和《丽辞》篇所论"反对为优，正对为劣"的道理是相通的。依一般的见解，异音相从应该是不和，现在说异音相从正是为了和，这也和《丽辞》篇所说的"理殊趣合"是同一个道理。音乐上的旋律既有同声相应，也有异音相从。假如只有同声相应，没有异音相从，那就变为单调了。

什么是"异音相从谓之和"呢？范文澜同志认为是"指句内双声叠韵及平仄之和调"（《文心雕龙注》页五五九）。这是对的。所谓"八病"，虽然旧说纷纭，莫衷一是，实际上就是避同求异，如双声的字不能同在一句（联绵字不在此例），句中的字不能跟韵脚的字叠韵，五言诗第五字不得与第十五字同一声调，等等。沈约

《宋书·谢灵运传论》说："夫五色相宣，八音协畅，由乎玄黄律吕，各适物宜。欲使宫羽相变，低昂互节，若前有浮声，则后须切响。一简之内，音韵尽殊；两句之中，轻重悉异。妙达此旨，始可言文。"沈约在这里也是特别强调了"殊异"的作用。

律诗的平仄格式是逐渐形成的，而平仄的讲究主要还是求其"异音相从"。一句之中，平仄交替成为节奏，这是异；一联之中，出句的平仄和对句的平仄相反，这又是异。后联和前联相粘（第三句与第二句平仄相同，等等），似乎是为了求同，实际上还是为了求异，因为失粘的结果是前后两联的平仄雷同。

严羽《沧浪诗话》批评了八病的戒律。他说："作诗正不必拘此，弊法不足据也。"凡事一到了"拘"，就出毛病。形式美与形式主义的区别，就在于诗人驾驭形式还是形式束缚诗人。八病的避免，如果作为形式美来争取，而不是作为格律来要求，还是未可厚非的。董文涣《声调四谱图说》引杜审言的《早春游望》作为示范。杜审言原诗是："独有宦游人，偏惊物候新。云霞出海曙，梅柳渡江春。淑气催黄鸟，晴光转绿蘋。忽闻歌古调，归思欲沾巾。"这首诗有四句是平上去入四声俱全的，其余也都具备三声（其中有两句按诗律也只能具备三声）。这样，在声调上就具有错综变化之妙。

有人说，杜甫的律诗出句末字上去入三声俱全；如果首句入韵，那就是平上去入四声俱全。我曾经就《唐诗三百首》所选的杜诗作一个小小的统计：五律十首，合于上述情况者八首；七律十三首，合于上述情况者十首。这可以说明：一方面杜甫的确有意识地追求这种形式美；另一方面，杜甫决不会牺牲了内容去迁就形式。

相连的两个出句声调相同，叫作鹤膝，也有人认为就是上尾。杜甫的律诗，特别注意避免上尾。但偶然也有不拘的，例如《客至》诗第三句末字是"扫"字，这个字有上去两读，若读上声则跟第一句末字"水"字犯上尾；若读去声则跟第五句末字"味"字犯上尾。这些地方都可以说明杜甫既讲究形式美而又不拘泥形式。两个出句末字声调相同还不足为病，至于三个出句末字声调相同，那就算是缺点了。谢榛《四溟诗话》批评杜牧的《开元寺水阁》诗："六朝文物草连空，天淡云闲今古同。鸟去鸟来山色里，人歌人哭水声中。深秋帘幕千家雨，落日楼台一笛风。惆怅无因见范蠡，参差烟树五湖东。"又批评王维《送杨少府贬郴州》诗："明到衡山与洞庭，若为秋月听猿声。愁看北渚三湘远，恶说南风五两轻。青草瘴时过夏口，白头浪里出溢城。长沙不久留才子，贾谊何须吊屈平？"他说："此上三句落脚字，皆自吞其声，韵短调促，而无抑扬之妙。"其实他在这里指出的就是上尾的毛病，因为这两首诗三个出句末字都用了上声。谢榛最后说："然子美七言，近体最多，凡上三句转折抑扬之妙，无可议者。其工于声调，盛唐以来，李杜二公而已！"他的话是颇有根据的。李白的律诗较少，我没有分析过；至于杜甫，我相信他在声调美的方面是有很深的研究的。

总起来说，古典文论中谈到的语言形式美，不管是在对偶方面，或者是在声律方面，都是从多样中求整齐，从不同中求协调，让矛盾统一，形成了和谐的形式美。

　　我们不可能也不应该照搬古人的艺术经验，特别是现代的诗即使讲究格律，也不一定要拘泥平仄（写旧体诗不在此例）。但是古典文论中谈到的语言形式美，从原理上说，还有许多可以借鉴的地方。文学语言的形式美，应该是随着民族而不同的，随着时代而不同的。希望有人在这方面进行研究，对文学的发展将有很大的意义。这篇短文，不过是抛砖引玉罢了。

（原载《文艺报》第 2 期，1962 年）

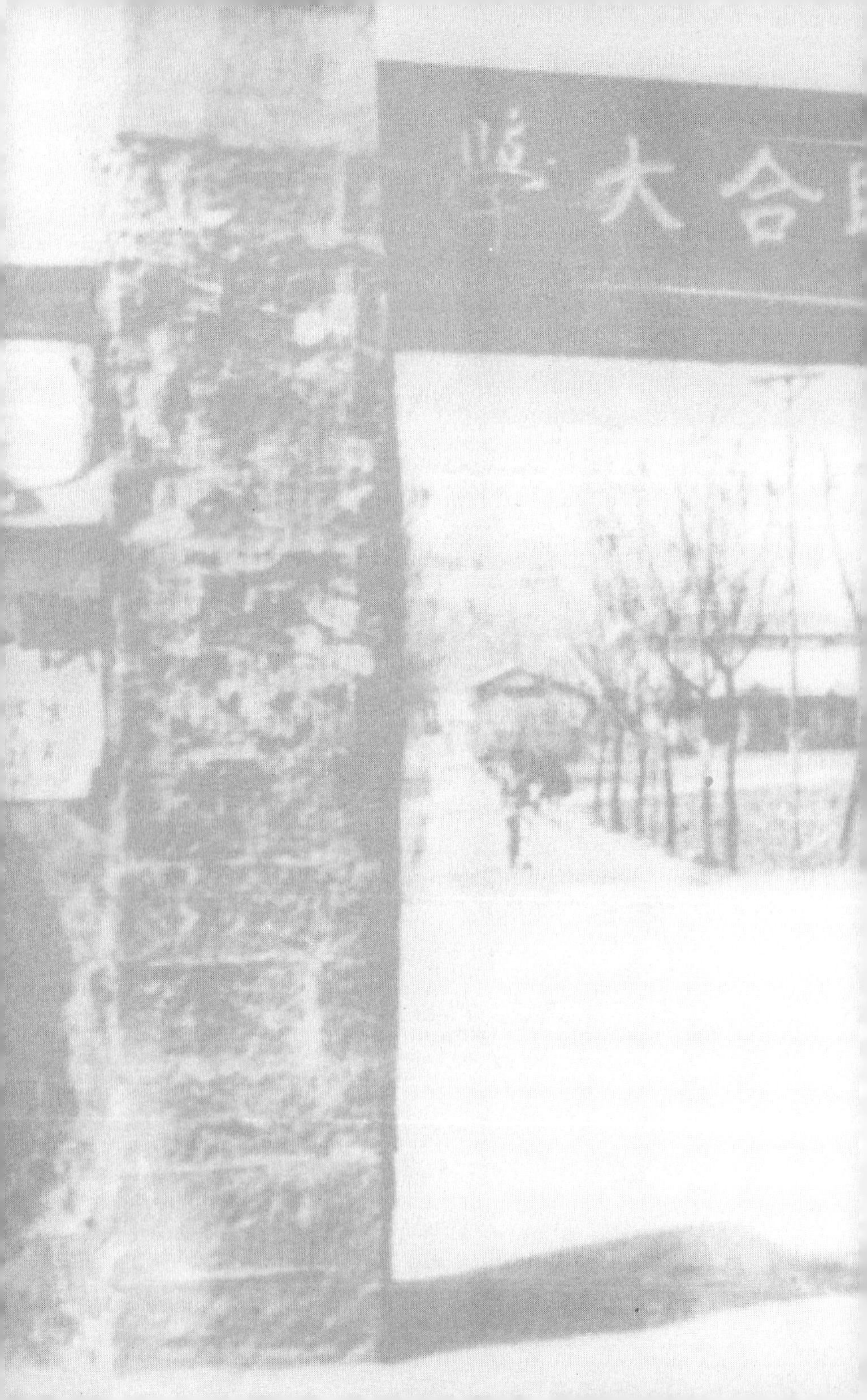

第九篇 文学的价值
文学与人生五讲

1937—1946

1900—1950

罗庸：国文教学与人格陶冶

甲　过去的检讨

（一）学校商业化的由来。

学校商业化成了近年来大家注意的严重问题，主要的是感觉到学校中师生的关系日趋澹薄，教员拿知识换钱，学生拿钱买知识，交易而退，各得其所，全无人格上的陶熔感化，失去了教育的意义，只剩下知识的传习。

但社会上一种病态或弊端，绝非凭空而来，都有它们不得不然的原因在。学校的商业化，就因为中国今日的学校制度，完全抄自以工商业立国的近代西洋文明国家。

大家都知道，近代的西洋学校制度，是由中古教会书院蜕化而来，虽社会工商业化，学校仍得保有其独特的风格，像中国近年来的毛病是不会有的。中国旧来家塾书院的师严道尊，本来也只有教育的意义而绝无商业的意味；但自变法维新以来，旧的制度都在根本扬弃中，师严道尊的意思，不复能在新学校制度中存在。加以农村经济崩溃的结果，父兄送子弟入学，主要的是为取得将来在社会上谋食的技能与资格。有如做生意的下本钱。学生入学，既不为谋道而来，其与学校的关系，恰如"寄物瓶中，出则离耳"。除了以考卷换取学分，以学费换取文凭，殆不复知学校对于他还有其他的关系和意义。学校商业化，正是势所不得不然，教育的实施，正不得不减削其效力。

（二）公民训育与人格陶冶之不同。

为了人格陶冶，从前的中小学，设有修身一课，大半由校长或学监担任，其效果如何，大家都知道的；然所讲的究竟还是些嘉言懿行。自修身改为党义，党义改作公民，训育主任除了宣传政治理论，执行学校规则，便什么也做不来，结果是和学生站在相对的地位。

教育本来以培养学生自发的向上心为其目的，所以内心的陶冶是教育的基础，而行为的规范和政治的训练乃是外面的功夫。所谓"乐由中出，礼自外作"。现在只有外作的礼，而缺乏了中出的乐，致令学生知识的空虚有法填补，而内心的苦闷无人解决。"隐其学而疾其师，苦其难而不知其益"，就造成了今日师生间的游离状态。

但事实上学生的思想与感情总需要有所依止，在这方面比较关系最切的要算国文教师了。大半的中学毕业生，对于训育主任和公民教师，不见得有深厚的感情，而对国文教师，往往无形中受很大的影响。那就因为国文课本的内容，比较可以滋润青年们枯渴的心灵。所以在现制度下的学校，对于学生心理的陶熔，国文教师实负有很大的责任。

（三）近年中学国文教材之繁杂笼统。

然事实上的结果则如何者？自民国七八年（1918—1919年）

"国学书目"、"青年必读书"的风气打开以来，二十年来国文的教材造成一种博而不专的现象。大学入学试验要考国学常识，高中的国文课就不得不教学术源流。选文标准，既要按文学史的次序每时代都得有代表作，又须按文体的分配各体平均。一方面要教文言，一方面又要教语体。散文之外，还得加些诗词。讲文之余，还得指示修辞和文法。教者张皇幽眇，脚乱手忙，学生座席未温，浅尝辄止。试想如此一种百科全书式的选本，内容哪能不矛盾冲突？教者介于群言之间，不惜以今日之我与昨日之我宣战，或则弥缝调停，无可无不可。大道以多歧亡羊，学生以多方疑师。教材的无中心，造成学生思想的纷乱。教授目的的不确定，使学生无所适从。教授法不从专精纯熟方面下功夫，使学生对于读物永远得不到一贯的涵泳。文章尚且作不好，还谈得到什么人格的养成！

所以，在现在的学校制度未能改善以前，要求青年得到一点真实的内心陶冶，就非从国文教学根本下手不可！

乙　中国文化与士大夫

我们首先要问：我们的青年究竟需要培养成一种什么样的风节？

我们可以简单的答一句话：我们需要养成一种纯正的中国士大夫。

所谓士大夫，是中国文化里的中心主干，要明白士大夫的意义，就需要先明白中国文化是什么。

（一）所谓中国文化者。

有些人根本否认中国有其自己的文化，以为：我们穿的是胡服，睡的是胡床，听的是胡乐。历史上文化交流的结果，所谓中国文化者，早已成为极不明确的名词。但我们这里所谓文化者，并不是指的一些具体的文明，乃是指的一民族自己的生活态度，中国人有其与西洋人不同的生活态度，那就是中国文化。

观察一民族的文化，首先应当明了这文化的由来。中国自殷周以来，建立了以农立国的基础，散漫的农村社会，形成了安土重迁的民族心理，造成了家族本位的社会组织。人与人之间，只有亲族的伦理关系，最远的推到朋友而止。天子号称"家天下"，也不过是把天下看成一个大的家族。君臣以义合，只不过是朋友的变相。力田，尽伦，长养子孙，生活便算圆满了。农业社会，三分靠人力，七分靠自然。农村的生活，最先感到的是自然界的伟大，和平，和有秩序，尤有意味的是"万物并育而不相害"的一片生机。孕育在这种环境中的人类，除了力耕自足而外，如何与自然求谐和？成了唯一的人生目的。所谓"人法地，地法天，天法道，道法自然"，所谓"先天而天弗违，后天而奉天时"，成了人生哲学上最高的境界。反观其他动物界的搏击吞噬，同类相残，便憬然发生了"人之所以异于禽兽者几希"的觉悟。由此人的自觉，而有仁、义、礼、乐一套的理论与实施。

这一套农本、人本的人生哲学，奠基于周，而完成于孔子，推阐于七十子以后的儒家，形成了三千年来的民族意识。只要中国的农村本位的社会没有根本的改变，则这一套文化的形式永远不会变更。至于人的自觉这一点，则更是几千年志士仁人出生入死拼命护持的所在，纵使粉身碎骨，也不肯为禽兽之归的。

以农村的自给自足形成了寡欲知足，以力求谐和自然，故极力裁制人欲，这样子是不会有长足进步的物质文明和工业制造的，因而也就免除了财富的兼并与经济斗争。以安土重迁故不勤远略，因而没有拓殖的欲望；故步自封是毛病，但也永远不会成为帝国主义者。以人的自觉老早成熟，故很早便脱离了宗教的束缚，因而像欧洲历史上宗教的黑暗和战争是没有的。人本的思想使得对人类只有文化的评价而无种族的歧视，"中国进于夷狄则夷狄之，夷狄进于中国则中国之"，因而养成了对于异族的同化力和大度宽容。记得严粲《诗缉》评《诗经》的周诗一句话说："周弱而绵。"中国文化表面看来似乎是散漫而无力，但是这绵的力量却是屡遭侵略而终不灭亡的根源。

假使帝国主义的暴横残杀是人类文化的病态，则中国文化无论有什么缺点其最后的核心到底是人类文化的正常状态！

代表中国经济层的是农民，代表中国文化层的便是士大夫，此外，兼并的豪商，独裁的霸主，都是中国人厌弃的对象。

（二）士大夫的历史及其前途。

士大夫实在是中国文化的轴心，他的责任是致君泽民，上说下教。他一方面是民众的代表，一方面是政府的监督，而以尽力于人伦教化为其职志。自从东周政衰，世卿的制度崩溃，所谓王官失守，学在私门，有心的士大夫便以在野之身，积极的做文化运动，孔子便是这时代唯一的代表。但战国的局面，正在封建制度崩溃的前夕，诸侯的军备扩张，造成了农村的破产。大都市繁荣的结果，增加了商人赚钱的机会。士大夫也者，没有了代耕之禄，不得不学商人的样，挟策求售，曳裾王门。读书人商业化的结果，造成了游士之风，贤如景春，也不免艳羡，称他们为大丈夫。秦始皇帝和李斯似乎很有办法，他们对付都市膨胀的办法是毁名城，对付土豪的办法是杀豪俊，对付资本家的办法是徙富豪十二万户于咸阳，对付散兵游勇——不能归田的农民——的办法是北筑长城，置戍五岭。剩下那些剩余商品的游士，就只好活埋了。这种大刀阔斧的做法，在我们读春秋战国三百多年的历史头昏脑涨之余，诚然是一件快事；但可惜积极方面忘却了中国的社会基础是散在农村。中国文化的中心是仁义之道。结果，努力造成的一个集权的中央，不旋踵而遭遇了散兵革命。汉袭秦法。只有重农的一件事，却根本的挽回了当时社会的生机。惠帝的奖励孝弟力田，窦太后的好黄老，文景四十年的与民休息，恰是适合了中国社会的需要。在这里，贾谊晁错的眼光，实在高过李斯。所以，在两汉四百年中朝廷上尽管宗室打外戚，外戚杀宗室，宦官又打外戚，外戚又杀宦官，而农村的基础和文化的根基却日见稳定。读书人以居乡教授作处士为荣，东汉的气节，在士的历史上造成了空前的好榜样。这样，刘家一姓的私事，才不至于动摇整个的社会下层。

董卓的入卫，开创了中国历史上的军阀专政之局，曹氏、司马氏，以及宋齐梁陈，刻板的在定型下互相抄袭，造成了几百年奸雄的历史。处士一变而为党锢，再变而为文学侍从，三变而为世族的门客。读书人的生活，从居乡教授到运筹决策，再到作劝进表，加九锡文，最后到应诏咏妓，南朝士人的身份降到无可再降。而隋唐之际一些来自田间的笃实之士，却在北朝异族的统治下培养出来，实在是一件很可伤心的事。

隋唐的科举，虽然造成了乞怜奔竞之风，但究竟在"白屋"中，拔出些"公卿"，读书人犹得以气类相尚。北宋的宰相，大半是寒士出身，眼光渐渐由都市转到乡村，使得久居被动的农村，又有独立自存的趋向。两宋理学家于讲学之余，大都注意到农村的组织和建设，如《朱子家礼》、《吕氏乡约》，都是意义深长，有其远大的看法的。只可惜明清两代的八股科举，与腐败的胥吏政治相为因缘，造成了所谓土豪劣绅的一阶级，出则黩货弄权，处则鱼肉乡里，士大夫的意义，早已不复有人顾及了。

近三十年来，读书人的现象大家都知道，不必再说；现在只需问一句话：我们现在究竟是应该继东汉两宋之风而有所振拔呢，还是任着青年走战国、南朝，和明清士人的旧路？

迷途未远，近年来事实上的要求逼得朝野都有些觉悟，复兴农村，和知识分子下乡，已由理论渐进于实行，这正是我们垂绝的民族文化一线光明的展望。

（三）我们所需要的知识分子——士的风节。

古曰士大夫，今曰知识分子，名实相类，而知识分子一名，实不足以尽士大夫之全。因为士大夫之所以为士大夫，在其全部的志事与人格，而知识分子仿佛只靠了有些知识可以贩卖。所以我们还是说士大夫，简称曰士，说士君子也好。

士是不事生产的，所谓"无事而食"。所以王子垫要问孟子"士何事"？而孟子回答的却是"尚志"。再问"何谓尚志"？孟子的回答只是"仁义而已矣"，"居仁由义，大人之事备矣"。

原来士之所以为士，在其能以全人格负荷文化的重任而有所作为，所以说："士不可以不弘毅，任重而道远。仁以为己任，不亦重乎？死而后已，不亦远乎？"然必其先有自发之志，然后能有所奔赴，所以尚志是第一件事。能尚志必能好学，哪一段有所奔赴不容自己之情，便会使他"食无求饱，居无求安，敏于事而慎于言，就有道而正焉"。谋食、怀居的私欲减轻，那一副虚明刚大的胸怀便会喻于义，然后可以"见危致命，见得思义"，然后可以"托六尺之孤，寄百里之命，临大节而不可夺"。到了欲罢不能的时候，"无求生以害仁，有杀身以成仁"，是很自然的结果。但看"生我所欲也，义亦我所欲也，二者不可得兼，舍生而取义者也"。是一种什么样的自然，洒落，与坚刚！

士便是以这样的一种精神毅力成己成物，立己立人。有了这样的风节，无论从政讲学，都会有一贯的内容和面目。有了这样的风节，自然对自己和社会有他的深到的看法与合理的安排。

中国民族便是在这样的一种风格的陶冶中出生入死支持它的生命到如今。为了负荷人的自觉的使命，受尽了异族的蹂躏；而终究不沦于绝灭者,就在人类的向上心毕竟不会完全失掉;到了途穷思返的时候,中国文化正在以人类的正常态度和平而宽厚的等待他们。

这便是中国民族的自信力,而这自信力的培成,却全靠士以他的整个的人格来负担。

丙　诗教论

文化的推动,全赖推动者有所自得,而自得必由自发,所以教育对于学者内心的启发是唯一的功夫。《学记》说:"不兴其艺不能乐学。"孔子说:"兴于诗,立于礼,成于乐。"学者志气的激发,诗教又是第一步功夫。我们重视国文教学的意义在此。

(一)何谓诗教?

《礼记·经解》篇说:"孔子曰:'入其国,其教可知也:其为人也,温柔敦厚,诗教也。疏通知远,书教也。广博易良,乐教也。洁静精微,易教也。恭俭庄敬,礼教也。属辞比事,春秋教也'。"这里易、书、礼、春秋四教,偏于理解和行为,只有诗乐二教是性情之事,所以孔子对于诗乐之教特别看重。他说:"小子何莫学夫诗?"又说:"人而不为周南召南,其犹正墙面而立也与?"乐教深远,姑且缓谈;单说诗教,它是教育上最有力的因素。

温、柔、敦、厚,即所谓中和之德,是人性之本然,而冷酷、僵木、轻浮、凉薄都是失其本心的状态。中国文化的根本下手处是教人反身而诚,而诗教便是修辞立诚之事。"唐棣之华,偏其反而；岂不尔思，室是远而。"孔子批评这诗说："未之思也，夫何远之有？"便是因为它不诚，不诚便是失其本心。而《三百篇》大多是恳诚恻款，直抒性情之作，所以感人最深，文学的价值也最悠久。六经而后，诗教便成了中国文学的正宗。如章实斋所说，战国后的文体固然导源于《诗经》，就是后人的鉴赏文学，也是以立诚感人为根本原则。所以，不但雕章琢句言不由衷的文章不登大雅之堂，就是任情奔放之作也会遭明达的非议。真正大雅的文章，必是"仁义之人，其言蔼如也"的，才能使人感兴而反躬，复归于温柔敦厚，这正是中国民族的人生态度。

（二）诗教的实施与完成。

在战国以前，诗教与乐教是不可分的，所以文学的教育是以音乐教育为其基础。性情的培养，志气的激发，主要靠了弦歌，所以孔子说："兴于诗。"又说："诗，可以兴。"兴者，志有所之而行欲从之谓，这时便须有以规范其行为，那就靠着礼了，所以又说"立于礼"，"不学礼，无以立"。但礼自外作，须由勉行而归于安行，这就靠了乐教为之镕冶和谐，使其从立志，制行，到完全统一的人格，为一贯的施设。万不能杂施不逊，以至于坏乱不修。孔子便是这样一个自己把自己教育完成的人，自从十五志学便真能兴，到了三十便立了；此后不惑，知命，耳顺，一直到从心所欲不逾矩，便是乐之成。请看"发愤忘食，乐以忘忧，不知老之将至"是一种什么样的精神？再体味喟然与点是一种什么样的境界！

诗乐之教既然不由外作，故必学者先能心有所存，然后可以如孟子所说的以意逆志,可以如子夏的告诸往而知来者。至于"博学而详说之,将以反说约也",则孟子的知人论世是很必需的。

晋人是很会读书的,杜预《左传序》所说:"优而柔之,使自求之;餍而饫之,使自趋之;若江海之浸,膏泽之润,涣然冰释,怡然理顺,然后为得也。"和陶渊明的"好读书,不求甚解,每有会意,便欣然忘食"便都是以意逆志的自得之境。

孟子说得好:"自得之则居之安,居之安则资之深,资之深则取之左右逢其原。"这正是文学教育的正轨。

丁　一个具体的建议

(一)国文教材应有其自己的中心。

古语说:"教无传疑,疑则不教。"国文教师本来应有其自己的学养,以立诚的态度说由衷之言,才能以其所信使学生共信。现在的教法,说高一点是代古人立言,说坏了便是应景做戏,不但学生彷徨歧路,同时也毁坏了教师。所以,国文教师为了自尊和学养的进修,应该有独立的远大的眼光选一种不违诗教的教材,用自己的信心去施教。自然各人致力的方面和兴趣不必尽同,但传播中国文化的精神和培成士大夫这个目标则必须一致。痛革从前趋风气,逐时尚的浮薄浅陋的毛病,和东扶西倒不能自立的病根,而为民族国家百年树人的大计下一番深沉反省的功夫。必能如诸葛武侯所说的:"庶几之志,揭然有所存,恻然有所感。"大本既立,则枝叶的小节自然不成问题。我渴望着有这样的一种教材,在各位会员的手中出现。

（二）国文与国史的沟通。

帝国主义者灭亡人家的国家，必先使其人民忘记自己的历史，以消灭其民族意识。所以，一个国家假使不幸而亡国，只要其民族未忘国史，则必有恢复的一天。现在一般中学，关于国史的课，大半是形在神亡，国史与国文更少联络。以致国史变为枯槁的记诵，国文成了缥缈的虚谈。孟子说："诵其诗，读其书，不知其人可乎？是以论其世也，是尚友也。"司马迁也说："我欲载之空言，不如见之于行事之深切著明也。"一段国史，假令有一段好的文章陪衬着，便异常感人；一篇国文，如能与其有关的史实相参证，便越加亲切。比如我们教一篇《鄘风》的《载驰》，空洞的说说许穆夫人，甚至牵扯到中国妇女文学史，那就越说越远。假如我们先讲《左传》闵公二年冬十二月狄人伐卫，把《载驰》插在当中，而以"卫文公大布之衣"一段作结，便丰富得多。若是音乐教师再能把《载驰》谱出，那末，唱过几遍后便连《左传》也永远不会忘的。这方法国内似乎还少有人注意到，而我们的敌人却早已实行了，在日本有些高等女校用着一种当作汉文教本的书，叫作《靖献遗言》，内容从《离骚》选起，如诸葛武侯《出师表》，岳武穆《五岳祠盟记》，《满江红》词，谢翱《登西台恸哭记》等，篇幅并不很多，但每篇前后都附载史事。如《五岳祠盟记》前面就先载《宋史·岳飞传》，《通鉴》中宋金和战的记载，然后是盟记本文，文后附王船山《宋论》，再后便是编者的意见……这书在汉文教本里有相当势力，而我们却连这样的教本都没有；甚至于有些中学生连六朝五代的先后都分不清。

在云南有些位中学国文教师是兼教国史的，我认为这是很好的机会，可以无所牵碍的把这一个责任负起来。

（三）打成一片的国文教学法。

文学本来是极活泼的东西，其所寄托在文字，而本身却散在生活的各方面。假如上堂就有国文，下堂就没国文，那就失去了国文的目的。在这里，我且提出两条教学法的改造，供各位参考：

1. 教师的言行与教材内容打成一片。古人说："以身教者从，以言教者讼。"国文教学虽然是言教，但教师对于所选的教材如能身体力行，则学生在观感上所得的影响，自较说空话所得为多。同时教师也可以即教即学，把自学与教人打成一片，实际上收教学相长之益，而学生尊师敬业之意也可日益增高。

2. 课内教学与课外生活打成一片。广义的说，生活即是艺术，学文学的人如不能变化气质，纵使文章作得好，也与学问无关。所以国文教学对于学生课外的生活要能随时启导，如能做到以教材证实生活，自然最好；即不然，也要因时因地与以文学的陶熔。照我的意见，教师应于课堂外多与学生共处，旅行，看报，待人，接物，随时授以活的教材。日记的督促和批改是很必要的，在这里可以看出学生生活的实况，而与以实际的纠正与充实。如此，则课卷呆板的方式可以得到合理的替换。还有一种副收获，即应用文件体裁的说明和训习可以不必再设专科。此外书法和文学方面的艺术的需要，也可以随时指导，语言的练习也可以在水边林下养成。

照我个人的看法，国文教学与人格陶冶实在只是一件事的两方面，但要真能做到圆满，就非国文教师先对于中国文化有清楚的了解，并真能自己具有士大夫的风格不行。

"其身正，不令而行；其身不正，虽令不从。""有诸己而后求诸人，无诸己而后非诸人。"个人愿与诸位共同向这方面努力！

二十七年八月在云南省立中等学校教职员暑期讲习会讲

（原载罗庸：《鸭池十讲》，开明书店 1943 年版）

1911—1966

陈梦家：文学上的中庸论

读《中庸》，其中有两句话可应用于文学理论。《中庸》第一章曰："喜怒哀乐之未发谓之中，发而皆中节谓之和。"中和就是中庸。朱熹说："中者，不偏不倚无过不及之名。庸，平常也。"我们以为朱说不如《中庸》上以上两句的中肯，中和就是中庸。喜怒哀乐未发时谓之中，发而皆中节谓之和，因此我们更要注意"发"和"节"。用现代名词说，存在心中的喜怒哀乐就是一切情感与思想，"发"即是表现，发而皆中节就是表现出来都有节度。文学上需要中和，这中和的意义适当于谐和（harmony）与平衡（balance）。一切的文学作品需要其本身的谐和与平衡，从未发时的印象到表现，其间必定有一番使之谐和与平衡的手续；缺少这手续，我们称这作品为不成熟。在作品的本身以外也需要与外界的谐和与平衡，这种关系通常称之为"适合于时境"。本身或外界的中和作用，据上所说的仅止于作品表现时的手续。在作品未发表以前，我们也少不了对于"中"（就是接受一切情感思想的中心）有一番预先的整顿，整顿的方法仍不外是使之谐和与平衡，这是通常所称为"作家的涵养功夫"。

我们试回头看中国向来对于文学的态度，自从孔子说诗三百的

"思无邪"，至汉之尊儒，唐韩愈倡文以载道说，宋理学更以道学淹没了所有文章的性灵，这一脉相传的"轻文重质"实是把文学变成传道的工具。然而反对此者，有魏晋人的玄谈，唐诗的歌咏情性山水，以及明末三袁的主张性灵，一直到最近十数年新文学的解放束缚，却是完全一致的求"中"与"发"的解放。故有人划分中国文学为言志载道相互颉颃的流转，以为历代文质都是互为消长的，因此我们可以假定在这互相颉颃的逆流中，自然能产生一种中庸的文学。最近有人谈诗，以为"诗应该载道"，正好表示文学在极解放中需要一种平衡了。凡一种相背驰的方向，往往引入于中庸之一途，我们不敢说中庸是最好的，但至少在文学上也常易从两种对抗中成立调和。古来偏激的文学态度（其实现在的文学也在内）不是极端的个人主义就是空泛的载道主义，但是每一朝代都有中和的出现，如像杜甫，我们可说是最代表中和的一个诗人，他常常在丰富与约束间得到适当的谐和与平衡，而李白与李商隐则各自走了一种偏激。现在有人分新文学为海的与古城的两类，我觉得这分法偏重地上而忽略个人。我们毋宁将它分为放纵的与拘束的，两者对于表现都有过与不及的偏倚（这分法属于作者对于表现的维度）。我们更可以从作者对于外界的迎拒分为被抑制的与不甘被抑制的两种，文学不能完全与外界无涉，不能太个人的；但文学也不能甘于被抑制在命定的范围内，我们看到这现象近来逐渐使文学与文学者堕落了。因此我主张这个中庸的态度，明了个人在这个时代处境中，不容许伸张私己，也不能被制定在一个"没有自己的范围中"。我们要自由的觉醒作张本，要一种从中心发的情感思想求与外界谐和平衡——绝不是放弃自己可能与外界的谐和，而投身于被制定的桎梏中。文学本身是自由的谐和与平衡，文学作者有能力（或说本性上能）求与外界的调适，我们要利用作者与外界间可能的接近，而不是以强迫的间离个人于"自己"之外，那只能为一种被命所写的"制诰"，而不是文学了。

以上我们所采用"中庸"二字的意义，不复是常识间所认为的"平常"。《中庸》上说"中庸不可能也"，可见得中庸不是容易做到的。孔子所说"执其两端用其中"，孟子所说"心勿忘，勿助长"，皆论关于德行之如何合于中庸。宋明理学家认真拿中庸的意思实行到正心养功夫，往往见其艰难，盖天地之间无论何物事都有两个不同方向的极端，两端之间有一条罅隙；人类就是在两端距离中求弥合这罅隙，也就是求一切事物的谐和与平衡。然而这罅隙的存在，可曾为人类的努力求弥合而至消失，这始终是可疑问的，也许人生的悲剧实由于此。罅隙也许永远是罅隙，求弥合也许永远造成人生的悲剧，然而人类绝不肯放弃这种野心的企图，也许这就是所以为人类或所以生命的意义。说到义学或一切艺术一切精神上的构成，都不是绝对的可以建在"圆满完全谐和平衡"上，如人所想望的；然而文学的一切，其努力企图乃求不可能的"圆满完全谐和平衡"之近似，人生之悲剧反可以促成人生之伟大壮烈的精神。往古的遗迹斑斑可寻。自古以来，若干诗人哲士淡忘了世界的物趣，在黯淡的生活下枉费其精神，想提出"美的完全的永久的想象"，使之存在于石柱人像上。文字的连缀中或颜色声符的结构内,这类大工程我们现今所见的艺术陈迹均是。然而这些人的对于"想象"求成为"具体的表现",其具体表现上(即作品上)可就是原来精神思想中的"想象"原形?没有人敢准确回答。我们岂不是徒劳无功,岂不无要求"生命的具体表现与不朽存在"而结果不朽具体的都是物质都是骸骨?——但,文学是顾成败不计较利害的,它是人性中与宗教一样的自然发生的,它唯一的企图就是努力求完成接近弥合"想像与具体表现近合一",使想象与表现的可能的谐和平衡,文学尽是这样一种野心的企图,而我们求谐和平衡的全生命,也是如此在极大难以弥合的罅隙中,永远劳力求其合一。生命的意义及文学的使命乃是如此,在不中庸中求中庸。

二十三年四月七日午,芜湖狮子山

(原载《中央日报·文学周刊》第 1 期,

1934 年 5 月 10 日)

1906—1968

李广田：文学的价值

文学价值的问题，也就是文学对于人生有什么用处的问题。

文学到底有什么用处呢？要回答这个问题，也许把问题向前推进一步就更容易说明些，就是：文学凭了什么而有它的用处？我们的答案是：文学之所以有其特殊的用处，就凭了它的特质，就凭了它的"艺术的形象性"。高尔基在其所著《俄国文学史》中，一开始就讲到了文学的定义，他说："文学是社会各阶级和集团的意识形态——情感、意见、企图和希望——之形象化的表现。""文学凭什么而有力量呢？"他又说："文学使思想充满血和肉，它比哲学或科学更能给予思想以巨大的明确性和巨大的说服力。"这所谓使思想充满血肉者也还是指形象而言。

在哲学或科学的叙述中，也间或用着形象作为传达的工具，但那种形象却不是文学作品中那样活生生的，捉住了事物的灵魂，而且比真实的事物还更有真实性的形象，也就是说，在哲学或科学的叙述中所用的形象往往是缺乏着文学的艺术性，缺乏着那完整性的意思。

譬如我们要认识一个人，我们就听人家告诉说："那个人是和蔼可亲的。"但这样的告诉有什么用处呢？它能引起我们的和蔼可亲之感吗？当然是不能的，因为这句话里没有"形象"，因此我们也就不能认识那个人。那么就再看杜甫的描写：

> 汝阳让帝子，眉宇真天人，
> 虬髯似太宗，色映塞外春……

他是这样的一个人，他使我们即之也温，他使我们仿佛生活在春天，塞外是寒冷的，多冰雪的，然而这个人就是那照耀于塞外的阳光，是生长于塞外的花草……于此，我们当可以感到那个人是如何地和蔼可亲了，因为这里是用了形象的描写。这个形象是怎样造成的呢？是作者由于和这个人一再接触，由这个实际的人而创造出来的。那么，假如有人把这个人拉到你的面前同你交接，你自然也可以认识他，你也可以感到他的可亲，你甚至认识得很详细，你知道他的姓名籍贯，地位身世，身体的高矮丰瘠，面色的黑白深浅，言语的高低急徐……但你能想到"色映塞外春"那样的丰采吗？那么光灿，那么和煦，那么温厚而远大。这自然不容易，其原因就是杜甫的诗是艺术的完整的描写，是活生生的，捉住了人物的灵魂，比实际的真实还更有真实性的一种艺术的真实。

再如，我们知道，所谓"知识分子"是不能成为独立阶级的，他既可以向前，也可以向后，其中有些还很自私，图虚荣，有严重个人主义。但只知道这些概念是不够的，假如你读过高尔基的《萨木金的一生》，你就会认识清楚了，假如你是一个知识分子——你当然是，我们都是——你就不但了解了知识分子，也就了解了你自己，于是也就知所爱憎，知所警惕。因为什么呢？因为高尔基所写的是一个形象，而且是一个典型。

文学作品通过典型形象反映社会生活的本质。我们认识了人生，也就认识了社会的面貌，认识了生活的本质。正如恩格斯在致玛·哈克纳斯的信中评价巴尔扎克时说道："他在《人间喜剧》里给我们提供了一部法国'社会'特别是巴黎'上流社会'卓越的现实主义历史……我从这里，甚至在经济细节方面（如革命以后动产和不动产的重新分配）所学到的东西，也要比从当时所有职业的历史学家、经济学家和统计学家那里学到的全部东西还要多。"

认识人生，认识生活，这是文学的第一个用处。

我们还可以把问题抛开来讲，我们再从正面来谈到"人生"。

所谓"人生"，就是说，"人"在现实社会中"实践"的意思。除了"实践"是没有所谓"生活"的，除了实践，一个人将不知道什么是社会，什么是现实，与现实脱了节，他也将不认识他自己。一个人只凭着脑子想是想不出什么结果来的，因为思维是现实之反映的缘故。我们凭了前人以及今人由实践所思维出所记录下的——所谓书籍——而有所认识，于是我们自己以为丰富了自己，但假设没有人去实践呢？而且，假如你一生只埋头于故纸堆中的话，那你所认识的究竟能有多少呢？其真实性又将有几分呢？而且，你所认识的究竟与事实能有几分符合呢？凭这些就可以写出文学作品吗？所以，不要以为你自己坐在屋子里不动便可以发种种议论，必须到生活中去才能获得真知，即使你从书本中获得了某些知识，那也是别人从实践中总结出来的，是别人劳动的结晶。把一个人放在历史上看，把一个人放在集体中看，才知道一个人所承受于历史和人群者有多么重要。至于在我们的日常生活中，如衣食起居之类，固然也是实践之一面，但这些最低限度的生存又能有多少社会意义呢？所谓现实生活，却又绝不是这么简单的一回事。

那么所谓"实践"是什么呢？是说，人生并不只是思维的活动，最要紧的乃是感官的活动，思维的活动又是由感官作媒介而由客观现实反映出来的。我们知道，"反映论"乃是科学的认识论，没有客观的现实，我们的感官将无所用，没有感官的活动在前，我们的思维将无从发生，没有感性的认识，理性的认识也无从产生，所谓实践者，即是感官的实际经验之谓，即主观见之于客观的行动，也即理性认识之基础，之依据，之过程。无论什么事，我们自己亲自看过了，听过了，亲身参加过了，我自己在那事物中活动过了，因此我们认识了那事物的本质，因此我们修正了前人的理论，因此，我们得出了新的认识、新的理论，因此，我们就可以用这新的理论指导自己生活，以新的理论作为"人生"的指针，于是人生乃有进步，乃有意义。

那么，文学与人生到底有什么关系？文学也是认识生活的一种手段，也不能背离认识论的规律，与科学和哲学相比较，它认识生活不是借助于抽象的概念，而是用了具体的"艺术的形象"。所谓形象者，是从哪里来的呢？文学中的形象绝不是作者凭空设想的，而是由作者在"实践"中，在实际生活中摄取了来而又创造成功的（当然不是死板板的照相，不是照原样描画的）。哲学家在实际生活中以其所得发为理论，科学家在实际生活中以其所得作为科学的记录，文学作家则由实践中摄取了形象而作为艺术的创造。所以说，文学是"现实的反映"，也就是"生活的反映"。所以，好的作品，使我们认识了现实，我们如同到现实生活中走了一遭一样。须知道，人的生活是多方面的，而各人在实践中却只把握了一面，譬如我们在后方时，不知道前方的情形，前方的作家由实践中作出了艺术的描写，塑造了战场上的战士的形象，于是我们借了作家的经验，也就如同经验了一样。我们读过果戈里的《死魂灵》，就在追随着契契可夫旅行，读了《唐·吉诃德》，就如同做了"散叩潘札"一样，我们在种种生活中生活过来。所以真正的作品是显示给人们以真正的生活。它不但显示，不但表现，而且加深，放大，它清清楚楚地告诉我们是与非，善与恶，进步与后退，光明与黑暗，因此，当我们读到好作品的时候，就有所肯定，也有所否定，有所反对，也有所拥护，因此，我们在阅读中发展了好恶之心，是非之见，叫我们知道站在哪一边，叫我们知道怎么生活，而且生活得很勇敢。也正因此，文学作品绝不是文字的玩弄，更不是无聊的呻吟。一个认真的读者也应当在读着文学作品的时候当作在其中生活一样，认识了生活，并知道了生活的道路，绝不单是为了学习文学的技巧，更不是为了无聊的消遣。试想，我们不是在作品中参加轰轰烈烈的斗争吗？我们不是在作品中受过种种折磨与委曲吗？我们在其中流了泪，也在其中欢笑过，我们为了作品中的人物而憎，而爱，而忘掉自己，而把自己升高起来，扩大起来，使自己感到生活的热爱，使自己感到意志的向上。凡此种种，都是以作品为对象，代替了我们的实践，或帮助了补充了我们有限的实践，而发生了一种鼓舞生活的作用。所以高尔基又说：

> 文学的目的，是供人理解自己，供人发达对于真实的热望，使人与人世间的恶俗斗争，使人能发现人间的善的东西，使人在心中鼓吹羞耻、愤激与勇气，为了使人们成为高洁，与强力，为着以美的圣灵鼓舞自己的生活，而尽其全力的。这是我的公式。不用说，这还是不完全的，只是一个轮廓而已，所以，请用一切能够鼓舞生活的东西，来补充我这个公式吧。

鼓舞人生，鼓舞生活，这是文学的第二个用处。

于此，我们可以更进一步，看看"人生"的真正面目。

我们说，所谓"人生"，就是人们在现实社会中实践的意思。但这实践，是怎样的实践呢？是幸福的呢？还是不幸的呢？是快乐的呢？还是痛苦的呢？

"生活便是战斗"，这句话可能说明一切。

大概是厨川白村在他的《苦闷的象征》里边曾说过如下的话：我们从降生的第一日，甚至是第一瞬间起，我们就已经验到战斗的痛苦了。婴儿的肉体生活，岂非明明是对饥饿、病菌、冷热的不绝的战斗吗？且不问平稳地在母胎里安眠的十个月如何，一离开了母胎，当作一个个体而开始生活，这战斗的苦痛就开始了。一出母胎就发出呱呱的哭声，岂非就是人生痛苦的第一声叫喊？这呱呱的哭声可以说是和文艺同其本质的。婴儿为了要避免饥饿，苦痛地探求母亲的乳房，给了他乳房以后，就在天使似的睡眠着的颜面上显出美丽的微笑来。这苦痛，这微笑，就是人间的诗歌，就是人间的艺术。越是充溢着"生命力"的强健的婴儿，呱呱的叫声也越大。没有这叫声，没有这艺术的，唯有"死"。

厨川这一段话，确也自有其道理；但我们却要引申它，就是：婴儿为了饥饿，苦痛地探求母亲的乳房——这样的探求，其实是贯彻着整个人生的，自有人类以来，人类就一直在探求着母亲的乳房。就以现在的情势而论吧，在现存的阶级社会中，在现存的经济制度所造成的种种灾害之中（诸如战争、剥削、奢侈、压迫、榨取、苦工、饥饿、疾病、死亡、男女失时……），人类的大多数既无衣食，又无自由，就如同无乳的婴儿一样，这些无乳的婴儿，为了对于母乳的探索，为了对于母亲怀抱的向往，也就是对幸福自由的争取，都成了拼命的战斗者。在人生中，一方面是那对好日子的强烈的希求，一方面却又是那阻碍了这希求的顽强的堡垒，而战斗的人群，就永远向着这堡垒进攻。大多数人的生活本来是苦的，而在苦中又必须从事战斗，所以更苦；但也正因为是战斗着，所以在那血与泪之中也还闪着微笑，因为，只要是战斗着，就总有胜利的一日，也不管那一日什么时候才可以到来。在人生的行伍中，那做了战斗败北者的固然也不少，但是，那相信着一个光明的明日的却是更多。人生就是如此。而文学也就从这里产生。不同的社会阶层，不同的生活，不同的观念，就产生出不同的文学。恶的方面，有恶的文学，善的方面，有善的文学。而读者，就在不同的文学作品中采摘那不同的果实。就只以善的一方面论，也可以产生两种不同的对于文学的看法：一种是，以为文学是镇静我们的灵魂，灭绝我们的希望，给我们享乐和安息的东西；一种是，以为文学可以唤醒我们对于幸福的追求，使我们远瞩一种理想而又竭力以赴之。这两种看法，实在也并无什么冲突，对于前一种说，后一种乃是更进一步的，比较积极的态度。人生是苦的，作者在作品中正好说着了那苦处，而且说得那么美好，我们自然感到快慰。但这种快慰也是暂时的，当我们从作品离开而又面对现实时，那痛苦也还是照旧，而且，那作品中对于人生苦的描写，却也更帮助我们认识现实中的痛苦，这也正是必需的，应当的。至于第二种，作者在作品中描写了那美丽的远景，我们自然是快乐的，它又告诉了我们，如果不努力斗争，恶的东西既不会消灭，美的东西更不会生长，这就使我们增加了战斗的力量。这样的作品，当然比较前一种更重要，也更需要，这应当是一切作品中最好的作品。所以卢那卡尔斯基在他的《实证美学基础》中说：

尽力美化民群的生活，描出将来的照耀着幸福和完满的图画，而同时又描出眼前一切可以憎恶的邪恶，使悲壮的感情，奋斗和胜利的欢喜，普罗密修斯的企求，坚强的自信，不妥协的勇气等都发展起来，把人们的心结合在向超人的热情的一般情感中——这是艺术家的任务。

他又说：

问题不止在于产生和自己一样的生活，而是创造出高出自己的生活。

而这也正是高尔基《论苏联文学》中所说的：

社会主义的现实主义认定存在是一种行动、一种创造，它的目的是为着人之征服自然界力量，为着人的健康和长寿，为着住在大地上的伟大的幸福，而不断地发扬人的最有价值的各别的才能，因为人按照自己的需要的不断增长，愿意把大地彻底改造为那联合成一家的全体人类的美妙的住宅。

总而言之，最好的文学作品是教我们如何创造更好的，最合理的人类生活。

创造人生，创造生活，这是文学的第三个用处。

认识生活，鼓舞生活，和创造生活，是文学的用处，也就是文学价值之所在。文学使我们认识生活，是因为作者有一种正确的思想，才不致使我们歪曲了真实。文学使我们鼓舞生活，是因为作者有一种健康的思想，而且他的表现中又充满了有力的情感，所以不至于使我们悲观消极。文学使我们创造生活，是因为作者有一种进步的思想，即崇高的理想，他既让我们认清了现在，更叫我们看见了将来，而使我们觉得一切都非空想，都非虚无。

因此，假如我们要批评一件文学作品，我们就可以说：第一等的文学作品，是既能够叫我们认识生活，鼓舞生活，更能够叫我们创造生活；第二等的文学作品，虽不能叫我们创造生活，却可以叫我们认识生活，并鼓舞生活；第三等的文学作品，虽然既不能叫我们创造生活，又不能叫我们鼓舞生活，但还可以叫我们认识生活。至于那既不能叫我们创造生活，鼓舞生活，就连叫我们认识生活也不可能，或者只是给我们以错误认识的作品，那就不列等，那就是坏作品。

（原载李广田：《论文学教育》，文化工作社1950年版）

1890—1956

杨振声：诗与近代生活

　　近代科学赶走了我们月中的嫦娥，银河对岸的牛郎与织女，也赶走了花神林妖，川后海若，雨师风伯，一切我们用幻象组成的美丽的宇宙，用情感赋予的各种神性。总而言之，自科学使宇宙中和（neutralization of nature）后，世界已不复为人神相通的情感所支配。（因为人类造了神，故可以用人的情感驾驭神，也驾驭了世界。）而代之者是"天地不仁，以万物为刍狗"的冷酷世界。来对付这个世界的，不是颂神的歌舞与温柔敦厚的诗教，而是同样冷酷的理智！

　　跟着宇宙的改观是社会环境的恶化，科学机械化了宇宙，又机械化了人生。农业时代的田园生活，是闲适恬淡的诗境；手工业时代的妇女相聚夜绩，古人且以为是产生诗歌的来源，而近世生活的中心，城市代替了乡村，工厂剥夺了手艺。昔日朝林间的一抹云烟或晚水上的迷离夕雾，变为林立的烟囱中冒出毒人的煤气了；昔日的月夜捣衣或灯下的机声，带着一点愁思的缓音，今日却是机械轧哑了；昔日驼马的铎铃，于今是汽车电车的喇叭；昔日的晨钟暮鼓，于今是工厂上工放工的汽笛；火车的尖叫，代替了夜半钟声；飞机的雷音，压倒了呢喃的鸟语。加以机械发达后的资本主义，酿成贫富不均，生存竞争的激烈，及生活的烦闷与颓唐。总之，机械的跋扈,压碎了人生的一切。而支配人生的不是神而是机械,它已篡取神的地位了。诺尔度(Max Nordau)以一个医生的资格,诊断"时代的病症",他指出许多的时代病是由于城市的纷扰竞争,神经受刺激过度以至于疲倦,烦闷而变成歇斯底里。我们再看近代的自然主义(naturalism)的作品,特别像左拉(Zola)跟在自然科学后而描写出来的近代生活,再也找不到丝毫诗神的踪迹了。

神经过敏的诗人,看不惯这些工厂丑陋的建筑,受不了到处机械化了的环境的压迫,吃不消一般近代生活的丑恶与刺激,他们或者逃入象牙之塔〔如 Delamare,马亚(1873—1965年),英国诗人〕,在纯然梦幻中"追求那甜蜜的、灿烂的乐土";或者遁入水青草绿的乡间(如 Blundell),去在那还保存着淳朴风味的旧俗中逃避现实,或者更自然地怀慕古昔〔如 Yeats,夏芝(1865—1939年),爱尔兰诗人、剧作家、批评家,曾获1923年诺贝尔文学奖金〕,在民俗传奇中赋有神秘性的山光,云影,林妖,水神的世界里,培育一种象征的美梦似的诗情。

总之,近代生活是自然科学必然的产品,而花间月下隐约藏身的诗神,在强烈的正午阳光下逃遁了。不过,我们不能因此就没有诗,犹如我们不能因此就没有情感一样。今日的问题是:(1)我们不借助于 anthropomorphism,是不是一样的可以写诗?(2)在现代生活中(包括自然与社会的环境)是不是依然能有诗的情感与写诗的冲动?(3)在近代生活中诗对一般社会是否仍有其昔日光荣的价值?

第一个问题并不难于解答。尤其在中国，不是产生但丁的《神曲》与密尔顿的《失乐园》那类诗人，须依宗教才写出伟大诗篇的。至国风与古诗便多是描写人生本位的男女之情、别离之苦与死生之感，以至阮籍的咏怀，陶潜的田园诗，杜甫的诗史，写的都是诗人自己的胸襟与时代的伤感。就是谢灵运一派的山水诗，也只是描绘自然，抒写性情，并不乞灵于任何神秘主义 mysticism，这里只举几个卓越的诗人，便可以说明中国人文本地的艺术，绝不会因为神之退出宇宙便带走了我们的诗歌。

在第二个问题中，比较难说一点。因为一方面由于自然科学的发达，从诗国中吸引去不少天才的青年，另一方面我们必须得承认，袭用旧词藻重温旧日诗梦的，只属于旧诗的回光，而不是现代环境所培育的诗园。因为如此，我们在这里指的诗的情感与写诗的冲动，只能限于由现代生活环境中放射出来的情感及由现代语言中琢磨出来的语言，并由这些情感与语言织成现代的诗章。

至于写诗的冲动，自初民时代的"情动于中而形于言"以至于近代的"苦闷的象征"，同是出于"人情之所不能已者"，毫无古今之不同，所不同者，近代的新诗人——让我们姑且这样称呼他们，需要更大与更深的"灵魂的探险"罢了。在无神的荒江与星野间，得凭自己的灵感去接触更新的宇宙，得在官感与物象之外之上去窥探宇宙美妙的法则，他离开了华丽的旧诗的宫阙，去到街头，工厂，罪恶的宅窟，贫苦的角落，多忧患的人生里，从丑恶中发现更深一层的美丽，从无诗篇人生中探求幽微的诗篇。他如一个慷慨放弃了一份丰美遗产的浪子,独身离开家园,凭借着"一身都是胆"跑到还在幻想中的新诗国里去探险。我们不能不赞颂他的勇敢与歌咏他的成功,哪怕是些微的成功。

至于第三个问题的答案,必然得随着第二个问题的成就为转移。诗人若转向往昔,或逃遁现实,将依附于过去之光荣,而失其现代的价值。反之,他若能吸取近代科学之果对于宇宙与人生进入于更深一层之底里而探察其幽微。由智慧与深情培植出来的诗苑,以此调融及领导现代人的情感生活,新诗对现代人的价值必一如古诗对于古人的价值。

近代的英国诗人及批评家 M. Anold〔马修·阿诺德(1822—1888年),英国诗人、批评家、教育家〕与现代心理学派批评家 I. A. Richards〔理查德(1893—1979年),英国批评家,著有《文学批评原理》(1924年)〕似乎相信在科学发展,人类失去旧日信仰的苦恼中,诗更有其伟大的前途,它将日甚一日的为人类情感所寄托。这是一种危险的预言,如一切预言一样。但在现代生活的日进艰苦中,现代人因失去旧日的平衡而感觉苦闷,游移与颓唐,其情感之纷纠错杂而需要宣慰及调理,在历史上任何时代没有甚于今日的。新诗能否担负起这种重大的责任,其价值将全由此而定。

(原载《经世日报·文艺副刊》第 8 期,1946 年 10 月 6 日)

1899—1946

闻一多：诗与批评

什么是诗呢？我们谁能大胆地说出什么是诗呢？我们谁敢大胆地决定什么是诗呢？不能！有多少人是曾对于诗发表过意见，但那意见不一定合理的，不一定是真理；那是一种个人的偏见，因为是偏见，所以不一定是对的。但是，我们怎样决定诗是什么呢？我以为，来测度诗的不是偏见，应该是批评。

对于"什么是诗"的问题，有两种对立的主张：

有一种人以为："诗是不负责的宣传。"

另一种人以为："诗是美的语言。"

我们念了一篇诗，一定不会是白念的，只要是好诗，我们念过之后就受了他的影响：诗人在作品中对于人生的看法影响我们，对于人生的态度影响我们，我们就是接受了他的宣传。诗人用了文字的魔力来征服他的读者，先用了这种文字的魅力使读者自然地沉醉，自然地接受了催眠，然后便自自然然地接受了诗人的意见，接受了他的宣传。这个宣传是有如何的效果呢？诗人不问这个，因为他的宣传是不负责的宣传。诗人在作品里所表示的意见是可靠的吗？这是不一定的，诗人有他自己的偏见，偏见是不一定对的。好些人把诗人比作疯子，疯子的意见怎么能是真理呢？实在，好些诗人写下了他的诗篇,他并不想到有什么效果,他并不为了效果而写诗,他并不为了宣传而写诗,他是为写诗而写诗的;因之,他的诗就是一种不负责的东西了,不负责的东西是好的吗?这是一个很重要的问题,所以,第一种主张就侧重在这种宣传的效果方面,我想,这是一种对于诗的价值论者。

好些人念一篇诗时是不理会它的价值的,他只吟味于词句的安排,惊喜于韵律的美妙:完全折服于文字与技巧中。这种人往往以为他的态度仅止于欣赏,仅止于享受而已,他是为念诗而念诗。其实这是不可能的事,在文字与技巧的魅力上,你并不只享受于那份艺术的功力,你会被征服于不知不觉中,你会不知不觉的为诗人所影响,所迷惑。对于这种不顾价值,而只求感受舒适的人,我想他们是对于诗的效率论者。

这两种态度都不是对的。因为单独的价值论或是效率论都不是真理。我以为,从批评诗的正确的态度上说,是应该二者兼顾的。

柏拉图在他的《理想国》中赶走了诗人,因为他不满意诗人。他是一个极端的价值论者,他不满意于诗人的不负责的宣传。一篇诗作是以如何残忍的方式去征服一个读者。诗篇先以美的颜面去迷惑了一个读者,叫他沉迷于字面,音韵,旋律,叫他为了这些而奉献了自己,然而又以诗人的偏见生生烙印在读者的灵魂与感情上。然而这是一个如何残酷的烙印——不负责的宣传已是诗的顶大的罪名了,我们很难有法子让诗人对于他的宣传负责(诗人是否能负责又是一个问题),这样一来,为了防范这种不负责的宣传,我们是不是可以不要诗了呢？不行，我们觉得诗是非要不可，诗非存在不可的。既然这样，所以我们要求诗是"负责的宣传"。我们要求诗人对他的作品负责，但这也许是不容易的事，因之，我们想得用一点外力，我们以社会使诗人负责。

负责的问题成为最重要的了，我们为了诗的光荣存在而辩护，所以不能不要求诗的宣传作用是负责的，是有利益于社会的。我们想，若是要知道这宣传是否负责而用新闻检查的方式，实在是可笑的，我们不能用检查去了解，我们要用批评去了解；目前的诗著是可用检查的方法限制的，但这限制至少对于古人是无用的；而且事实上有谁会想出这种类似焚书坑儒的事来折磨我们的诗人呢？我想应该不会。在苏联和也许别的些个什么国家用一种方法叫诗人负责，方法很简单，就是，拉着诗人的鼻子走，如同牵牛一样，政府派诗人作负责的诗，一个纪念，叫诗人作诗，一个建筑落成，叫诗人作诗，这样，好些"诗"是给写出来了，但结果，在这种方式下产生出来的作品，只是宣传品而不是诗了，既不是诗，宣传的力量也就小了或甚至没有了，最后，这些东西既不是诗又不是宣传品，则什么都不是了，我们知道马也可夫斯基写过诗，也写过宣传品，后来他自杀了，谁知道他为什么自杀呢？所以我想，拉着诗人的鼻子走的方式并不是好的方式。

政府是可以指导思想的。但叫诗人负责，这不是政府做得到的；上边我说，我们需要一点外力，这外力不是发自政府，而是发自社会。我觉得去测度诗的是否为负责的宣传的任务不是检查所的先生们完成得了的，这个任务，应该交给批评家。

每个诗人都有他独特的性格，作风，意见与态度，这些东西会表现在作品里。一个读者要只单选上一位诗人的东西读。也许不是有益而且有害的，因为，我们无法担保这个诗人是完全对的，我们一定要受他影响，若他的东西有了毒，是则我们就中毒了。鸡蛋是一种良好的食品，既滋补而又可口，但据说多吃了是有毒的，所以我们不能天天只吃鸡蛋，我们要吃些别的东西。读诗也一样，我觉得无妨多读，从庞乱中，可以提取养料来补自己，我们可以读李白、杜甫、陶潜、李商隐、莎士比亚、但丁、雪莱，甚至其他的一切诗人的东西，好些作品混在一起，有毒的部分抵消了，留下滋养的成分；不负责的部分没有了，留下负责的成分。因为，我们知道凡是能够永远流传下去的东西差不多可以说是好的，时间和读者会无情地淘汰坏的作品。我以为我们可以有一个可靠的选本，让批评家精密地为各种不同的人选出适于他们的选本，这位批评家是应该懂得人生，懂得诗，懂得什么是效率，懂得什么是价值的这样一个人。

我以为诗是应该自由发展的。什么形式什么内容的诗我们都要。我们设想我们的选本是一个治病的药方，那末，里边可以有李白，有杜甫，有陶渊明，有苏东坡，有歌德，有济慈，有莎士比亚；我们可以假想李白是一味大黄呢，陶渊明是一味甘草吧，他们都有用，我们只要适当的配合起来，这个药方是可以治病的。所以，我们与其去管诗人，叫他负责，我们不如好好地找到一个批评家，批评家不单可以给我们以好诗，而且可以给社会以好诗。

历史是循环的，所以我现在想提到历史来帮助我们了解我们的时代，了解时代赋予诗的意义，了解我们批评诗的态度。封建的时代我们看得出只有社会，没有个人，《诗经》给他们一个证明。《诗经》的时代过去了，个人从社会里边站出来，于是我们发觉《古诗十九首》实在比《诗经》可爱，《楚辞》实在比《诗经》可爱。因为我们自己现在是个人主义社会里的一员，我们所以喜爱那种个人的表现，我们因之觉得《古诗十九首》比《诗经》对我们亲切。《诗经》的时代过去之后，个人主义社会的趋势已经非常明显了。而且实实在在就果然进到了个人主义社会。这时候只有个人，没有社会。个人是耽沉于自己的享乐，忘记社会，个人是觅求"效率"以增加自己愉悦的感受，忘记自己以外的人群。陶渊明时代有多少人过极端苦难的日子，但他不管，他为他自己写下他闲逸的诗篇。谢灵运一样忘记社会，为自己的愉悦而玩弄文字——当我们想到那时别人的苦难，想着那幅流民图，我们实实在在觉得陶渊明与谢灵运之流是多么无心肝，多么该死——这是个人主义发展到极端了，到了极端，即是宣布了个人主义的崩溃，灭亡。杜甫出来了，他的笔触到广大的社会与人群，他为了这个社会与人群而同其欢乐，同其悲苦，他为社会与人群而振呼。杜甫之后有了白居易，白居易不单是把笔濡染着社会，而且他为当前的事物提出他的主张与见解。诗人从个人的圈子走出来，从小我而走向大我，《诗经》时代只有社会，没有个人，再进而只有个人没有社会，进到这时候，已经是成为了个人社会（individual society）了。

到这里，我应提出我是重视诗的社会的价值了。我以为不久的将来，我们的社会一定会发展成为 society of individual，individual for society（社会属于个人，个人为了社会）的。诗是与时代同其呼吸的，所以，我们时代不单要用效率论来批评诗，而更重要的是以价值论诗了，因为加在我们身上的将是一个新时代。

诗是要对社会负责了，所以我们需要批评。《诗经》时代何以没有批评呢？因为，那些作品都是负责的，那些作品没有"效率"，但有"价值"，而且全是"教育的价值"，所以不用批评了。（自然，一篇实在没有价值的东西也可以"说"得出价值来的，对这事我们可以不必论及了。）个人主义时代也不要批评，因为诗就只是给自己享受享受而已，反正大家标准一样，批评是多余的；那时候不论价值，因为效率就是价值。（诗话一类的书就只在谈效率，全不能算是批评。）但今天，我们需要批评，而且需要正确而健康的批评。

春秋时代是一个相当美好的时代，那时候政治上保持一种均势。孔子删诗，孔子对于诗做过最好的、最合理的批评。在《左传》上关于诗的批评我认为是对的；孔子注重诗的社会价值。自然，正确的批评是应该兼顾到效率与价值的。

从目前的情形看，一般都只讲求效率了，而忽视了价值，所以我要大声疾呼请大家留心价值。有人以为着重价值就会忽略了效率，就会抹杀了效率，我以为不会，这种担心是多余的。我们不要以为效率会被抹杀，只要看看普通的情形，我们不是还叫读诗叫欣赏诗吗？我们不是还很重视于字句声律这些东西吗？社会价值是重要的，我们要诗成为"负责的宣传"，就非得着重价值不可，因为价值实在是被"忽视"了。

诗是社会的产物。若不是于社会有用的工具，社会是不要它的。诗人掘发出了这原料，让批评家把它做成工具，交给社会广大的人群去消化。所以原料是不怕多的，我们什么诗人都要，什么样诗都要，只要制造工具的人技术高，技术精。

我以为诗人有等级的，我们假设说如同别的东西一样分做一等二等三等，那么杜甫应该是一等的，因为他的诗博、大。有人说黄山谷、韩昌黎、李义山等都是从杜甫来的，那么，杜甫是包罗了这么多"资源"，而这此资源大部是优良的美好的，你只念杜甫，你不会中毒；你只念李义山就糟了，你会中毒的，所以李义山只是二等诗人了。陶渊明的诗是美的，我以为他诗里的资源是类乎珍宝一样的东西，美丽而不有用，是则陶渊明应在杜甫之下。

所以，我们需要懂得人生，懂得诗，懂得什么是效率，懂得什么是价值的批评家为我们制造工具，编制选本。但是，谁是批评家呢？我不知道。

（原载《火之源》第 2、3 期合刊，1944 年 9 月）

后 记

西南联大作为近代以来扎根中国大地办教育的一个典范，其历史功绩已载入史册，她所蕴含的精神至今仍熠熠生辉。目前，社会各界关注西南联大者越来越多，有关西南联大的研究渐成"显学"。历史是时代前行最好的坐标，我们走得再远都不能忘记来时的路。多年来，西南联大博物馆坚定当好西南联大精神的守护者、传承者和实践者，持续不断地挖掘、整理和利用西南联大历史资料，在此基础上进行展览展示、宣传教育、研究阐释等诸多工作，传承和弘扬西南联大精神，讲好西南联大教育救国故事。

"西南联大名师课"丛书是西南联大博物馆与东方出版社共同策划、勠力打造的挖掘、整理西南联大历史资料的一项成果。在整套丛书的编纂过程中，西南联大博物馆的李红英、朱俊、铁发宪、祝牧、张沁、王欢、李娅、姚波、马艺萌等老师参加了各册的选编、审校工作，博物馆其他同志也为编纂提供了保障支持，这是本套丛书顺利面世的重要保障。

高山仰止，景行行止。西南联大名家荟萃，大师们的学识博大精深。编纂这套丛书，我们一方面深感意义重大，另一方面也感到责任重大。由于时间仓促、水平有限，本丛书难免存在遗漏或不当之处，尚望联大校友及其亲属、专家学者和读者朋友批评指正。还有少量作者的亲属未联系上，敬请见到本套丛书后发邮件至1071217111@qq.com，与我们取得联系，我们将按照国家相关规定支付稿酬、奉送样书。

编　者